AF491615

INFATUATO

I MILIARDARI PER CASO

J.S. SCOTT

Infatuato
I Miliardari per Caso - Libro 5

Copyright © 2022 J.S. Scott

Tutti i diritti riservati. Questo libro o parte di esso non può essere riprodotto o utilizzato in alcun modo senza l'espressa autorizzazione scritta dell'autrice ad eccezione della citazione in una recensione. Questo libro è un'opera di fantasia. Tutti i nomi, i personaggi, i luoghi e gli eventi narrati sono il frutto della fantasia dell'autrice o sono usati in maniera fittizia. Qualsiasi riferimento a persone reali, viventi o scomparse, luoghi o eventi è puramente casuale.

Traduzione italiana: Martina Stefani 2022

ISBN: 979-8-360503-16-3 (edición impresa)
ISBN: 978-1-951102-93-7 (libro electrónico)

DEDICA

Dato che questo è l'ultimo libro sui Sinclair, lo dedico a tutto il mio gruppo Montlake. È stato un viaggio incredibile dal Maine alla California, e da Grady a Owen. Non avrei potuto chiedere persone migliori per condividere questa avventura con me.

Jan (J.S. Scott)

SOMMARIO

PROLOGO

Layla

"**S**ono davvero felice che ci siamo incontrati" dissi al mio miglior amico, Owen Sinclair, sinceramente. "Sembrava che mi stessi evitando nelle ultime settimane."

Misi il mio piede a terra e spinsi l'altalena su cui ero seduta per farla ricominciare a muovere. Owen stava pigramente dondolando avanti e indietro proprio accanto a me.

Non sapevo come avessimo preso l'abitudine di incontrarci al parco locale con il buio, ma era stato il nostro ritrovo negli ultimi anni. Non c'era un'altra anima viva in questa zona dopo il tramonto a Citrus Beach, quindi aveva senso. Avevamo la nostra privacy qui, quindi io e Owen parlavamo di tutto, mentre continuavamo a dondolare tutto il tempo.

"Non ti stavo esattamente evitando" disse con esitazione. "Ho solo avuto da fare."

Girai la testa, ma non potei vedere bene i suoi occhi. Potevo solo distinguere il suo corpo e il volto alla luce della luna.

Sospirai e strinsi la catena metallica dell'altalena. "Lo so. È assurdo. Ci diplomeremo tra qualche mese, e tu ed Andie andrete entrambi a Boston per il college."

Mi si strinse il cuore al pensiero di non vedere Owen e Andie tutti i giorni. Eravamo tutti e tre molto legati come se fossimo stati incollati per tutto il tempo del liceo. Avevo altri amici, ma nessuno di loro poteva sostituire i due che avrebbero lasciato Citrus Beach per il college sulla Costa Orientale. Purtroppo, Boston non era nei *miei* piani.

"Mi piacerebbe che venissi anche tu" rispose Owen con tono grave.

Sorrisi. Sembrava un adulto per essere un ragazzo che stava appena finendo le superiori, ma Owen era sempre stato super responsabile, anche all'inizio della nostra avventura liceale.

Anche se dovevo ammettere che era goffo a volte. Se le cose diventavano troppo pesanti, era il primo ad alleggerire la conversazione o a farmi sorridere.

"Non posso" gli dissi, col cuore a pezzi. Non avevo i soldi per finanziare la scuola fuori dallo Stato. Owen aveva ottenuto delle importanti borse di studio, tutte meritate, e aveva la famiglia disposta ad aiutarlo per quanto possibile. Andie non aveva assolutamente problemi economici, quindi poteva permettersi di studiare dovunque volesse.

Io non avevo… nessuno.

Anche se avessi ottenuto la borsa di studio che speravo, avrebbe avuto più senso per me restare in California per alleggerire il fardello finanziario.

"Possiamo ancora parlare" commentò Owen. "A volte avrei preferito rimanere qui almeno per la laurea triennale. Probabilmente sarebbe più economico."

Storsi il naso. "No, non lo sarebbe. Hai ottenuto la borsa di studio, e hai bisogno del prestigio di laurearti in una buona scuola per essere accettato alla scuola di medicina."

Sapevo che Owen era preoccupato per i soldi. La mia situazione non era mai stata disperata, ma a volte avrei voluto avere una famiglia unita come la sua.

Rilasciò un lungo respiro. "Credo di sentirmi in colpa. I miei fratelli e sorelle hanno già fatto tanto per me. Noah, Aiden, e Seth hanno tenuto insieme la nostra famiglia. Noah si è assunto la responsabilità di crescerci quando era appena più grande di me. Dovrebbe essere libero da questo fardello ora, ma non lo è. Le mie sorelle sono ancora al college, ma io sto appena iniziando. Lo ripagherò per tutto questo quando sarò un dottore, ma questo non aiuterà le sue ristrettezze finanziarie nei prossimi anni."

Non conoscevo i fratelli di Owen molto bene. Non potevo frequentare la casa di Owen quanto Andie, ma conoscevo Noah abbastanza bene da rendermi conto che voleva che suo fratello più piccolo andasse al college. Sarebbe stato dannatamente orgoglioso di vedere Owen diventare un medico. "Vuole questo per te" dissi con empatia. "Tutta la tua famiglia è dalla tua parte. Lo sai."

"Lo so. Vorrei solo non sentirmi così in colpa per essere il più piccolo e voler seguire gli studi di medicina" disse, sembrando frustrato.

"Andrà tutto bene, Owen" replicai dolcemente.

Ridacchiò. "Come farò senza di te a tenermi su il morale, Layla?"

"Sopravvivrai" lo presi in giro. "Penso che tu stia già conducendo una vita senza di me come amica, visto che ti vedo raramente ormai."

Stavo scherzando, ma in un certo senso non lo stavo facendo. Dovevo ammettere che faceva male che Owen mi aveva ignorato ultimamente.

Era occupato, ma stava succedendo qualcos'altro. Solo che non sapevo perché si stesse allontanando da me, ancora *prima* che partisse per il college.

"Non ti sto evitando, Layla. Non proprio. È solo..." smise improvvisamente di parlare, come se avesse cambiato idea riguardo a quello che stava per dire.

"Va tutto bene" dissi frettolosamente. Non che mi dovesse una spiegazione. Eravamo amici, non fidanzati intimi. In quanto buoni amici, non avevamo mai avuto aspettative, e non era giusto per me desiderare più di quanto lui volesse dare. "Siamo entrambi occupati. Lo capisco. Abbiamo molto da fare con le varie attività, il diploma e tutta quella roba."

Il problema era che da qualche parte nel mezzo del nostro ultimo anno, mi ero resa conto che i miei sentimenti per lui erano cambiati.

Avevo iniziato a desiderare più di una semplice amicizia, pur sapendo che non sarebbe *mai* potuto succedere.

"Apprezzo ogni minuto che trascorriamo insieme, Layla. Se non credi a nient'altro, credi a questo" insistette. "Ci sei *sempre* stata per me."

"Anche tu ci sei sempre stato per me" dissi, e intendevo davvero. Non condividevo tutto con Owen, perché alcune cose erano troppo imbarazzanti da dire, ma mi conosceva più di qualsiasi altra persona sulla Terra. Non c'era mai stata una volta in cui avevo avuto bisogno di lui che Owen non era stato lì per ascoltare e aiutare.

"Crescere è una seccatura" rispose. "Sognavo di diventare presto un adulto, ma lasciare casa e tutti quelli che amo è dannatamente difficile."

"E tutti quelli che amo io stanno partendo" osservai tristemente. "Lo capisco."

"Va tutto bene con tua mamma ora?" chiese cautamente.

Feci spallucce, anche se non poteva davvero vedermi. "Va bene come sarà sempre d'ora in poi" risposi con una leggerezza che non sentivo. "Starò bene."

Avevo fatto un buon lavoro nel nascondere la mia situazione a casa, ma sapevo che Owen e Andie avevano sempre sospettato che le cose non andassero bene con mia madre.

Non hanno idea di come sia realmente la mia vita...

"Lo dici sempre, e non credo tu stia bene" disse Owen, con tono preoccupato. "È a casa in questo momento?"

Per fortuna, non vedevo la mia genitrice da oltre una settimana, motivo per cui mi sentivo a mio agio nell'andare al parco. Ma sarebbe tornata. Lo faceva sempre, alla fine.

"Se n'è andata" ammisi. "Ma non importa."

Non avere mia madre in casa era in realtà un sollievo per me. Non avevo bisogno di controllare ogni mio passo, ma temevo sempre il suo ritorno.

"Ti importa, Layla" replicò Owen. "Cavolo, non vedi mai tuo padre, quindi lei è tutto ciò che hai."

"Almeno, lui paga il mantenimento a sua figlia" dissi allegramente. "Non è un irresponsabile totale."

"Stronzate. Hai bisogno di più di un assegno" borbottò. "Quand'è stata l'ultima volta che l'hai visto? Un paio di anni fa a cena o qualcosa del genere? Praticamente ti sei cresciuta da sola. Nessuno dei tuoi genitori è mai lì per te. Lo so, quindi non provare a dirmi che stai *bene*."

In realtà, non vedevo mia padre da quando se n'era andato quattro anni addietro, ma quale ragazza avrebbe voluto dire al mondo che suo padre la odiava?

"Sono quasi un'adulta ora, Owen. Mio padre viaggia per il mondo per guadagnarsi da vivere, quindi non è colpa sua se non è mai negli Stati uniti." Usavo molto quella scusa.

Mio padre aveva lasciato mia madre appena prima che iniziassi le superiori, e sostanzialmente aveva lasciato anche me. Avevo dovuto trasferirmi dalla scuola privata a quella pubblica. L'unica cosa positiva che era successa in quel periodo era stata incontrare Owen e Andie, una volta essere uscita dalla scuola privata che avevo frequentato.

"Se qualcosa *non* andasse, me lo diresti, vero?" chiese con sospetto.

Sospirai. Non era la prima volta che tirava fuori l'argomento della mia vita familiare, e non volevo parlare di mia madre più di quanto avessi voluto parlarne tutte le altre volte che l'aveva chiesto.

Owen non avrebbe mai potuto capire com'era stato crescere per me. I Sinclair erano poveri, ma uniti, amorevoli e di supporto.

"Non c'è niente di cui parlare, davvero" assicurai. "Sono cresciuta, e sto bene."

Lo vidi alzarsi in piedi, così mi alzai anch'io dall'altalena.

"Farei meglio ad andare a casa" borbottò. "Ho molte cose da fare per il mio ingresso al college."

Lo seguii, mentre ci dirigevamo in silenzio verso l'uscita del parco. Vivevamo entrambi nella stessa area generale, ma Owen insisteva sempre sull'uscire un po' dalla sua zona per *vedermi* entrare a casa prima di dirigersi verso la sua.

Deglutii duramente.

Non poteva sapere che quando si prendeva cura della mia sicurezza era l'unica volta in cui mi sentissi realmente... apprezzata. Potevo prenderlo in giro sul fatto di essere apprensivo, ma in realtà mi toccava che si preoccupasse del mio ritorno a casa in sicurezza.

Era sempre stato protettivo, come un fratello maggiore o qualcosa del genere, e questo significava molto per me.

Come al solito, si diresse verso casa mia senza pensarci due volte non appena fummo fuori dal parco.

"Grazie per tutte le volte in cui ti sei assicurato che tornassi a casa sana e salva" sbottai, sentendo che era importante che sapesse quanto lo apprezzassi.

Per una volta, non cercai nemmeno di scherzare sul fatto che fosse iperprotettivo.

"Stai scherzando?" chiese. "Sarei uno stronzo se non lo facessi. Citrus Beach non è San Diego, ma è meglio non camminare qui in giro quando si fa buio."

Non sapeva che la maggior parte dei ragazzi non si preoccupava nemmeno di accompagnare un'amica a casa quando era fuori dalla loro vista?

"Nessun altro ragazzo che conosco lo farebbe" gli dissi.

"Allora, conosci un sacco di stronzi" replicò burberamente. "Mi distruggerebbe se ti succedesse qualcosa di brutto, Layla."

Sentii qualcosa muoversi nel mio ventre, mentre cercavo disperatamente di non prendere le sue parole troppo seriamente. Owen voleva bene a *tutti*, cosa che lo rendeva unico. Non potevo permettermi di pensare di essere speciale per lui in qualche modo.

Sta partendo, e io resterò qui in California. Non potremmo mai essere altro che amici.

Dovevo smettere di volere di più da Owen. In realtà, odiavo che i miei sentimenti fossero cambiati.

Non volevo desiderare l'intimità con lui, e non volevo desiderare che mi baciasse solo una volta per vedere com'era essere più vicino a lui.

Perché non posso tornare a sentirmi come prima quando sto con lui?

Sei mesi addietro, sarei entrata nel panico se avesse provato a baciarmi.

Ora non potevo pensare ad altro.

"Eccoci qui" dissi con finta allegria, mentre raggiungevamo il mio edificio. "Puoi andare a casa ora."

Incrociò le braccia davanti a lui e sollevò un sopracciglio. "Non succederà. Dovresti conoscere la routine."

Con il cuore in gola, annuii. Avrebbe aspettato lì finché non avessi salito un paio di rampe di scale e avessi acceso la luce all'interno dell'appartamento. Non se ne sarebbe andato finché non avesse visto quella luce dalla finestra.

Iniziai a dirigermi verso le scale. "Okay, okay. Sto andando. Buonanotte."

Allungò una mano e mi afferrò il braccio. "Aspetta, Layla. Mi hai creduto quando ho detto che non ti stavo evitando?"

Mi voltai e lo guardai. Owen aveva dei bellissimi occhi verdi, ma erano oscurati da un grosso paio di occhiali. Eppure, c'era *qualcosa* nella sua espressione che non avevo mai visto.

Mi avvicinai a lui. "Non mi devi una spiegazione, Owen. Davvero. Siamo solo amici."

"Voglio che tu capisca—fanculo! Lascia stare. Farai meglio a salire su. Voglio solo dirti che mi importa di come ti senti." Si allungò e mi tolse una ciocca di capelli erranti dalla guancia.

Era così vicino che potevo sentire il suo alito caldo sul mio viso.

Baciami. Ti prego, baciami, Owen. Solo una volta.

Chiusi gli occhi mentre un'intensa scossa di desiderio mi attraversava.

Li riaprii quando si allontanò.

Che diavolo sto facendo?

Incapace di parlare, sollevai la mano in un rapido addio, mentre mi affrettavo su per le scale.

Stavo ansimando, mentre aprivo la porta dell'appartamento e accendevo la luce, il mio cuore e il mio corpo che bramavano ancora qualcosa che non avrebbero mai potuto avere.

Mi avvicinai alla finestra e guardai la figura di Owen scomparire nell'oscurità.

Sospirai, mentre lo perdevo di vista, e tornai alla porta per prendere la posta che il postino aveva infilato da sotto.

Prendere la corrispondenza sul pavimento era un'abitudine. Un semplice compito che svolgevo distrattamente quasi ogni giorno.

Non potevo sapere che una di quelle buste apparentemente innocue che avevo raccolto quella notte avrebbe cambiato l'intero corso della mia vita.

CAPITOLO 1

Layla

"Sembra tutto a posto, Layla" disse il Dr. Owen Sinclair, mentre chiudeva l'ultimo file sulla sua scrivania e me lo porgeva. "Probabilmente sei la miglior infermiera con cui abbia mai lavorato, quindi non so nemmeno perché hai voluto che esaminassi questi casi."

Dovetti fermarmi per evitare di alzare gli occhi al cielo. Come se avessi avuto davvero una scelta? Purtroppo, la California era ancora uno della metà degli Stati che richiedevano che un'infermiera professionista lavorasse solo sotto la supervisione di un medico.

Okay, non rivedevo *tutti* i miei casi con Owen, ma mi piaceva esaminare i più complicati per avere il suo parere. Sembrava la cosa giusta da fare, anche se potevo a malapena sopportare di stare nella stessa stanza con lui.

"Se ricordo correttamente, Dr. Sinclair, ho firmato un contratto con te, quando hai acquistato questa clinica dal Dr. Fortney qualche mese fa. Finché le leggi californiane non cambieranno, *dovrò* lavorare sotto la *tua* supervisione." Il mio commento era un po' sarcastico, ma non potei farne a meno.

Sinceramente, lavorare sotto il vecchio e grigio Dr. Fortney, che era recentemente andato in pensione, non mi aveva mai infastidita. Era stato il mio mentore durante il mio primo anno di pratica, e una specie di collega verso la fine.

Forse mi irritava un po' che ora dovevo chiarire alcune cose con *Owen*, che aveva appena concluso la sua specializzazione e aveva la mia stessa età.

No, mi correggo—in realtà *aveva* alcuni mesi più di me.

Senza dubbio l'età di Owen e la mancanza di esperienza nella pratica come medico forse *non* sarebbero state un problema, se non fossimo stati amici al liceo e il bastardo non fosse stato la persona che aveva sconvolto la mia vita all'epoca.

Owen mi aveva tradita.

E per quanto ci provassi, non riuscivo a dimenticarlo, anche se ora ero una persona completamente diversa da quella che ero stata allora.

Sollevò un sopracciglio. "Ti dà fastidio dover lavorare sotto di me? Non ti sto col fiato sul collo, Layla. So che sei perfettamente in grado di gestire i tuoi pazienti. Non ho chiesto io di esaminare i tuoi casi; hai portato tu le cartelle a *me*."

Mi dimenai leggermente nella sedia, perché aveva ragione. Gli avevo chiesto di esaminare i casi perché era quello che facevo con il Dr. Fortney. Le vecchie abitudini sono dure a morire.

Avevo sempre pensato che fosse meglio avere un paio di occhi extra per alcuni casi, e il Dr. Fortney pensava la stessa cosa. Spesso avevamo esaminato i casi alla fine della giornata in questo ufficio, proprio come stavo facendo ora con Owen, e non erano stati tutti file *miei* quelli che avevamo rivisto insieme. Alcuni erano stati casi che avevano lasciato perplesso anche il Dr. Fortney. Il medico ora in pensione era stato colui che mi aveva insegnato che a volte era saggio avere una prospettiva nuova su un caso proveniente da un altro dottore.

La ragione per cui avevo continuato a mantenere quell'abitudine con Owen quando aveva preso il posto del Dr. Fortney alcuni mesi addietro mi sfuggiva al momento. Forse volevo solo il meglio per le persone sotto le mie cure, anche se significava consultare uno stronzo. "A volte apprezzo una seconda opinione" gli dissi bruscamente.

Okay, ero sembrata un *po'* troppo sulla difensiva, ma era la verità. "La mia priorità è dare il miglior trattamento possibile, quindi aiuta vedere se possa essermi sfuggito qualcosa. Io e il Dr. Fortney abbiamo esaminato molti casi insieme. È solo abitudine, credo."

"Non mi dà fastidio esaminarli tutti, e sono a favore della condivisione delle nostre esperienze sui pazienti qui alla clinica. Tuttavia, non hai davvero risposto alla mia domanda" mi ricordò, i suoi occhi verdi che mi inchiodarono alla sedia su cui ero seduta dall'altra parte della scrivania.

Dannazione! Perché Owen era diventato così attraente da adulto?

Al liceo, era stato un ragazzo nerd con gli occhiali spessi e un cervello fin troppo grande per il suo fisico magro da teenager.

Ora, dieci anni dopo, era abbastanza bello da sembrare un modello, ed ero piuttosto a disagio con quei cambiamenti.

La sua intelligenza era sempre stata intimidatoria, quindi sicuramente non aiutava che il suo acuto cervello ora racchiuso all'interno di un corpo muscoloso da far venire l'acquolina in bocca deliziasse ogni mio ormone femminile.

Feci un respiro profondo. "No, non mi dà fastidio" confessai, mentre rilasciavo l'aria dai miei polmoni. "Rispetto le tue opinioni e la tua competenza."

In verità, come potevo *non* farlo? Si era laureato in una scuola di medicina tra le più apprezzate col massimo dei voti, in un programma accelerato, per l'amor del cielo. Poi aveva completato la sua specializzazione di tre anni come medico di famiglia in uno degli ospedali più stimati del Paese.

Non c'era alcun dubbio che fosse altamente qualificato, anche se stava appena iniziando la sua pratica.

È solo che non mi piace... lui.

Ma doveva *davvero* piacermi il ragazzo se rispettavo la sua competenza professionale?

No. No, non deve piacermi personalmente per imparare da lui.

Pur essendo tecnicamente il *mio* capo, avrei preferito di gran lunga avere una relazione di amicizia con lui.

Owen Sinclair era stato un caro amico al liceo fin quando non mi aveva ferita, ma era successo dieci anni addietro. Nessun suo comportamento *ora* mi spingeva a credere che non fosse un bravo medico. L'avevo visto in azione per un paio di mesi ormai, e sebbene avessi delle divergenze *personali* con lui, lo ammiravo *professionalmente* parlando.

Devo solo tenere le cose sul professionale. Non posso lasciare che i miei sentimenti personali interferiscano col mio lavoro.

Okay, quindi, *forse* avevo avuto un brutto caso di amore infantile per Owen verso la fine del nostro ultimo anno di liceo, ma *lo* avevo superato in fretta. Una volta aver realizzato che non era il ragazzo che credevo che fosse, quello stupido desiderio da teenager era scomparso in un attimo.

"Potremmo discutere di tutto questo a cena stasera" disse speranzoso. "Abbiamo lavorato entrambi fino a pranzo. Andiamo a mangiare qualcosa."

"No, grazie" replicai scattando. "Ho altri piani."

Non era la prima volta che Owen suggeriva di fare qualcosa al di fuori della clinica, ma non sarei andata con *lui*.

Mi ero fidata una volta, e aveva tradito quella fiducia. Non avevo desiderio di appiccicarmi di nuovo a lui da adulta.

Lavoravamo insieme, e dovevo mantenere un comportamento professionale con Owen, ma *non* doveva piacermi né dovevo uscire con lui.

Rilasciò un sospiro virile, mentre si appoggiava alla sua sedia da ufficio.

Si era tolto il camice. Si era lavato nella doccia della clinica, e aveva indossato un paio di jeans scuri e una T-shirt verde dopo aver finito le ore di ufficio, un look che gli stava benissimo.

Potevo quasi vedere il vecchio amico che conoscevo un tempo, senza il camice e l'abbigliamento da dottore.

Non che avessi davvero prestato attenzione al suo look, o a quello che faceva, ma era dannatamente difficile non notare tutte le cose di lui lavorando nello stesso posto.

Oh, Gesù, chi stavo prendendo in giro? Era difficile *non* vedere un uomo come Owen, anche se non mi piaceva personalmente.

Dovevo essere completamente cieca per ignorarlo completamente.

Aveva i capelli neri legati, ma erano abbastanza lunghi da vedere le ciocche che tendevano ad arricciarsi se non fossero state corte. I suoi penetranti occhi verdi, con ciglia lunghe e folte che gran parte delle donne avrebbe ucciso per averle, erano così intriganti che erano quasi ipnotici.

Purtroppo, il suo corpo potente era irresistibile come il suo viso, e non potevo fare a meno di fissarlo, mentre reclinava la sedia, con quella sagoma mascolina in piena mostra mentre si distendeva come un gatto pigro.

È il mio capo, per l'amor del cielo. Devo smettere di guardarlo come se fossi più che felice di divorarlo per cena. Devo ricordare che non lo sopporto—perciò, non dovrebbe importare se è abbastanza bello da volerlo mangiare.

Distolsi lo sguardo e mi sforzai di staccare gli occhi dal suo potente corpo scolpito.

Owen sollevò un sopracciglio. "Mi spiegherai mai come siamo passati dall'essere migliori amici al liceo a questo rapporto freddo e professionale, Layla? Come siamo passati dal condividere quasi ogni segreto che avevamo… a questo?"

Forse tu hai condiviso qualche tuo segreto, ma non sai niente dei miei!

Scossi la testa. "Siamo adulti ora, Dr. Sinclair, e penso che tu sappia esattamente perché non sono interessata a uscire con te."

Spostò di nuovo la sedia e mise le mani sulla scrivania. "È proprio così. *Non* capisco. Hai smesso di parlarmi verso la fine dell'ultimo anno. Nessuna spiegazione. Niente. Non l'ho mai capito. E poi sono partito per studiare a Boston, e non ne siamo mai venuti a capo."

Digrignai i denti. Non potevo permettermi di pensare alla mia passata relazione con Owen. Era l'*unico* modo in cui potevo lavorare con lui senza dargli un pugno in faccia. "Siamo cresciuti entrambi" lo informai. "Quindi, lasciamo stare. Era roba da liceo, per l'amor di Dio. Abbiamo fatto molta strada da allora."

Non sapevo *esattamente* quando avevo smesso di vederlo come solo un buon amico al liceo. Ad un certo punto durante l'ultimo anno, quell'amicizia si era trasformata in una grossa cotta che mi aveva lasciata a sbavare sul ragazzo che un tempo avevo definito un amico. L'unica cosa positiva di quell'infatuazione era che non gliel'avevo mai confessato.

Grazie a Dio!

Il silenzio mi aveva probabilmente salvata da un'umiliazione ancora maggiore allora, che aveva rinforzato la mia convinzione che era *sempre* meglio non condividere affatto i segreti.

"Voglio sapere cosa ti turba, Layla. Voglio capire, perché non sei mai stata il tipo che metteva il muso, anche se facevo o dicevo qualcosa di cui mi pentivo" disse con la stessa voce solenne che aveva dalle superiori.

Attesi, aspettandomi quasi che cercasse di portare un po' di leggerezza alla conversazione con qualche frase divertente, proprio come faceva quando eravamo adolescenti.

Ma non lo fece.

Era letalmente serio.

E quasi mi ritrovai a rimpiangere quella mancanza di umorismo.

"*Non* sto tenendo il muso" dissi sulla difensiva, pur sapendo che stavo ancora soffrendo per uno stupido evento del liceo. "È stato un decennio fa, Owen. Solo che non mi importa più. Non vedo il motivo per rivangare il passato."

La mia vita si era messa bene, e mi sentivo come se tutto fosse esattamente come doveva.

Mi piaceva il mio lavoro.

Tenevo ai miei pazienti.

E se passavo più tempo a fare volontariato al rifugio per animali dando più amore alle creature a quattro zampe che a un maschio umano, non erano affari di nessuno.

Ero felice esattamente dov'ero, e *non* desideravo che la mia vita fosse diversa.

La realizzazione che mi piaceva la mia vita mi *aveva* aiutata a superare gran parte del risentimento verso Owen.

Beh, quasi...

Forse non ero pentita di quello che era successo, ma l'intera cosa del risentimento era difficile da superare.

Percepii parte della testardaggine di Owen, mentre insisteva: "Vorrei ancora portarti fuori per mangiare qualcosa e farti cambiare idea sul dirmi cos'era successo. Ci vedremo domani fuori dal lavoro a casa mia, comunque, quindi perché non cominciare stanotte?"

"Ci sarò domani" lo informai. "Ho promesso ad Andie che l'avrei aiutata con il ricevimento."

Il suo sguardo si illuminò. "Verrai presto per l'organizzazione?"

Annuii. "Perché non dovrei? Lei è anche mia amica."

Andie aveva completato il nostro trio di amici al liceo, ed ero rimasta in contatto con lei anche dopo che aveva lasciato Citrus Beach per il college.

Quando Andie era tornata in California un decennio dopo, si era innamorata perdutamente del fratello maggiore di Owen, Noah.

Mi ero chiesta un milione di volte perché l'uomo dei sogni di Andie dovesse essere così legato a Owen, ma lei era così felice che davvero non importava più. Potevo tollerare quasi qualsiasi cosa per vederla felice com'era con suo marito.

Noah ed Andie erano fuggiti nella terra dei vini per sposarsi, e ora stavano tenendo un enorme ricevimento per placare l'intera famiglia, che non era riuscita ad assistere al loro matrimonio.

Purtroppo, di recente avevo scoperto che la grossa festa si sarebbe tenuta nella nuova casa sul mare di Owen, un fatto di cui non ero a conoscenza *fino* a quando non mi ero offerta di aiutare Andie a organizzare il ricevimento. Non avevo lasciato che l'informazione mi spingesse a rinunciare all'organizzazione, però. Il ricevimento riguardava Andie e Noah, e mi rifiutavo di permettere ai miei sentimenti personali su Owen di rovinare la mia felicità per loro.

"Non mi dispiace affatto se verrai a casa mia in anticipo, Layla" disse Owen burbero. "Tu, io e Andie eravamo piuttosto legati un tempo. Mi siete mancate."

Storsi il naso. "Io e Andie siamo *sempre* rimaste amiche intime."

Fece spallucce. "Anch'io e Andie siamo sempre rimasti amici, ma questo non significa che non mi manchi *tu*. Ti ho detto cose che non ho mai detto nemmeno a lei."

"E lei *ti* ha detto cose che non ha mai detto a *me*" dissi, incapace di tenere la tristezza fuori dalla mia voce.

Avevo scoperto solo di recente che ad Andie era stato diagnosticato un tipo molto aggressivo di cancro, mentre studiava giornalismo a Boston. In realtà, aveva quasi perso la vita durante la chemioterapia e altri tipi di dolorosi trattamenti.

Sì, *ora* stava bene, e aveva un ultimo checkup da fare a Boston prima di dover tornare a farsi visitare di nuovo per il suo cancro. Eppure, mi infastidiva che non mi avesse mai detto la verità.

Per fortuna, Owen era stato lì per lei, dato che aveva frequentato la stessa scuola di preparazione medica. Andie non aveva una vera famiglia su cui poter contare, quindi *ero* grata che lui fosse stato lì per lei.

Owen fece una smorfia. "Se non fossi stato a Boston, credo che Andie non avrebbe detto nemmeno a *me* cosa stava succedendo. Sai com'è fatta, Layla. Non vuole mai rattristare nessuno, quindi non ama molto condividere le cose brutte."

"Non mi avrebbe rattristata" replicai con riluttanza. "È mia amica. Forse avrei potuto aiutarla."

Ragionevolmente, forse non sarei stata utile per lei, dato che la mia vita era caotica allora. L'avevo completamente perdonata per non avermelo detto, visto che anch'io avevo omesso molte cose con lei.

"Ha cercato di allontanarmi dalla sua vita più di una volta" condivise. "Sono stato solo troppo testardo per ascoltarla."

Repressi un sorriso, perché potevo immaginare Andie che faceva una cosa del genere. Era sempre stata più audace di me nell'esprimere le sue emozioni. "Non fraintendermi, sono contenta che tu fossi lì per lei" spiegai. "Avrei solo voluto che lo dicesse anche a me."

La consapevolezza che per la prima volta mi stessi allontanando dagli affari clinici con Owen non mi sfuggì, ma *ero* davvero grata che si fosse preso cura di Andie quando aveva avuto bisogno di lui a Boston. Meritava un paio di parole gentili per quello.

"Ci sono state volte in cui avrei voluto chiamarti e dirtelo" confessò. "Ma sapevo che Andie non voleva che qualcun altro lo sapesse, quindi dovevo rispettarla."

Annuii. In realtà ammiravo che avesse mantenuto il segreto di Andie. "Sono felice che stia bene ora."

"Anch'io" disse cupamente. "Ci sono state troppe volte in cui non ero sicuro che ce l'avrebbe fatta."

Mi addolcii appena, quando percepii un po' di paura nel suo tono.

A volte, mi ero chiesta se si fosse sviluppato qualcosa che andava oltre l'amicizia tra Andie e Owen durante gli anni in cui erano insieme a Boston. Andie non aveva mai parlato di un ragazzo tranne Owen. Ora capivo *perché* lui era l'unica persona che avesse menzionato, dato che era malata all'epoca, e Owen era stato l'*unica* persona al suo fianco in ospedale.

Guardare Andie con Noah, e vedere personalmente quanto adorava il suo nuovo marito, metteva a tacere qualsiasi domanda potessi avere su una presunta relazione tra Andie e Owen. Ma potevo dire dalla preoccupazione nella voce di Owen quanto tenesse ad Andie, anche se non avevano mai avuto una relazione romantica.

"Dev'essere stato difficile per te" mormorai. "Andie ha detto che hai lavorato duramente al college per cavartela con tutta la roba di medicina in due anni, e che avevi anche un lavoro. Non posso immaginare lo stress della malattia di Andie oltre a tutto il resto."

"Non è stato un grosso problema" sminuì. "Ho solo fatto quello che avrebbe fatto qualsiasi altro amico."

No, non *tutti* avrebbero trovato un modo per gestire tutto quello, ma Owen poteva essere testardo come Andie.

Mi alzai, temendo di entrare ancora più nel personale con Owen di quanto volessi essere. "Farei meglio ad andare. Grazie per aver esaminato quei casi, Dr. Sinclair."

"Owen" corresse, incrociando le braccia sul petto muscoloso. "Sei in ritardo per qualunque impegno tu abbia e che ti impedisca di cenare con me?"

Riunii i file sulla sua scrivania. "Sì."

Mi bloccai, mentre mi afferrava per un polso e chiedeva improvvisamente: "Cosa devi fare di tanto importante, Layla? È venerdì. Hai un appuntamento?"

In realtà ce l'avevo… con un bulldog di mezza età che adoravo, e molte altre creature a quattro zampe che avevano bisogno di attenzione.

I nostri occhi si incontrarono, e non riuscii a distogliere lo sguardo. "Se ce l'ho, sono affari miei" dissi bruscamente, tirando per riavere il mio braccio.

Non avrei chiesto il suo permesso per andare a un dannato appuntamento.

Non aveva idea che la mia vita amorosa fosse quasi inesistente, ma anche se non lo fosse stata, non era assolutamente affar suo cosa facevo col mio tempo libero.

Mi lasciò andare il polso. "Non smetterò di provare, Layla. Odio come stanno le cose tra noi al momento. Forse qualsiasi cosa è successa, è *stata* dieci anni fa, ma eravamo legati. Qualunque cosa ti tormenta, voglio sistemarla. Ho provato duramente a parlarti allora, ma dovevo partire per il college, quindi ho dovuto lasciar perdere. Ma non andrò da nessuna parte ora."

Mi *aveva* spinta a parlare con lui dopo avermi tradita, e alcune volte, ero *quasi* scoppiata a piangere pensando di dirgli tutto. Ma alla fine, avevo mantenuto il silenzio, proprio come facevo sempre.

Come se potesse davvero cambiare il nostro passato ora? Non è possibile.

"E io continuerò a dirti di no" risposi, mentre prendevo l'ultimo file e lo mettevo nella pila che stavo tenendo. "Siamo colleghi, Dr. Sinclair. È tutto quello che saremo mai. Adoro Citrus Beach, e voglio stare qui con i pazienti che ho stabilito alla clinica. Se *non* volessi restare, potrei facilmente andare da qualche altra parte. Per favore, non farmi pressione per spingermi a lasciare questo posto."

Ero single, ed ero libera di viaggiare in un altro luogo, o forse in un altro Stato, dove poter praticare una libera professione.

Avevo considerato tutte le opzioni, quando avevo sentito che Owen stava acquistando la clinica del Dr. Fortney, ma ero rimasta perché era qui che volevo stare.

Mi ero ripetuta che potevo gestire il lavoro con Owen, ed *ero* perfettamente capace di farlo—quando non cercava di persuadermi ad essere più personale con lui.

"Non devi andartene a causa mia" disse con voce roca. "Non voglio. Voglio solo che le cose siano... diverse."

Deglutii a fatica e mi mossi verso la porta per scappare, mentre dicevo: "Ho imparato duramente che non si può sempre ottenere ciò che si vuole."

Non dissi un'altra parola, mentre aprivo la porta, uscivo, e la chiudevo lentamente dietro di me.

CAPITOLO 2

Layla

Dark: *Allora, quello che stai dicendo è che non sopporti il tuo capo, ma devi comunque andare alla festa, altrimenti la tua amica sarà delusa.*

Annuii come se Dark potesse davvero vedermi, anche se stavamo conversando tramite messaggi in un'app di incontri.

Aveva riassunto la mia situazione piuttosto accuratamente. Non volevo andare a casa di Owen.

Io: *Esattamente. Ma è solo una serata. Sopravvivrò. Solo che non è così che vorrei trascorrere un sabato sera.*

Guardai l'orologio e rilasciai un sospiro, mentre mi alzavo dal tavolo della cucina. Anche se avrei voluto parlare con Dark ancora un po', *dovevo* andare a casa di Owen per aiutare a organizzare.

Io: *È ora di tornare nel mondo reale.*

Dark era una distrazione divertente, ma non era esattamente… reale. Era solo un ragazzo che avevo conosciuto aiutando il marito di Andie a testare la sua nuova app di incontri, Not-Just-A-Hookup. Avevo iniziato a conversare con diverse persone nelle ultime settimane in uno sforzo onesto di valutare l'app per

Noah, ma Dark era l'unica persona che non mi aveva spaventata e che non aveva fatto scattare campanelli d'allarme.

Il suo nome intero era *Dark Humor*, quindi era stato abbreviato con Dark.

Il mio nickname sulla app era *California Dreaming*, e mi chiamava Dreamer.

A parte questo, non sapevamo praticamente niente l'uno dell'altra, ma trovavamo sempre qualcosa di cui parlare.

Ci sentivamo quasi quotidianamente. Era una comunicazione piacevole, e una via di fuga divertente.

Dark: *Non capisco perché stai aiutando il tuo capo. Pensavo non ti piacesse. Ti infastidisce, ricordi?*

Emisi un gemito tormentato. Non era che *volessi* stare vicino a Owen più di quanto dovessi.

Io: *Ho offerto il mio aiuto prima che sapessi che il ricevimento si sarebbe tenuto a casa del mio capo. Sinceramente, mi piace il marito della mia amica, e quasi tutta la sua famiglia.*

Non potevo dirgli che il marito della mia amica era lo sviluppatore della app con cui stavamo chattando, e che la stavo usando solo per aiutare Noah. Io e Dark non condividevamo informazioni del genere. Tenevamo i dettagli personali, come i nomi e i luoghi, al minimo.

Dark: *Metti sempre da parte i tuoi sentimenti personali per aiutare gli amici?*

Riflettei sulla sua domanda per un momento.

Io: *Non sempre, ma questa è speciale per me. Ne ha passate tante, e merita tutta la felicità che può ottenere.*

Ero felice che Andie stesse finalmente iniziando a vivere la sua vita dopo il cancro con un uomo che amava, anche se quell'uomo era il fratello maggiore di Owen.

Chi avrebbe potuto predire che un viaggio inaspettato a Cancùn con Noah si sarebbe concluso con un impegno a vita per Andie? La relazione si era sviluppata in fretta, e la mia amica aveva impiegato un po' per sbarazzarsi delle sue paure, ma Noah l'aveva inseguita come un segugio, finché Andie non poté e non volle più dirgli di no.

Noah l'aveva prontamente portata nella terra del vino per sposarsi, in modo che potessero entrambi evitare il caos di un grosso matrimonio.

Non che potessi davvero biasimarla per *averlo voluto* evitare. La famiglia Sinclair poteva essere un po' travolgente, e questo *senza* considerare l'arrivo al ricevimento del ramo orientale della famiglia.

Dark: *Che cosa ti ha fatto questo ragazzo, Dreamer? Non sembri il tipo di donna che odia qualcuno facilmente.*

Mi accigliai davanti al telefono. Volevo davvero riversare la mia anima su qualcosa accaduto al liceo? A un ragazzo che non avevo mai visto di persona?

No. Non volevo *proprio* provare a spiegare. A volte nemmeno io riuscivo a capire come mai non riuscivo a lasciar andare qualcosa che era accaduto dieci anni addietro.

Io: *Non lo odio esattamente. Era roba da liceo. Niente di così importante. Ma mi ha insegnato a non fidarmi di lui. Siamo stati amici per anni, ma non è mai stato davvero il ragazzo che pensavo fosse.*

Dark: *Forse voi due dovreste parlarne. Forse è possibile che tu possa superare tutte le vecchie contrarietà.*

Sapevo che stava cercando di aiutare, e il suo desiderio di essere un amico era una delle cose che mi piacevano di Dark. In effetti, non ero sicura che gli importasse nemmeno dell'amore, anche se era su un'app di appuntamenti.

Io: *Ci penserò.*

Mi ero sforzata di far cadere la mia animosità nei confronti di Owen. Dopotutto, il dolore era stato inflitto anni addietro e non avrei cambiato il modo in cui era andata a finire la mia vita. Probabilmente avevo perdonato Owen molto tempo addietro, ma non avrei mai potuto dimenticare.

Dark: *Preferiresti che lo picchiassi a sangue per averti ferita?*

Risi. Dark sembrava sempre così disposto a saltare per proteggermi da qualsiasi cosa potesse ferirmi. Certo, sapevo che erano tutte chiacchiere, ma era dolce.

Io: *So prendermi cura di me stessa e non sono più esattamente al liceo. Non chiedo ai miei amici di picchiare persone che non mi piacciono, ma grazie per l'offerta. Penso che troverò un modo per sopravvivere al pomeriggio e alla sera.*

Guardai di nuovo l'orologio e aggiunsi al mio messaggio.

Io: *Devo andare. Farò tardi se non mi muovo.*

La nuova casa di Owen era dall'altra parte della città, proprio sull'acqua. Il mio appartamento era il più lontano possibile dall'oceano ed ancora entro i confini della città di Citrus Beach.

Dark: *Io direi di far aspettare il bastardo. Lo stai aiutando. Ogni momento che passi a parlare con me è uno in meno che devi passare con lui.*

Sorrisi.

Io: *Mi sono offerta di aiutare a organizzare, quindi sarebbe un po' scortese, non credi?*

Onestamente, *avrei potuto* trascinare i miei piedi per arrivare a casa di Owen se non fosse stato per Andie.

Era piuttosto stressata per l'intera faccenda dell'incontro con tutta la famiglia Sinclair, e Andie raramente era ansiosa per qualcosa.

Dark: *Hai accettato di aiutare un'amica prima di conoscere tutti i fatti. La tua amica sa che sei a disagio con il suo nuovo cognato?*

Io: *No. Non posso esattamente parlarle di non amare qualcuno nella famiglia di suo marito. È qualcosa che dovrò affrontare da sola.*

Andie poteva *sospettare* che le cose non fossero così amichevoli tra me e Owen, ma non le avevo mai parlato di quello che era successo al liceo perché temevo che potesse influenzare la sua amicizia con Owen.

Ora, l'ultima cosa che volevo fare era mettere a repentaglio la sua felicità in qualsiasi modo, e Owen non era solo un caro amico, ma anche parte della sua famiglia da quando aveva sposato Noah.

Dark: *Non devi fare tutto da sola, Dreamer. Parlami se hai bisogno di qualcuno che ti ascolti.*

Io: *Non è quello che ho fatto?*

Davvero, non gli avevo fornito molti dettagli, ma gli avevo raccontato la situazione di base senza rivelare troppo di me.

Dark: *Sappi solo che se vuoi davvero parlare, sono qui. Non penso che questa sia solo una situazione scomoda per te. Penso che sia più di questo. Fammi sapere se c'è qualcosa che posso fare per aiutarti. La mia offerta di fargli del male è ancora valida.*

Risi. Non potevo trattenermi. Non aveva il nome Dark Humor per caso.

Io: *Sei così contorto.*

Dark: *Ma ti piaccio comunque.*

Sapevo che quella era la sua dichiarazione finale. Concludeva sempre le nostre conversazioni con una specie di dichiarazione arrogante.

Uscii dall'app e misi il telefono nella borsa.

Arrogante o no, mi *piaceva* Dark. Ero convinta che la sua occasionale sfacciataggine fosse una specie di spavalderia per coprire il fatto che in realtà avesse un cuore gentile. Avevamo avuto troppe conversazioni perspicaci per farmi credere ai suoi commenti da stronzo come parte della sua vera personalità.

"Non è che importi davvero chi è, o com'è la sua vera personalità" dissi ad alta voce mentre raccoglievo le mie chiavi e la mia borsa. "È un beta test per un'app. Non è che sto cercando l'amore in un vero programma di appuntamenti."

Avevo accettato di lavorare con l'app solo per aiutare Noah.

Non che non volessi trovare un bravo ragazzo un giorno, ma volevo incontrare Mister Giusto *di persona*. Finora quel particolare evento mi era sfuggito, ma non ero pronta a riporre la mia fiducia in un ragazzo che non avevo mai incontrato faccia a faccia.

Certo, i siti di incontri e le app funzionavano bene per alcune donne, ma non per me. Avevo provato a incontrare qualcuno di carino online una volta, subito dopo aver finito la scuola per infermieri. Alla fine ero stata ingannata, il che era stato più che sufficiente per scoraggiarmi dagli appuntamenti informatici per il resto della mia vita.

Ero stata riluttante persino a farmi coinvolgere nel beta test per Not-Just-A-Hookup a causa della mia precedente brutta esperienza, ma avevo spazzato via tutti i dubbi che avevo per aiutare Noah. Aveva reso Andie così felice, e non era che dovessi prendere sul serio la cosa delle app di appuntamenti.

Finora, avevo fatto del mio meglio per dare al programma una buona possibilità. *Stavo* ancora parlando con Dark, anche se avevo scaricato tutte le mie altre conversazioni.

Infilai i piedi in un paio di sandali casual vicino alla porta. Mi ero vestita in modo piuttosto rilassato. La festa sarebbe stata grande, ma rilassata, quindi avevo optato per un prendisole che fosse colorato senza essere sgargiante. In verità, era l'unica cosa che avevo a parte jeans e pantaloncini.

Passavo molto del mio tempo libero in un rifugio, e non era che a Brutus, il bulldog inglese che adoravo, o a nessuno degli animali che amavo importava del mio aspetto.

Feci una smorfia mentre chiudevo a chiave il mio appartamento, chiedendomi quante donne avrebbero sbavato su Owen al ricevimento.

Probabilmente ero l'unica donna single a Citrus Beach che avrebbe davvero rifiutato la possibilità di cenare con lui.

Sì, Owen *era* considerato lo scapolo più ambito della zona, anche se non ero completamente d'accordo con quell'analisi.

Era un medico, ma c'erano molti medici single nel sud della California.

Era giovane e incredibilmente attraente. Ma di ragazzi sexy nel sud della California ce n'erano a bizzeffe.

Okay, quindi forse, se uno metteva insieme tutte queste cose, era un dottore, giovane *e* attraente, quindi questo gli dava *diverse* qualità desiderabili.

Tuttavia, questo significava davvero che l'intera popolazione femminile e nubile di Citrus Beach doveva comportarsi come una pazza per lui?

Alzai gli occhi al cielo, mentre pensavo a quante delle sue pazienti sembrassero tutt'altro che mortalmente ammalate quando entravano in clinica. In effetti, il loro comportamento sfacciatamente civettuolo in realtà *mi* faceva venire la nausea.

Bisognava dargliene atto, Owen *aveva* gestito bene quelle situazioni. Di certo non aveva fatto nulla per incoraggiarle.

La triste verità era che, nonostante tutte le sue desiderabili qualità da scapolo, sapevo che era l'intera faccenda del miliardario a motivare ognuna di quelle donne.

Owen era passato da un tirocinante di medicina molto povero e in difficoltà a un miliardario letteralmente dall'oggi al domani. Era entrato in una grande eredità che sicuramente non si aspettava, ed erano i simboli del dollaro che quelle femmine vedevano quando lo guardavano.

La parte triste era che... quelle donne non lo conoscevano nemmeno. L'unica cosa che conoscevano di Owen era il suo incredibile patrimonio netto.

Non sapevano che poteva essere incredibilmente protettivo nei confronti delle persone a cui teneva.

Non sapevano che era un po' timido nel parlare a un grande pubblico, anche se il suo QI era oltre ogni limite e aveva molte conoscenze da condividere.

Non sapevano che Owen era come un'enciclopedia ambulante e parlante e che conservava molte più informazioni rispetto alla maggior parte delle persone sulle cose che aveva letto o sentito.

Non sapevano che aveva l'abitudine di dire cose oltraggiose in quello che sembrava il momento peggiore possibile, o che la sua tendenza derivasse dal desiderio di alleviare il dolore degli altri.

Non sapevano del senso di colpa che portava perché era il più giovane, e pensava che i suoi fratelli maggiori avessero dovuto sacrificarsi troppo per lui.

Non sapevano che poteva essere il ragazzo più dolce del pianeta senza nemmeno sapere che le sue azioni erano piuttosto eccezionali.

Basta! Questo è quello che pensavo prima che mi ingannasse. Non penso più a lui in quel modo. Non lo faccio da molto tempo.

Indossai un paio di occhiali per proteggermi gli occhi dal sole mentre camminavo verso il mio veicolo, non volendo ammettere, nemmeno a me stessa, che *odiavo* il fatto che tutte quelle donne volessero Owen solo per i suoi *soldi*.

Ancora più triste, *doveva* sapere che la loro attenzione era motivata dai miliardi di dollari a sua disposizione. Non era che *non* sarebbe stato perseguitato affatto ora perché era incredibilmente sexy e aveva una buona carriera come medico. Owen sarebbe stato un ottimo fidanzato o materiale per il matrimonio a questo punto della sua vita. Ma dubitavo fortemente che quelle cose da sole avrebbero prodotto la frenesia delle donne alle sue calcagna in questo momento.

È tutta una questione di soldi.

Nessuna donna aveva *davvero* visto il valore di Owen prima che gli piovesse addosso una fortuna.

Beh, nessuna donna... tranne me.

CAPITOLO 3

Owen

"Layla è già arrivata? Sono bloccata nel traffico. Farò tardi. Avrei dovuto lasciare che consegnassero loro quella dannata torta." Andie sembrava insolitamente frustrata. Non mi aveva nemmeno salutato quando avevo risposto al cellulare.

"Beh, ciao a te" dissi con un sorrisetto, mentre lasciavo cadere il culo su una poltrona reclinabile nel mio soggiorno. "Calmati, Andie. Questa dovrebbe essere una festa informale e divertente. E no, Layla non è ancora qui, ma sono riuscito a superare la scuola di medicina e la specializzazione da solo. Penso di poter gestire questo ricevimento se non arriva in tempo."

"Facile da dire per te" brontolò. "La maggior parte delle persone che partecipano sono *già* la tua famiglia."

"Anche la tua famiglia, adesso" le ricordai. "E non è che io conosca davvero i miei fratellastri e cugini della Costa Orientale."

Sebbene la maggior parte dei miei fratelli conoscesse bene i Sinclair del Maine ora, non ero mai stato in giro per vederli durante le loro frequenti visite a Citrus Beach. Avevo parlato un po' con Evan al telefono visto che era stato lui a distribuire i fondi che avevano cambiato tutte le nostre vite. Ma a parte questo, mi ero incontrato con la mia nuova famiglia nel Maine solo un paio di volte di persona. Potevamo condividere il DNA, ma erano praticamente ancora estranei per me.

"Ma sono sempre il tuo sangue. E se non gli piaccio, Owen?"

Mi accigliai. Andie non era una donna con enormi insicurezze, quindi era un po' sconcertante sentire quanto fosse agitata per tutta questa faccenda del ricevimento di nozze. "Non succederà assolutamente *nulla*, Andie. Noah ti amerà ancora, e non gli importerà niente di quello che pensano gli altri, famiglia o meno."

Gesù! Non sapeva che Noah avrebbe felicemente soffocato chiunque avesse detto una brutta parola sulla sua nuova moglie?

Rilasciò un grande respiro. "Hai ragione. Sono ridicola. Immagino di essermi innervosita per essere rimasta intrappolata nel traffico. Dio, odio il traffico di San Diego. Dove diavolo vanno tutte queste persone di sabato?"

Esitai nel ricordarle che *era* ancora estate e la maggior parte delle persone era in giro con il bel tempo. "Perché non hai preso qualcosa qua intorno?"

Sospirò. "Noah ed io siamo andati in una panetteria qui e ci siamo innamorati della loro torta fresca al limone e frutti di bosco. È una torta di semi di vaniglia infusa con sciroppo di mandorle e ripiena di cagliata di limone piccante e mousse al cioccolato bianco. Quindi è condita con frutti di bosco di stagione. Era piaciuta ad entrambi. Volevo sorprendere Noah regalandogli questa torta per il nostro ricevimento."

Sorrisi. La mia migliore amica era passata da critica gastronomica spensierata a donna innamorata perdutamente. Non ero ancora abituato al fatto che fosse così felicemente sposata. Sì, *ero* abituato alla sua crescente poetica sul cibo, ma non le era mai importato se quel cibo rendesse felice qualcun altro o meno. "Anche a me suona dannatamente bene. C'è qualcosa che non faresti per rendere felice tuo marito?"

"Niente" disse lei irremovibile. "Noah merita un po' di coccole dopo tutto quello che ha fatto per me."

Sinceramente, avevo pensato che loro due fossero perfetti l'uno per l'altra da quando Noah si era fatto il culo per assicurarsi che anche sua moglie fosse felice. "Prenditi il tuo tempo, Andie. Ho tutto sotto controllo. I ristoratori sono già stati qui per portare il cibo e torneranno per fare il barbecue. Non c'è molto da fare."

Avevo scoperto che uno dei vantaggi di essere un miliardario era che potevo pagare *qualcun* altro per fare tutte le cose che dovevo fare io stesso. Non potevo dire di essermi completamente adattato ad avere il tipo di fondi che avevo ereditato, ma dopo essere stato povero in canna per tutta la mia vita, non era esattamente una difficoltà.

Avevo lavorato con un decoratore d'interni per aiutarmi a mettere insieme la mia nuova casa sul lungomare. Certo, mio fratello, Aiden, *aveva* dovuto ricordarmi che potevo permettermi di assumerne uno, ma ero stato pienamente d'accordo una volta essermi reso conto di quanto fossi incapace nel fare qualcosa di solo lontanamente artistico.

Andie sbuffò. "Certo che ci sono cose da fare, ma forse non c'era bisogno di dire a Layla di venire così presto. Dovrebbe essere lì tra pochi minuti, e io sono ancora imbottigliata nel traffico."

"Va tutto bene" assicurai. "Penso che io e Layla dobbiamo parlare. Questo potrebbe essere l'unico modo per incontrarla al di fuori del lavoro. Mi sono offerto di portarla a cena un paio di volte, ma mi ha rifiutato categoricamente."

"Voi due non andate ancora d'accordo?" chiese Andie. "Non capisco. Noi tre eravamo così buoni amici al liceo. So che tu e Layla non vi siete davvero tenuti in contatto, ma sento la mia amicizia con lei come se non fossimo mai state distanti all'altro capo del Paese.

"Non lo capisco nemmeno io" confessai. "Lei ed io *non* potevamo rimanere in contatto perché non parlava con me quando sono partito per il college. Non so cosa ho fatto per farla incazzare così dannatamente."

"Non lo so nemmeno io. Ho provato a chiederglielo, in un modo sottile, ma non ha abboccato. Non vuole parlare di te, quindi non ho insistito. Questo sta danneggiando le vostre carriere professionali?"

"Non proprio" dissi ad Andie. "Entrambi facciamo il nostro lavoro ed è ovvio per me che Layla tiene molto ai suoi pazienti. Questo mi turba... personalmente."

Migliore amica o no, non avrei detto ad Andie che al mio uccello non importava se Layla mi odiava. Diventava duro ogni volta che la donna era nei paraggi.

"Vuoi essere di nuovo suo amico, Owen?" chiese Andie esitante.

Beh, non esattamente. Come diavolo avrei dovuto spiegare che quello che avevo con Layla al liceo non avrebbe funzionato più per me?

Diavolo, non aveva funzionato nemmeno al liceo.

Sì, eravamo stati davvero buoni amici, ma durante il nostro ultimo anno i miei sentimenti erano cambiati. I miei abbondanti ormoni adolescenziali l'avevano improvvisamente notata, e da allora niente era stato più lo stesso.

Non avevo mai *fatto* niente per quella cotta. Non avevo voluto perdere completamente Layla dicendoglielo, quindi avevo tenuto la bocca chiusa.

Ora, da maschio adulto, il mio cazzo era un milione di volte più insistente nel rendere il mio rapporto con lei più... carnale.

"Sì. Immagino di sì" dissi senza impegno. Andie era come una sorella per me, quindi parlarle del modo in cui desideravo Layla mi sembrava... sbagliato.

"Sarebbe fantastico se voi due poteste trascorrere del tempo insieme al di fuori del lavoro" disse Andie con entusiasmo. "La maggior parte degli altri nostri vecchi amici si è dispersa e dovreste davvero uscire di più. Ti sei guadagnato il tuo tempo libero, ma non sembri felice di averne davvero un po' ora che la tua specializzazione è finita."

"Non ho idea di come passare il mio tempo libero" scherzai. "Non so cosa fare di me stesso. I miei fratelli sono tutti sposati, quindi non è che posso semplicemente uscire con loro come se fossero single."

In verità, la mia nuova vita era un po' come entrare in un episodio di Twilight Zone. Avevo passato un intero decennio senza fare altro che lavorare e studiare medicina. Il resto del mondo era andato avanti mentre studiavo per diventare medico, e ora che ero pronto per unirmi a loro, tutto era cambiato.

Ognuno dei miei fratelli era ricco quanto me, ma avevano avuto un po' più di tempo per digerire la loro inaspettata ricchezza. Ero stato così impegnato solo a cercare di superare la mia specializzazione che non avevo avuto il tempo di pensarci. Nulla era cambiato davvero per me mentre stavo finendo la specializzazione, anche se avevo un saldo in banca piuttosto pesante da un po' di tempo ormai.

"Certo che puoi uscire con loro" rimproverò Andie. "Ognuno di loro è euforico perché sei tornato in California e hai finito con la scuola."

Volevo spiegarle quanto sembrasse surreale la mia vita ora, ma non sapevo come farlo. "Lo so. Ma le cose sono decisamente diverse. Dipende da me. Non da loro. Credo che alla fine mi abituerò a tutti i cambiamenti, ma non ci sono arrivato ancora."

"Sono sicura che è strano" ribatté Andie pensierosa. "Voglio dire, sei passato da uno specializzando in difficoltà a Boston a un medico miliardario nel sud della California. I tuoi fratelli sono tutti sposati ora e tu non c'eri per vedere tutti quei cambiamenti mentre accadevano. Le loro nuove case e le loro nuove vite. Ci vorrà un po' per recuperare. Ma prova a goderti la libertà che hai ora, Owen."

"Non è che non mi piaccia" spiegai. "Sono contento di aver finito con la scuola e di essere tornato a casa in California. Sono felice di essere finalmente un medico con il mio studio. E di sicuro non mi dispiace di *non* essere un nuovo dottore che affoga nei debiti studenteschi. Non sono sicuro di cosa fare con tutto il tempo e i soldi extra che ho ora. Ho recuperato il sonno e ho letto tutto quello che avrei voluto leggere mentre ero a scuola. Cos'altro c'è da fare?»

Ero stato un drogato di serie fantasy al liceo, ma non avevo avuto il tempo di leggere quel genere di cose una volta arrivato al college. Avevo compensato una volta tornato in California. Avevo divorato diverse lunghe serie fantasy, leggendo libri uno dopo l'altro fino a non poterne più.

"Forse potresti provare a frequentare qualche ragazza" suggerì Andie seccamente.

"Ora che sono estremamente ricco, dubito che qualsiasi donna sarà interessata a me. Penserà solo ai miei soldi" le dissi. "Ho avuto un mucchio di donne che *mi* hanno chiesto di uscire, ma non sono nemmeno tentato. Vorrei una donna che desidera conoscere me, non il mio conto in banca. Conoscevo alcune di quelle donne al liceo e sicuramente non erano interessate quando ero uno squattrinato in vestiti di seconda mano."

Non era che qualcuna di quelle donne si fosse improvvisamente svegliata per capire che bravo ragazzo fossi o qualcosa del genere.

Era *tutta* una questione di soldi.

"Lo capisco" simpatizzò Andie. "Ma ci deve essere qualcuna là fuori che ci *terrà* a te. Sei un ragazzo incredibile, con o senza miliardi di dollari."

Non ero esattamente uno con esperienza negli appuntamenti. Avevo avuto delle frequentazioni durante il college e la scuola di medicina, ma niente di più. La maggior parte era stata un'occasione di una notte con donne che erano studentesse impegnate quanto me e che non avevano nemmeno il tempo per una relazione.

"L'unica donna a cui importava davvero di me ha finito per sposarsi con mio fratello maggiore" scherzai.

Lei ridacchiò. "E tiene *ancora* a te, anche se è sposata. Voglio che tu sia felice."

"Sono abbastanza felice" le assicurai.

Dal momento che non volevo davvero spiegare che il mio fallo vedeva solo una donna in questo momento, e quella donna apparentemente mi odiava, avevo davvero bisogno di uscire dall'intero argomento su di me e gli appuntamenti.

"Spero che tu possa risolvere tutto con Layla" disse Andie piano. "Sarebbe bello se voi due poteste essere di nuovo amici."

Avrei voluto dirle che sarebbe stato ancora più bello se Layla e io fossimo diventati molto più che amici, ma non lo feci.

Fortunatamente, fui salvato dall'idea di una sorta di risposta neutra dal campanello sulla porta che suonava. "Penso che sia qui" la informai. "Non preoccuparti, e arriva quando puoi. Non impazzire per il traffico."

"Okay. Ti lascio andare. Se tutto va bene, questa autostrada smetterà presto di sembrare un parcheggio" rispose, la sua voce un po' meno stressata.

Andie e io ci salutammo frettolosamente e mi diressi verso la porta, determinato a risolvere *oggi* qualsiasi problema che Layla avesse avuto con me, poiché poteva essere la mia unica possibilità.

La nostra relazione era stata tesa sin dal primo giorno in cui avevo iniziato a lavorare in clinica.

Ovviamente, la mia attrazione per Layla *non* era corrisposta. Era sembrata inorridita ogni volta che le avevo suggerito di cenare insieme. Potevo solo immaginare come avrebbe reagito se avesse saputo che volevo denudarla.

Quindi sì, il fatto che non mi volesse nello stesso modo in cui volevo lei mi *infastidiva* più di quanto volessi ammettere, ma non era solo la lussuria che mi spingeva verso Layla.

Diavolo, noi due avevamo una storia insieme che era iniziata molto prima che mi fossi infatuato di lei durante l'ultimo anno, e questo significava qualcosa per me.

Non volevo che mi odiasse e *volevo* riparare qualsiasi cosa fosse successa in passato.

Ad un certo punto, avrei potuto anche superare la mia infernale attrazione fisica per lei se fossimo potuti uscire di nuovo come amici, giusto?

Aprii la porta, completamente pronto ad avvicinare Layla alla possibilità di chiarire il nostro passato ed essere di nuovo amici.

La mia determinazione durò un paio di secondi.

Una volta che la vidi in piedi sulla soglia della mia porta, il suo corpo sinuoso racchiuso nel dannato prendisole più sexy che avessi mai visto, rimasi senza parole mentre i miei occhi consumavano avidamente ogni centimetro di pelle cremosa che l'indumento rivelava.

Porca puttana! Perché diavolo doveva indossare quel vestito sexy?!

Avrei voluto trascinarla in casa e inchiodarla duramente contro la prima superficie disponibile che fossi riuscito a trovare.

Ogni pensiero di essere di nuovo suo amico volò via dal mio cervello, dileguandosi come se fosse stata un'idea ridicola in primo luogo.

Ero passato da *speranzoso* a *fottuto* in meno di cinque secondi, e non avevo idea di cosa fare con quella reazione fulminea.

"Owen, va tutto bene?" chiese Layla esitante mentre si toglieva gli occhiali da sole.

Accidenti. Mi stava *finalmente* chiamando Owen, e il mio corpo stava reagendo alla piccola intimità come se fosse il tipo più dolce di tenerezza.

Ho bisogno di calmarmi. Layla mi sta fissando come se avessi perso la testa.

"Sì. Bene" mormorai. *Dannazione.* Dieci anni di istruzione superiore, e *quella* era l'unica risposta che potevo pensare di darle?

Apparentemente, il mio intelletto aveva completamente abbandonato l'edificio quando avevo sentito il mio nome sulle sue splendide labbra.

Scossi la testa, completamente disgustato da me stesso.

Aprii la porta di più e poi osservai la tentazione che si insinuava dritta in casa mia.

CAPITOLO 4

Layla

"Beh, credo che sia tutto a posto" dissi a Owen con una voce eccessivamente allegra che non sembrava la mia mentre rientravo nella sua casa.

Avevo passato molto tempo fuori a sistemare, e poi a risistemare, le tovaglie, i tovaglioli e tutte le decorazioni che avevo montato. Onestamente, non avevo avuto molto da fare poiché Owen aveva preso una ditta di catering per la ristorazione. I tavoli erano già stati apparecchiati per il barbecue, quindi avevo passato la maggior parte del tempo a fare praticamente... niente. Tutto per evitare di passare troppo tempo da sola con Owen.

Facevo davvero fatica a trovare qualcosa da dirgli. Riuscivo a tollerare un'atmosfera professionale con lui, ma era imbarazzante stare fuori dall'ufficio e a casa sua.

Cosa sa della mia vita?

Cosa so di come è la sua vita adesso?

Era triste che due amici che non erano mai a corto di argomenti quando si parlavano potessero sentirsi così a disagio in presenza l'uno dell'altro ora.

"Hai bisogno di qualcos'altro?" chiese mentre si versava del caffè.

Mi avvicinai all'isola della cucina dicendo: "Bevi ancora molto caffè?"

Owen aveva studiato come un matto al liceo e aveva anche tenuto un lavoro in un negozio di auto locale. Durante il suo ultimo anno era sembrato che stesse sempre tracannando caffè. Se Noah lo avesse permesso, Owen probabilmente avrebbe lavorato in ogni momento disponibile per accumulare i soldi per il college. Ma suo fratello maggiore aveva messo delle restrizioni su quante ore avrebbe lasciato lavorare il suo fratellino durante il liceo.

Owen si voltò verso di me con un sorriso malizioso. "Come pensi che abbia superato la scuola di medicina e la mia specializzazione? Niente ramanzine sul fatto che io sia un medico e quanto non sia salutare per me, se non ti dispiace."

Era la prima volta che vedevo davvero Owen sorridere in quel modo da quando era tornato a Citrus Beach, e quella vista mi sciolse *quasi* il cuore.

Alzai le spalle mentre prendevo una Diet Coke che mi aveva dato prima. "Non dirò una parola se prometti di non commentare la mia dipendenza da Diet Coke. Una persona deve avere un vizio o due, anche se sa che gli fa male."

Owen si mosse finché non fu proprio di fronte a me, appoggiando un fianco contro l'isola. "Concordo. Qualcosa accadrà a tutti un giorno. Preferirei godermi la vita piuttosto che preoccuparmi di ogni singola cosa che potrebbe togliermela."

Ingoiai un sorso della bibita con più forza del necessario. Non mi piaceva sentirmi così a disagio con lui vicino a me, anche se c'era la barriera dell'isola di granito tra di noi. "Anch'io. Voglio dire, cerco di essere il più sana possibile, ma non rinuncio completamente a pizza, hamburger e Diet Coke. La vita farebbe schifo se lo facessi."

"A proposito di pizza" disse strascicando. "Quell'incredibile pizzeria a conduzione familiare in Baker Street è ancora aperta?"

Annuii. "Da Russo. Sì, sta ancora andando forte e non è cambiata per niente. Fanno ancora la migliore pizza della zona. Non ci sei ancora stato?"

"No" confermò. "Citrus Beach è cambiata, e non ero sicuro che fosse ancora lì. Ci sono così tanti nuovi ristoranti in questa città."

Mi sedetti su uno degli sgabelli lungo l'isola. "Credo che andando in giro per vedere quei cambiamenti, non sembra che Citrus Beach sia cresciuta così tanto" risposi. "Non mi sembra poi così diversa. La maggior parte dei posti in cui andavamo da adolescenti sono ancora operativi. Non hai avuto tempo per esplorare?"

Non era tornato in California ieri. Sapevo che di sicuro avrei cercato alcuni dei migliori ristoranti della città se fossi stata via per un decennio.

"Ci arriverò, alla fine" rispose Owen. "Credo di non essere ancora abituato ad avere il tempo e i soldi per andare a mangiare fuori. Mi sento ancora un po' perso. Ho trascorso un intero decennio della mia vita piuttosto isolato. Ora che sono finalmente esattamente dove voglio essere, tutto è cambiato. Il mondo è andato avanti mentre la mia vita fuori dalla scuola è stata sospesa."

Bene. Forse Owen e io non eravamo più amici, e probabilmente non avrei mai lasciato andare il mio risentimento nei suoi confronti, ma potevo relazionarmi con ciò che stava provando. "Capisco" gli dissi. "Mi sono sentita allo stesso modo una volta terminata la scuola di specializzazione. Ho passato anni al college e ho lavorato come infermiera professionista dopo aver superato i miei esami, quindi per me non c'era altro che lavoro e scuola. Quando finalmente ho finito, mi sono resa conto che tutti i miei amici erano andati avanti senza di me. La maggior parte di loro si era sposata e aveva già uno o due figli."

Riuscivo ancora a ricordare quanto fossi stata triste di non avere nulla in comune con la maggior parte dei miei vecchi amici una volta finito il college. Avevano costruito una rete completamente nuova di amici che erano sposati con bambini, e non mi sentivo più a mio agio con nessuno di loro.

"Quindi hai finito la tua laurea triennale, sei diventata un'infermiera professionista e poi hai frequentato la scuola di specializzazione?" chiese, suonando sinceramente curioso.

"Sì... e no" iniziai a spiegare. "Come te, ho superato i corsi generali e ho frequentato le lezioni al liceo per ottenere alcuni dei miei prerequisiti. Ho superato il resto in un anno, e poi sono entrata nel programma di infermieristica pre-universitario. Dopodiché ho superato gli esami e ho iniziato a lavorare come infermiera professionista. Volevo un lavoro che mi pagasse dignitosamente in modo da potermi permettere di perseguire la mia laurea, e poi il mio master."

I suoi irresistibili occhi verdi mi studiavano mentre appoggiava i gomiti sull'isola. "Cosa è successo a tutti quei sogni che avevi di diventare una veterinaria? Pensavo fosse quello che volevi."

"È così" dissi in tono seccato, incapace di tenere lontana l'irritazione dalla mia voce. "Penso che tu sappia cosa è successo, Owen. Possiamo semplicemente tagliare tutta questa finzione?"

Perché aveva sentito il bisogno di andare *lì* proprio mentre stavamo riuscendo ad avere una conversazione civile?

Dio, avrebbe davvero continuato a comportarsi come se non avesse idea del perché non mi piacesse?

"No, davvero non lo so" disse, il suo sguardo che non lasciò mai il mio viso. "Dobbiamo parlare di quello che è successo. Sono passati più di dieci anni, Layla. Siamo adulti da un po' di tempo. Se ho fatto qualcosa per ferirti, voglio rimediare. Ti ho vista a malapena durante gli ultimi mesi del liceo, e poi sono andato in Massachusetts a sistemare le mie cose prima di dover iniziare il college. Odio il modo in cui ci siamo lasciati e odiavo non poterti parlare mentre ero via. Mi mancavi, e non ho mai capito perché hai finito per odiarmi."

Il cuore mi faceva male quando ricordai quanto mi era mancato anche lui. Era stato davvero doloroso per quei primi anni. Alla fine, mi ero convinta che il suo tradimento non mi avesse più ferita, ma avevo mentito a me stessa.

Avevo imparato a convivere con ciò che aveva fatto Owen.

Ma avevo seppellito il dolore invece di risolverlo.

"Hai ragione. *Siamo* adulti. Abbiamo davvero bisogno di discutere di qualcosa che è successo dieci anni fa?" chiesi concisamente.

Non volevo riaprire le vecchie ferite. Non adesso. Owen ed io dovevamo lavorare insieme.

"Sì" disse con voce roca. "Penso di sì. Che cosa ha a che fare questo con la tua istruzione e il tuo desiderio di essere una veterinaria?"

Come il tappo di una bottiglia di vino, esplosi. "*Non* potevo andare al college nel modo convenzionale. Avevo bisogno della borsa di studio Manheim per fare un corso di laurea, Owen. Ho ottenuto diverse borse di studio più piccole per cui avevo fatto domanda, ma avevo bisogno di qualcosa di più grande per aiutarmi a ottenere la laurea in modo da poter fare domanda per la scuola di veterinaria. Sono sicura che probabilmente volevi anche tu quella borsa di studio, ma hai ricevuto più di una borsa di studio importante e avevi più aiuti finanziari disponibili di me. Non ho mai visto mio padre, ma ha pagato un sacco di soldi per il mantenimento dei figli, soldi che hanno coperto tutte le mie spese, poiché mia madre non aveva un lavoro. Penso che quello fosse l'accordo con mia madre in modo che potesse rivendicarmi come sua dipendente. Ho dovuto dichiararlo sulla mia FAFSA, quindi il mio aiuto finanziario è stato minimo, anche se sapevo che mio padre non avrebbe mai coperto un altro centesimo delle mie spese una volta compiuti i diciotto anni. Non c'era modo che mi avrebbe aiutata con il college, ma non potevo nemmeno ottenere molti aiuti finanziari. Sapevo che sarei stata fottuta senza quella mano che il Manheim mi avrebbe dato per superare una laurea con qualsiasi lavoro a bassa retribuzione che avrei potuto ottenere mentre stavo completando quella laurea. Semplicemente *non* sapevo che la mia intera opportunità di essere presa in considerazione sarebbe stata minata perché mi *avevi* mentito."

Mi ero alzata in piedi durante la mia spiegazione sconclusionata, e avevo dovuto appoggiare la mano sul bancone e sforzarmi di respirare.

Essendo stata catapultata indietro al momento in cui avevo scoperto che Owen, un ragazzo di cui mi fidavo più di chiunque altro nella vita, mi aveva fregata, le mie emozioni sepolte erano venute in superficie con un impulso di vendetta.

La rabbia.

Il dolore.

E il tumultuoso senso del tradimento.

Forse avrei dovuto dire tutte quelle cose anni addietro, ma non l'avevo fatto perché allora avevo evitato il confronto il più possibile. In una certa misura, forse lo facevo ancora.

Owen si mosse finché non riuscì ad avvolgere la sua mano intorno alle mie dita tremanti. "Ehi, calmati, Layla. Non ti ho mai mentito. Mai. Lo giuro. Non l'ho mai fatto e non lo farei mai. Cosa diavolo è successo? Merda! Non piangere."

Alzai il mento e lo guardai dritto negli occhi. Il calore e la preoccupazione che vi scorsi quasi calmarono le mie emozioni. *Quasi,* ma non del tutto. Strattonai per liberare la mia mano, ma aveva una presa salda su di essa. "Per favore, smettila con le cazzate, Owen. Se avessi saputo che anche tu avresti fatto domanda per la borsa di studio, in primo luogo non avrei mai chiesto una raccomandazione da parte tua. Ma ti stavi diplomando come migliore studente della nostra classe, ed eri così rispettato a livello scolastico che volevo la tua lettera di raccomandazione. Non ho saputo che non l'avevi mai inviata fino a quando il consiglio di borsa di studio non mi ha informata che non avevano ricevuto una delle mie raccomandazioni da parte dei miei pari, quindi sarei stata considerata non idonea. Ho capito *tutto* una volta uscito l'annuncio che eri *tu* il beneficiario."

Owen finalmente lasciò andare la mia mano e si raddrizzò. Il calore nei suoi occhi si raffreddò quando chiese: "Quindi hai pensato che fossi io quello che *non* aveva inviato la raccomandazione? Perché dovresti pensarlo, Layla? Se non avessi voluto scriverne una, te l'avrei semplicemente detto. Eravamo amici, maledizione! Ho scritto la referenza più onesta possibile. Ho detto al consiglio che eri meritevole, sincera, laboriosa e così dotata che avresti dovuto essere tu a ricevere la borsa di studio. Sì, ho fatto domanda, proprio come ne ho presentate altre per qualsiasi cosa che avrebbe potuto aiutare ad alleviare il carico a me e alla mia famiglia, ma non mi aspettavo di ottenerla. Il Manheim tende a propendere maggiormente per gli studenti che intendono seguire programmi veterinari poiché il fondatore era un veterinario. Ma ho inserito comunque la mia domanda poiché era aperta a chiunque stesse perseguendo una laurea in scienze. E avevo presentato la mia domanda subito *prima* che mi chiedessi una lettera di raccomandazione. Se avessi saputo prima che stavi facendo domanda, non avrei inviato la mia richiesta in primo luogo."

Vidi quello che sembrava vero dolore nel profondo dei suoi occhi e dovetti distogliere lo sguardo dal suo viso.

Com'era possibile che avesse davvero inviato quella lettera?

Era solo un altro diversivo per non dover ammettere di avermi raggirata?

Gli credevo?

Davvero, non era possibile che stesse dicendo la verità. "Chi altro l'avrebbe fatto?" chiesi freddamente. "Andie ha scritto la sua e l'ha inviata. Me ne ha persino mostrata una copia."

"Non pensavo che Andie sapesse perché eri incazzata con me" disse Owen rigidamente.

"Non lo sapeva. Non le ho detto che non avevo ottenuto quella borsa di studio perché non avevi inviato la tua raccomandazione."

Owen strinse la mano libera a pugno. "L'ho mandata" gracchiò. "Se ricordo bene, il comitato delle borse di studio ha richiesto tre raccomandazioni dei pari. È stata una prassi insolita perché hanno chiesto di inviarle dopo aver fatto domanda, con il nome dello studente che ha presentato la domanda e il numero di domanda. Tu, Layla Marie Caine, eri il richiedente numero 997-543-145."

Non ero sorpresa che potesse snocciolare quel numero e il mio nome completo dalla sua testa. Annuii bruscamente. "Peccato che tu non l'abbia mai messo nella mia lettera di raccomandazione."

Sussultai quando il suo pugno si scontrò con il granito. "Ho mandato quella dannata cosa" ribatté, con voce agitata. "Chi era la tua terza referenza?"

"Bea Stanley" dissi in tono piatto. "Sai, rappresentante di classe, cheerleader, molto popolare, molto amichevole, la cocca dell'insegnante anche se non era neanche lontanamente la migliore della classe. *Tutti* l'amavano. Non era mai in ritardo ad alcuna lezione. Mai. La donna era perfetta. Non *avrebbe* rovinato tutto."

"Ma pensi che sia possibile che io l'abbia fatto? Le hai chiesto se lei l'ha mandata?" domandò Owen bruscamente, il muscolo della mascella che gli si contraeva.

Alzai gli occhi al cielo. "Certo che non gliel'ho chiesto. Ha detto che l'avrebbe inviata il giorno successivo e ha sempre fatto le cose per bene."

"Quindi era più facile credere che ti avrei ingannata piuttosto che chiederglielo? Che cazzo, Layla? So che uscivi con lei a volte, ma io e te eravamo amici intimi. Non meritavo anch'io il beneficio del dubbio?"

Una lacrima mi cadde sulla guancia e l'asciugai senza pietà. L'ultima cosa che volevo era che Owen mi vedesse piangere. "Lo pensavo, finché non ho scoperto che *tu* avevi vinto la borsa di studio e che *sarei* diventata non idonea. Aveva senso che fossi stato tu a *non* inviarla. Soprattutto perché eri stato piuttosto distante nei miei confronti per un paio di settimane prima che ricevessi la lettera che mi diceva che ero squalificata. Ho ricevuto la notizia che avevi ricevuto la borsa di studio un paio di giorni dopo. Ho pensato che stessi cercando di allontanarmi perché sapevi che l'avrei scoperto."

"Non è per questo che stavo indietreggiando" rispose seccamente. "Cosa è successo a Bea?"

"È una di quelle amiche che è andata avanti con la sua vita mentre ero a scuola. Ha sposato il capitano della squadra di football e ora ha un paio di figli. È a San Diego" dissi. "Abbiamo cercato di incontrarci per un caffè o un pranzo un paio di volte, ma è sempre successo qualcosa a suo marito o ai suoi figli, quindi non ci siamo mai incontrate di persona."

"Hai il suo numero?" chiese burbero.

"Nel mio telefono" risposi.

"Chiamala" pretese.

Gli lanciai uno sguardo sorpreso. "Adesso? Andie sarà qui da un momento all'altro."

"Questa festa non inizia prima di un'altra ora. Chiamala. Me lo devi, Layla. Mi hai appena accusato di mentire e di averti intenzionalmente rubato quella borsa di studio" disse cupamente.

"Mi hai mentito" gli risposi mentre aprivo la piccola borsa a tracolla che avevo lasciato sull'isola. "Semplicemente non capisco perché non lo ammetti. Forse allora potrei superarlo completamente. Non è che non sapessi che avevi bisogno di tutte le borse di studio che potevi ottenere."

"Forse perché *non* l'ho fatto. Che tu ci creda o no, *volevo* che tu ottenessi quella borsa di studio una volta scoperto che avevi fatto domanda. Ero consapevole di quanto volessi diventare una veterinaria. Diavolo, sono rimasto sbalordito quando Andie ha detto che invece saresti andata alla scuola di infermieristica. Quello che non capisco è il motivo per cui avresti mai creduto che avrei potuto distruggere i tuoi sogni in quel modo intenzionalmente e continuare a vivere con me stesso, Layla. Non hai mai condiviso molto della tua vita familiare, ma ne sapevo abbastanza da sapere che non andava bene. Perché diavolo non mi hai detto che non avresti potuto ottenere molti aiuti finanziari, o che le tue possibilità di diventare una veterinaria dipendevano fortemente da quella borsa di studio?"

Raramente discutevo della mia vita familiare con qualcuno allora. Mi vergognavo di ciò che avevo paragonato al modo in cui i fratelli e le sorelle di Owen lo sostenevano e incoraggiavano sempre.

Forse mi ero vergognata a dirgli troppo della mia vita.

Owen non aveva mai avuto più di due centesimi, ma aveva avuto così tanto... di più.

Feci un respiro profondo. "Non c'era niente che potessi fare al riguardo, quindi non parlavo della mia vita familiare, e non c'era molto che potessi fare nemmeno per la mia situazione al college" dissi sulla difensiva. "Ero fiduciosa di ottenere il Manheim per aiutarmi a superare un programma di laurea dal momento che facevo molto lavoro di volontariato per il rifugio per animali e un paio di altre organizzazioni per il benessere degli animali."

In realtà, era stato il direttore del rifugio a farmi credere che avrei potuto diventare la destinataria del Manheim. Conosceva uno dei membri del comitato per la borsa di studio e aveva condiviso che ero in cima alla lista quando avevo presentato domanda per la prima volta.

I miei sogni di andare direttamente in una laurea e poi in una scuola di veterinaria erano stati altissimi.

Il che aveva reso lo schianto e l'ustione dannatamente dolorosi quando avevo scoperto che tutte le raccomandazioni richieste non erano state ricevute prima della scadenza.

"Non mi hai mai parlato delle tue preoccupazioni finanziarie per il futuro" commentò.

Sbuffai. "Non mi hai mai detto molto nemmeno delle tue."

"Ero molto più aperto di te" contraddisse mentre accennava al telefono che avevo tirato fuori dalla borsa. "Chiamala."

Dovevo davvero ottenere una conferma da Bea che aveva inviato la mia raccomandazione per la borsa di studio? Non era che tutte le prove non puntassero verso di lui.

Se non lo devo a lui, forse lo devo a me stessa.

Non avevo mai nemmeno considerato la possibilità che potesse essere stata Bea a non inviare la lettera richiesta.

Tutto aveva puntato verso Owen e io ero stata accecata dal dolore del suo presunto tradimento.

Ho solo bisogno di farlo. Anche se so che era Owen, ora sono adulta. Devo escludere ogni possibilità.

Ora che stavo discutendo di tutto questo con Owen faccia a faccia, forse c'era un piccolo, fastidioso dubbio nella mia mente.

Sì, aveva ancora senso che fosse stato lui a distruggere i miei sogni adolescenziali.

Ma era davvero difficile ignorare completamente l'espressione devastata sul suo viso.

Gli voltai le spalle, trovai il numero di Bea nel mio telefono e aspettai che rispondesse.

CAPITOLO 5

Owen

"Oh Dio. Mi dispiace tanto, Owen." Layla lasciò cadere il telefono sul bancone e si lasciò cadere su uno degli sgabelli dell'isola.

Ero così incazzato nei suoi riguardi che non *volevo* provare alcuna empatia per lei mentre guardavo l'espressione sconvolta e completamente piena di rimorsi sul suo viso, ma dannazione se non volevo confortarla. Anche dopo che mi aveva accusato di essere un bugiardo.

Non avevo sentito tutti i cinque minuti della telefonata che aveva avuto con Bea, ma quello che avevo sentito era stato sufficiente per farmi sapere che l'ex amica di Layla aveva confessato di non aver inviato la sua raccomandazione.

Layla scosse la testa mentre raccontava la verità: "Era malata, sua nonna era morta, e se ne è dimenticata. Bea giura di essersi sentita così in colpa da non avercela fatta a riferirmelo. Non so cos'altro dire. In tutti questi anni, sono stata così sicura che fossi stato tu, ma non eri il colpevole. Mi dispiace tanto, Owen. Non avrei mai dovuto saltare a conclusioni del genere. Tutto sembrava combaciare per me una volta che ho scoperto che avevi ottenuto la borsa di studio."

Dovevo riconoscerlo; la donna confessò i suoi errori. Non che bastasse per giustificarla di avermi dato del bugiardo, ma probabilmente avevo contribuito alle sue conclusioni evitandola prima di vincere quella dannata borsa di studio. "Vuoi sapere perché mi sono tirato indietro dalla nostra relazione verso la fine dell'ultimo anno?" chiesi. La mia voce era più fredda di quanto avrei voluto che fosse, dato che stavo ancora soffrendo per le sue accuse.

Mi faceva male lo stomaco mentre mi guardava con gli occhi pieni di lacrime, e poi annuiva esitante.

Quei begli occhioni mi avevano sempre fatto qualcosa, e non mi piaceva vederli così maledettamente cupi.

"Da qualche parte nel bel mezzo del nostro ultimo anno, ho smesso di vederti solo come una mia amica. Ho sviluppato una cotta enorme per te, Layla, e ogni dannata volta che ti vedevo, i miei ormoni da adolescente prendevano il controllo." Mi fermai, mi schiarii la voce e poi continuai. "Volevo praticamente inchiodarti in ogni momento di ogni giorno. Era diventato... scomodo. Ho pensato di chiederti di uscire per un vero appuntamento, ma ho pensato che avrebbe solo peggiorato le cose dato che non avevo idea di come uscire con qualcuno, e ammettiamolo, ero un cretino al liceo e tu eri bellissima. Che possibilità aveva un ragazzo come me con una ragazza come te? Inoltre, stavo partendo per il college a Boston e tu avevi intenzione di restare in California per andare a scuola. Ripensandoci, avrei dovuto parlarti di come mi sentivo, ma ero troppo imbarazzato per sollevare l'argomento. Quindi ho semplicemente fatto marcia indietro."

"P-pensavi che avrei detto di no se mi avessi chiesto di uscire?" balbettò con uno sguardo sbalordito sul suo splendido viso.

"Certo che l'ho pensato. Io ero un nerd e tu, beh, eri *tu*."

Scosse la testa, l'espressione stupita ancora sul suo viso. "Non sono mai stata una delle ragazze davvero popolari come Bea."

"Non importa" la informai. "In effetti, ammiravo il fatto che potevi fluttuare tra folle diverse, ma non hai mai preso un fermo impegno a essere una di loro. Potevi importi in una competizione di matematica, e poi andare a fare qualche sexy giro di routine con i pompòn nella banda musicale. Non so quale di questi mi abbia reso più duro l'uccello, ma non c'era *niente* che non mi piacesse di te, Layla."

Le sue lacrime iniziarono a scorrere più velocemente e sembrava soffocare quando rispose: "Anche io ci tenevo a te, Owen, e mi dispiace aver incasinato tutto. Voglio farmi perdonare, ma non so come. Non so cosa avrei detto se mi avessi chiesto di uscire perché non frequentavo nemmeno io. Non avevo nemmeno baciato un ragazzo fino a dopo il liceo. Forse avevo amici in ogni folla, ma tu e Andie siete sempre stati i miei migliori amici. Potevo essere me stessa quando ero con voi."

La rabbia che avevo provato prima iniziò a svanire. Layla sembrava così distrutta che non potevo avercela con lei per aver commesso un errore. Diavolo, allora eravamo ragazzini, stupidi adolescenti che facevano e pensavano cose ridicole.

Certo, mi aveva ferito il fatto che Layla avesse pensato che fossi in grado di essere abbastanza subdolo da assicurarmi che non ricevesse una borsa di studio di cui aveva bisogno, ma in realtà nessuno di noi aveva pensato come un adulto. "Quindi non sei diventata una veterinaria perché non hai preso il Manheim?"

Odiavo il fatto di aver realizzato il mio sogno, ma non l'avesse fatto Layla.

Si asciugò un'altra lacrima dalla guancia. "Non c'era davvero alcuna garanzia che avrei comunque ottenuto quella borsa di studio" disse. "Avevo un piano di riserva per andare alla scuola per infermieri e non mi dispiace per come è andato tutto. Adoro quello che faccio alla clinica, Owen, e penso che mi piaccia viziare gli animali al rifugio più di quanto mi piacerebbe operarli. Ora che sono più grande e più saggia, penso che il destino mi abbia spinta nella giusta direzione, anche se all'epoca non la pensavo così. Non riesco a immaginare di fare altro."

"Fai ancora volontariato?"

Lei annuì. "Per quanto posso."

Era credibile che Layla fosse felice di occuparsi della salute delle donne nella clinica. L'avevo vista in azione. Le sue pazienti l'adoravano e lei dava felicemente molto di sé alle persone sotto la sua cura. "Sono contento che tu sia felice, Layla. Ho pensato molto a te in questi anni."

"Anch'io ho pensato a te" rispose lei dolcemente.

"Probabilmente nessuno di quei pensieri è stato piacevole" dissi seccamente.

Tirò su col naso un po' più forte. "Non tutti erano brutti" affermò. "Ed ero così felice che tu fossi lì per Andie. Vorrei che me l'avesse detto. Deve essere stato difficile essere il suo principale supporto emotivo quando eri a scuola e anche al lavoro."

Scollai le spalle. Ci ero riuscito, anche se non era stato facile. "La parte più difficile è stata vederla soffrire. Ha attraversato l'inferno e penso che sarebbe stato difficile anche per te seguirla."

"Ma avrei fatto tutto il possibile per aiutarla."

Annuii. "Se può essere d'aiuto, l'ho incoraggiata a chiamarti, in modo che avesse anche il tuo sostegno, ma ha rifiutato. Ha detto che pensava che stessi affrontando alcune cose, anche tu."

"È così testarda" disse Layla, senza sembrare minimamente scontenta. "So come può essere. Non vuole mai rattristare nessuno. Sono così contenta che sia felice con Noah ora."

"Incredibilmente felice, ed è strano avere una delle mie migliori amiche sposata con mio fratello, ma sono felice anch'io. Aveva bisogno di lei tanto quanto lei aveva bisogno di lui."

"Non conosco Noah molto bene, ma penso che tu abbia ragione. Andie ha detto che era un serio maniaco del lavoro."

"Lo era" convenni. "Ma è cambiato in modo significativo."

Ci fu una pausa prima che Layla chiedesse: "Allora cosa posso fare per farmi perdonare tutto questo, Owen? Mi sento orribile per quello che è successo. Voglio dire, non ti sto chiedendo di essere di nuovo tua amica o altro, ma non voglio più rancore tra noi due."

Alzai una mano con il palmo rivolto verso di lei. "Per favore, non dire che ti dispiace ancora una volta. E per l'amor del cielo, non ricominciare a piangere. È finita, Layla. Tutto quello che volevo davvero era mettere le cose a posto tra di noi. Sì, fa male che tu potessi pensare che fossi capace di essere un tale coglione, ma eravamo adolescenti. A parte quell'equivoco, sei sempre stata una buona amica per me."

Layla mi aveva sempre incoraggiato a realizzare i miei sogni, ed era stata lì durante i periodi difficili. Potevo facilmente perdonarla. "Forse la prossima volta che ti chiederò di andare a cena, potresti dire di sì" suggerii.

Lei sorrise. "Forse lo farò, visto che non sei ancora stato da Russo."

Non era che non volevo che si fidasse di nuovo di me come migliore amico, ma non potevo vederla esattamente come un'amica quando tutto ciò che volevo fare era spogliarla.

Un passo alla volta.

Al momento, potevo godermi il fatto che non mi odiasse più.

"Penso che probabilmente dovresti essere arrabbiato con me, ma sono contenta che non lo sia" disse Layla a bassa voce. "E voglio ancora rimediare a tutto questo in qualche modo."

Il suono di rimpianto nel suo tono era più di quanto potessi sopportare. Feci il giro dell'isola e tesi le braccia. "Vieni qui."

Avevo voluto essere più vicino a lei da così tanto tempo che ero disposto a giocare la carta dell'"amico" per averla tra le mie braccia.

Si alzò di scatto dallo sgabello e corse verso di me, gettandosi tra le mie braccia mentre la avvolgevo in un abbraccio da orso.

Capii di aver fatto una cazzata quasi immediatamente.

Ma non me ne fregava niente.

Affondai la mia faccia tra i suoi capelli e inalai il suo profumo seducente.

Assaporai il modo in cui mi avvolse le braccia intorno al collo senza esitazione e incollò il suo corpo al mio.

Emise un sospiro soddisfatto. "Avrei dovuto sapere che non mi avresti mai fatto una cosa così orribile. Avrei dovuto solo parlare con te."

Davvero, non me ne fregava più niente di quello che era successo al liceo. Tutto quello che mi interessava era *adesso*. Le accarezzai i capelli con una mano. "Lascia perdere, Layla."

Non volevo che continuasse a torturarsi per uno stupido errore.

Sarebbe impazzita se il suo senso di colpa fosse stato così forte come una volta. Aveva sempre riflettuto sulle cose che aveva fatto di sbagliato, e poi si incolpava all'infinito per quegli errori.

"È davvero difficile perdonare me stessa per aver messo da parte la nostra amicizia in quel modo" mormorò.

Strinsi le braccia intorno a lei, cercando di dirle senza parole che l'avevo perdonata per quello.

Accarezzandole la schiena con una mano, le dissi: "Se dici ancora una parola su quello che è successo al liceo, mi *arrabbierò*."

Si staccò da me e inclinò leggermente la testa per incontrare il mio sguardo. "No, non lo farai. Sei sempre stato pronto nel perdonare le altre persone, ma sei duro con te stesso."

"Lo vedi solo perché sei come me" la informai mentre le allontanavo una ciocca dei suoi splendidi capelli biondi dal viso.

Avere Layla così vicino a me era una tortura perché il mio uccello era dannatamente duro, ma dovevo amare quel tormento, perché non potevo nemmeno lasciarla andare.

Ecco perché sapevo di essere fottuto.

Il suo profumo, la sensazione delle sue curve morbide e la sua pelle calda e setosa: tutto creava dipendenza.

"Layla" dissi con voce roca, senza nemmeno sapere cosa volevo dire.

I miei occhi erano concentrati sulle sue labbra carnose e sullo sguardo affettuoso nei suoi occhi che mi fece reprimere un gemito di frustrazione.

Volevo vedere la stessa espressione affamata sul suo viso che già sapevo fosse evidente sul mio.

La volevo come un uomo, non come un adolescente.

Ma ovviamente non mi vedeva in modo diverso da come aveva fatto dieci anni addietro.

In qualche modo, dovevo trovare un modo per farle desiderare me tanto quanto volevo lei.

Abbassai lentamente la testa, sapendo che dovevo baciare quelle sue labbra succulente prima che perdessi la testa.

Mi ero mosso solo di una frazione quando suonò il campanello.

Fanculo!

"Deve essere Andie" disse Layla, la voce senza fiato mentre indietreggiava lentamente.

Forse più tardi, sarei stato grato di essere salvato dal maledetto campanello.

Ma in questo momento, avrei voluto che Andie fosse rimasta bloccata nel traffico solo per qualche minuto in più.

L'unica cosa positiva al momento era lo sguardo leggermente stordito negli occhi di Layla, perché mi diceva che non era *del tutto* immune dall'alchimia tra noi due.

Mentre mi dirigevo verso la porta per far entrare Andie, tutto ciò a cui riuscivo a pensare era come avevo fatto a perdere l'occasione di baciare Layla.

Ancora.

Era già successo una volta, l'ultima volta che avevo avuto una conversazione amichevole con lei al liceo. Eravamo andati al parco e quando arrivammo tranquillamente a casa sua ci volle tutta la mia forza di volontà per lasciarla andare. Avrei voluto baciarla allora, ma ero riuscito a fermarmi proprio prima di rendermi ridicolo.

Questa volta, non avevo programmato di fermarmi, ma forse era stato un bene che Andie fosse arrivata prima che potessi rovinare le cose muovendomi troppo velocemente.

Non ci sarebbe stato un terzo *tentativo*.

Avevo aspettato più di un decennio per un'altra opportunità di baciare l'unica donna a cui mi fossi mai veramente interessato.

L'intero mondo poteva andare all'inferno finché non avessi avuto esattamente quello che volevo la prossima volta.

CAPITOLO 6

Layla

"Voglio venire a trovarti in clinica quando torno dalla mia lunga luna di miele" mi disse Andie disinvoltamente mentre sedevamo sui lettini una accanto all'altra sulla spiaggia.

La festa stava finendo, quindi ci eravamo allontanate dalla folla per alcuni minuti per rilassarci e chiacchierare.

Non eravamo andate lontano. Eravamo ancora appena fuori dalla pista da ballo improvvisata nella sabbia, ma abbastanza lontane da poterci sentire l'un l'altra.

Il ricevimento era diventato un po' folle, in un modo divertente. La parte del ballo sulla spiaggia non era stata pianificata, ma una volta che tutti si erano concessi alcune bevande per adulti al bar, molti ospiti erano stati più che disposti a partecipare alle lezioni spontanee di salsa di Andie. Inclusa me. Avevamo ballato finché non ci eravamo quasi lasciate cadere prima di cercare un posto tranquillo per chiacchierare.

La guardai con sospetto. "Perché? Qualcosa non va?"

Forse sapevo che non era affatto probabile che il suo cancro si ripresentasse, ma divenni comunque immediatamente ansiosa solo perché sapevo che ne aveva passate tante.

Lei scosse la testa. "Niente. Ma penso di essere finalmente pronta per scoprire se avrò qualche possibilità di avere un figlio un giorno. È del tutto possibile che tutto il trattamento che ho avuto durante il cancro mi abbia resa sterile. Se è successo, voglio saperlo."

Il mio cuore soffriva per Andie. Tutta la sua sofferenza sarebbe dovuta finire, ma a quanto pareva non lo era. Stava ancora riflettendo sui danni che la chemio e le radiazioni avevano fatto al suo corpo. "Vuoi avere un figlio?" chiesi garbatamente.

Esitò prima di rispondere. "Alcuni mesi fa avrei detto di *no*. Ma ora che ho trovato Noah, credo di voler sapere se esiste questa possibilità per il futuro... o no."

Inclinai la testa mentre la guardavo, sentendomi leggermente confusa. "Quindi Noah vuole avere un figlio?"

"Non lo so" rispose. "Non ne abbiamo davvero discusso molto, ma se è assolutamente impossibile, dovrebbe saperlo, giusto? Noah mi ha in qualche modo sbalordita, ma è qualcosa a cui avrei dovuto pensare prima di sposarlo. Avrei dovuto chiedere. Cosa accadrà se vorrà avere dei figli e io non posso?"

"Oh, Andie" dissi piano. "Non hai visto il modo in cui Noah ti guarda? Sei tutto per lui. Se non l'ha mai chiesto, ovviamente non gliene frega niente se hai figli o meno. Penso che l'uomo voglia solo... te. Forse un figlio sarebbe un bonus un giorno se entrambi lo desideraste, ma non vi stresserete per questo, vero?"

Si lasciò cadere di nuovo sul lettino con un sospiro. "Io penso di sì. A volte tutto sembra così bello con Noah che è quasi troppo bello per essere vero. Non avrei mai pensato che avrei avuto questo tipo di lieto fine. Un tempo, non pensavo che sarei vissuta abbastanza a lungo da innamorarmi. Ora che è successo, è quasi terrificante. Anche questa festa mi ha spaventata a morte perché avrei incontrato tutta la sua famiglia del Maine per la prima volta, e ognuno di loro è schifosamente ricco. Ci sono anche una o due celebrità gettate in quel mix."

"E guarda come è andata a finire" le ricordai. "Ho incontrato i suoi parenti della Costa Orientale. Sono tutti davvero carini.

Devo ammettere che incontrare Xander Sinclair è stato un po' surreale. Ho avuto una mega cotta per il ragazzo una volta e ho sempre amato la sua musica. Ma mi ha sorpresa. Sembra così alla mano e normale per un ragazzo che era una rock star così famosa."

"Lo so" disse con un gemito. "Mi hanno abbracciata tutti e mi hanno accolta in famiglia come se lo intendessero davvero."

Alzai gli occhi al cielo mentre mi appoggiavo allo schienale del lettino. "*Intendevano* sul serio, Andie. Sei una donna straordinaria. Sono fortunati ad averti nella loro famiglia."

Non avevo idea di quando fosse diventata così insicura di se stessa. In genere aveva palle d'acciaio e non si lasciava intimidire da qualcuno con i soldi poiché non era esattamente povera nemmeno lei.

La mia ipotesi era che non fosse la *famiglia* a turbarla davvero. Era il pensiero di perdere Noah per qualche motivo perché lo amava così tanto.

"Immagino che mi sto preparando ad affrontare la delusione nel caso succeda qualcosa" confessò, confermando i miei sospetti. "Non mi è mai successo niente di così bello, Layla. E non avrei mai immaginato di avere come marito un ragazzo come Noah. Farebbe qualsiasi cosa per rendermi felice, e nessuno si è mai preoccupato così tanto per me."

Sentii i miei occhi riempirsi di lacrime mentre consideravo la sua situazione. Onestamente, era molto simile a me e proveniva da un contesto di abbandono. Ai genitori di Andie non era mai importato niente di lei, e in realtà non aveva altri parenti stretti. Era anche una figlia unica che era cresciuta sola. "Era ora che qualcuno ti *amasse* in quel modo" le dissi. "Non sabotare la relazione perché hai paura, Andie. Ti ci abituerai. È solo così... nuovo. Ma hai notato che ogni singolo maschio Sinclair guarda la propria moglie nello stesso modo in cui Noah guarda te? Sì, sono intensi, ma di certo non posso biasimare nessuno di loro per essere disperatamente innamorato delle donne che hanno sposato."

Andie sbuffò. "Comincio a pensare che sia una cosa dei Sinclair. Una volta che si innamorano, sono praticamente condannati. *Devono* assicurarsi che le donne che amano siano al sicuro, amate e felici, altrimenti non saranno contenti nemmeno loro."

"Non mi convincerai mai che è una brutta caratteristica da avere" risposi.

Quale donna *non* voleva che a un ragazzo importasse davvero della sua felicità?

"È vero" ammise. "Hai ragione. Semplicemente non ci sono abituata. Ma voglio che anche Noah sia felice. È un sentimento reciproco. Immagino sia per questo che sono preoccupata che un giorno possa voler avere dei figli e che io non sia fisicamente in grado di darglieli. Inoltre, ho in qualche modo cambiato idea sull'avere figli. Non sono ancora del tutto pronta per questo, ma potrei esserlo in futuro se anche Noah lo volesse."

Come amica, volevo dire ad Andie che sarebbe andato tutto bene.

Ma come medico, sapevo che le sue preoccupazioni non erano del tutto irrazionali.

C'era la possibilità che potesse essere sterile, soprattutto considerando quanto aggressivamente avevano dovuto combattere il suo cancro.

"Lascia perdere per ora" consigliai. "Goditi la tua lunghissima luna di miele e affronteremo questo problema quando torni. C'è qualche possibilità che tu possa convincere Boston a mandarmi le tue cartelle cliniche?» Sarebbe stato d'aiuto se avessi saputo esattamente quanti e quali tipi di chemio e radiazioni aveva subito.

"Posso assolutamente" confermò. "Semplicemente non sono sicura che ti piacerà esaminare tutti quei file."

"Posso gestirlo" le assicurai mentre sorridevo. "Penso che dovresti parlare con Noah mentre siete via. Sono sicura che possa convincerti che non sarà deluso se un giorno non potrai avere un figlio."

"Penso che probabilmente hai ragione, Layla. Ha passato tutta la sua vita adulta crescendo i suoi fratelli."

"Cosa vuoi *tu*?" chiesi.

"Lui. Voglio solo Noah. Penso che starei bene in ogni caso."

"Lo penso anch'io, quindi credo che dovresti parlargli."

Fece un respiro profondo ed espirò. "Lo farò. So di sembrare un po' matta—"

"Non sei matta" interruppi. "*Dovresti* sapere se è un'opzione, ma non voglio che tu pensi che la risposta a questa domanda cambierà il tuo rapporto con Noah. Non lo farà."

"Come sei diventata così dannatamente saggia?" chiese.

Risi. "La salute delle donne è la mia specialità."

"Sì, quindi parlando del tuo lavoro, va tutto bene tra te e Owen? So che non vuoi davvero parlare di quello che è successo tra voi due, ma penso che dovresti dare una tregua a quell'uomo, Layla. Penso che sia un po' ferito e confuso. Tiralo fuori dalla sua tristezza e parla con lui. Qualunque cosa sia successa, è ancora un brav'uomo. Non molte persone rimarrebbero vicino a un'amica come lui è rimasto con me. Sì, è un rompicoglioni come la maggior parte degli uomini può essere a volte, ma Owen ha un cuore enorme. Penso che questo sia ciò che lo rende un medico così bravo, ma è anche il suo tallone d'Achille. Vedere così tanta sofferenza umana lo divorava a volte. Non riesce a prendere le distanze abbastanza per tutto il tempo, quindi ci sono stati alcuni casi che lo hanno mangiato vivo."

Quello che Andie stava dicendo aveva senso per me... ora. Owen aveva lavorato in un grande ospedale cittadino e aveva visto tanta tristezza, tante tragiche morti. La mia voce tremava per il rimorso quando le dissi: "Gli ho fatto qualcosa di brutto, Andie. L'ho giudicato male e mi odio per questo. Ho appena scoperto che non era la persona che pensavo mi avesse ingannata, ma l'ho incolpato per così tanto tempo. È il ragazzo che ho sempre pensato che fosse, ma fino ad oggi non me ne rendevo conto."

Aveva ragione. Owen era un brav'uomo e l'avevo ferito accusandolo di essere un bugiardo e una persona che sarebbe stata così cattiva da uccidere le mie possibilità di avere una probabilità per quella borsa di studio, intenzionalmente.

Non importava quanto ovvio mi fosse sembrato in quel momento, avrei dovuto affrontarlo, dargli l'opportunità di spiegare. *Glielo* dovevo perché eravamo amici da così tanto tempo.

"Ehi" disse Andie gentilmente. "Owen non è il tipo da serbare rancore. Ringhia un po' e lo supererà. Abbiamo avuto molte discussioni mentre ero a Boston, ma non mi ha mai rinfacciato nessuno dei miei errori."

Forse Andie aveva detto alcune cose di cui si era pentita a Owen, ma aveva una scusa. Era stata estremamente malata e stava combattendo contro il cancro.

"Dice che l'ha già superato" spiegai. "Ma come può averlo fatto dopo che sono stata una tale stronza con lui per qualcosa che non è mai successo?"

"Perché gli importa" rispose piano. "Owen è il tipo di ragazzo che crede che la vita sia troppo breve per avercela con qualcuno una volta che si scusa per questo. Non lo prende sul personale. È una delle cose che adoro di quell'uomo."

"Mi sento ancora in colpa" mormorai.

"Dagli una tregua e sarà felice. Onestamente, penso che gli servirebbe un'amica. Io me ne sono andata e lui si trova in uno strano periodo della sua vita in questo momento. Owen ha passato tutta la sua vita da adulto a studiare per diventare medico, e poi, all'improvviso, è stato catapultato in una vita completamente nuova. Non credo che abbia idea di cosa fare con *questa* vita caratterizzata dal non studiare, non andare a scuola *ed* essere schifosamente ricco per di più."

"Sì, ne abbiamo parlato un po'" condivisi.

"Penso che tu possa probabilmente relazionarti" rifletté Andie. "Sii lì per lui, Layla, perché io non posso esserci. Ha bisogno di qualcuno in questo momento, e mi sento una merda a lasciarlo mentre lui era sempre lì per me. Owen non mi ha mai chiesto niente. È sempre stato un donatore."

"Cosa posso fare?" le chiesi con impazienza.

Volevo fare tutto il possibile per aiutare Owen se me lo avesse permesso.

"Non ammetterà mai davvero di aver bisogno di qualcuno o che non può gestire tutto da solo" avvertì. "Ma se lo conoscerai di nuovo, vedrai come funziona la sua mente. L'uomo è dannatamente brillante, ma non credo che fosse preparato a quanto sarebbe cambiata la sua vita una volta che avesse finito con la scuola. Era troppo impegnato a cercare di superare ogni giorno."

"Pensi che tornare a Citrus Beach sia stato un po' strano per lui? Credo che senta che molte cose siano cambiate qui" dissi pensierosa, ricordando ciò che il piccolo Owen mi aveva detto prima.

"È cambiata. Per *lui* e per *me*. Probabilmente non te ne sei accorta perché è cresciuta un po' alla volta e non te ne sei mai andata davvero. Ma è cresciuta molto. Ci sono così tante nuove attività commerciali e nuovi percorsi abitativi che sono stati costruiti dopo che io e Owen ce ne siamo andati. È un po' imbarazzante, ma in realtà mi sono un po' persa un paio di volte alla ricerca di posti che pensavo di conoscere così bene. Tutti i precedenti punti di riferimento che mi hanno portata in quei luoghi erano scomparsi o nascosti da nuove costruzioni." Andie ridacchiò mentre prendeva in giro la propria capacità di trovare di nuovo la strada intorno a Citrus Beach.

"Forse è per questo che non è mai stato da Russo" borbottai. "Ma deve avere il GPS."

"Oh, Dio, no!" esclamò Andie. "Mi ci è voluta un'eternità per ammettere finalmente che avevo bisogno del mio GPS per trovare alcuni posti. Questa è la mia città natale. Mi sentivo come se dovessi ricordare, ma alla fine ho rinunciato e ho tirato fuori il mio GPS per trovare Russo. Quando l'ho fatto, ho scoperto che si erano trasferiti. Hanno avuto un incendio nel vecchio edificio. Il proprietario mi ha detto che hanno sfruttato quell'opportunità per espandersi e ricostruire proprio in fondo alla strada. Hanno venduto il loro vecchio sito. Penso che ora sia un fast food."

"Oh, Dio" gemetti. "È successo più di sette anni fa."

"Sono stata via per oltre un decennio, quindi era tutto nuovo per me."

Doveva essere una novità anche per *Owen*, ma per me era passato così tanto tempo che mi ero davvero dimenticata che si erano spostati un po' più avanti. "Owen ha chiesto di Russo e se fossero ancora a Baker Street. Gli ho detto che lo erano perché sono ancora lì. Ma non ho pensato di dirgli che non erano nella stessa identica posizione."

Adesso ero quasi certa che Owen me lo avesse chiesto perché aveva provato ad andarci e non aveva visto la pizzeria.

Riesce a tirarsi fuori dalla testa un numero di nove cifre che ha visto solo un paio di volte un decennio fa, ma è troppo testardo per accendere il suo GPS?

Sorrisi. Sì. Era tipico di Owen.

Andie sospirò. "Come ho detto, è nuovo se sei via da dieci anni. Forse dovresti portarlo lì e nutrirlo. Il ragazzo potrebbe sfruttare alcuni buoni pasti. Penso che vivesse di hotdog e ramen a Boston, e li mangiava solo quando aveva tempo per farlo."

"E caffè" aggiunsi.

"Sì" concordò Andie. "Non dormiva molto, quindi il caffè era un alimento base per lui."

Andie rimase in silenzio per un momento prima di aggiungere a bassa voce: "Non guardare ora, ma penso che tu abbia attirato l'attenzione di Jaxton Montgomery. Ti sta fissando da cinque minuti. Credo che si stia preparando a fare la sua mossa."

CAPITOLO 7

Layla

Mi sforzai di non guardare indietro verso gli ospiti del ricevimento. "Non credo di averlo incontrato. Ovviamente non è un Sinclair come la maggior parte delle persone qui, ma il suo nome suona familiare."

"Dovrebbe" rispose Andie, la sua voce molto più ottimista di quanto non fosse stata pochi minuti prima. "I giornalisti inseguono sempre Jax e i suoi fratelli in tutta San Diego, e ottengono molta attenzione da parte dei media. Credo che la stampa sia davvero alle calcagna di Jax e Cooper in questo momento perché il fratello maggiore dei Montgomery, Hudson, è impegnato ora. Ma Jax e Cooper sono decisamente ancora single e disponibili."

"Come diavolo fai a sapere così tanto del ragazzo? E perché è qui?"

Conoscevo decisamente il cognome. Montgomery Mining era un gigante mondiale. Ma non avevo idea del perché qualcuno in quella famiglia sarebbe stato qui a Citrus Beach.

Dubitavo che i Sinclair fluttuassero nel mondo degli ultra ricchi. Certo, erano miliardari, ma era successo solo di recente.

"Li ho conosciuti tutti" mi informò Andie. "Sono i fratelli di Riley. Si presentano ad alcuni dei barbecue di famiglia. Anche se sono disgustosamente ricchi, sono tutti sorprendentemente disponibili. Seth afferma che all'inizio non era sicuro se lo avrebbero ucciso o accolto in famiglia."

Seth era un altro dei fratelli maggiori di Owen.

Quando ricordai che il nome da nubile di Riley *era* Montgomery prima di sposare Seth, il mistero iniziò a prendere forma. Riley era in realtà una mia paziente, quindi la conoscevo a livello professionale, ma non uscivamo esattamente insieme.

"Quindi *sono* in realtà una famiglia... per matrimonio" dissi pensierosa.

Andie rise. "Sì, e la famiglia non riguarda solo il sangue per loro. Una volta che i fratelli Montgomery hanno deciso che i Sinclair erano una famiglia, Seth ha detto che non poteva sbarazzarsi di loro. Sono stati piuttosto protettivi nei confronti di Riley finché non sono stati sicuri che Seth fosse abbastanza per lei."

Ridacchiai. "Dev'essere stato un po' intimidatorio per lui."

"Non credo che gli importasse davvero" rispose Andie. "Era troppo ossessionato da Riley per preoccuparsene."

"Non ho mai incontrato nessuno di loro e non li ho visti prima" le dissi, certa che se avessi visto i fratelli, mi sarei ricordata di *averli* incontrati.

"Penso che siano arrivati dopo che la maggior parte delle danze era finita. Ma ho notato che Jax non riesce a distogliere lo sguardo da te in questo momento" disse Andie in tono scherzoso.

"Probabilmente sta guardando te, non me" ribattei. "Non mi conosce, ed è un po' buio qui."

"Ci si vede abbastanza" disse lei in disaccordo. "Inizia lentamente a girare la testa verso la folla, e poi dimmi che non ti sta fissando direttamente."

Come aveva suggerito, mi mossi lentamente, regolando il mio campo visivo a poco a poco. Dopo essermi completamente girata verso gli ospiti, mi bloccai mentre il mio sguardo si fissava sul paio di occhi grigi più intensi che avessi mai visto.

Jaxton Montgomery era incredibilmente bello, ma c'era qualcosa di così crudo nel suo sguardo fisso e sfacciato che ero più affascinata dalla sua personalità che dal suo aspetto.

Il ragazzo era decisamente audace. Sembrava che non gliene fregasse niente del fatto che mi stesse fissando, né distolse lo sguardo imbarazzato.

"Santo! Cielo!" sussurrai mentre interrompevo il contatto visivo con lui e guardavo Andie.

"Te l'avevo detto" disse compiaciuta. "Eccolo che arriva. Penso che sia giunto il momento per me di uscire. È un bravo ragazzo, Layla. Tutti i fratelli Montgomery mettono un po' in soggezione in superficie, ma ti piacerà."

"Dio mio. Andie, non osare andartene da me" dissi con voce minacciosa del tipo se-te-ne-vai-ti-ammazzo.

Non era affatto intimidita mentre si alzava e salutava il nuovo arrivato. "Ehi, Jax. È bello rivederti."

Vidi Jax darle un breve abbraccio. "È un piacere vedere anche te, Andie. Congratulazioni per l'avvenuto matrimonio. Noah è un ragazzo fortunato."

Guardai e ascoltai mentre Andie chiacchierava con Jax. Era evidente che l'uomo potesse essere completamente affascinante quando voleva. Ovviamente, era cresciuto in un mondo molto privilegiato e ovviamente sapeva come socializzare a una festa.

"Non credo di conoscere la tua amica" disse Jax con naturalezza, mentre si girava a guardarmi.

I suoi occhi non erano più intensi. Sorrise, e il suo sguardo profondo si trasformò in un'espressione molto più amichevole.

Andie sorrise e disse cortesemente: "Jax Montgomery, ti presento una delle mie migliori amiche, Layla Caine. Layla è un'infermiera professionista. Adesso lei e Owen lavorano insieme alla clinica." Fece un respiro profondo prima di aggiungere: "È meglio che vada a cercare il mio nuovo marito. Probabilmente pensa che l'ho abbandonato."

Lanciai ad Andie un'occhiataccia mentre mi salutava, proprio prima di svignarsela tra gli ospiti.

Traditrice!

Non che non mi piacesse incontrare nuove persone, ma sarebbe stato molto meno imbarazzante se fosse rimasta per un po'.

Jax si sedette all'estremità del lettino che Andie aveva lasciato libero.

Alzai lo schienale del sedile e piegai le gambe accanto a me, così che potessi finalmente vedere il suo intero viso.

Come ogni altro ospite, era vestito in modo casual con un paio di jeans e una bella camicia con colletto.

In apparenza sembrava rilassato, ma io mi sentivo come se ci fosse un predatore proprio sotto quel sottile strato di amabilità, pronto a scattare non appena si fosse reso necessario.

"Ho incontrato Owen solo pochi minuti fa" disse Jax in tono rilassato. "Sembra un bravo ragazzo. Com'è lavorare con lui?»

"In realtà lo conosco da molto tempo. Eravamo amici al liceo" spiegai. "È bello riaverlo in California e amo quello che faccio. Onestamente, non lavoriamo insieme da così tanto tempo. Ha comprato la clinica solo pochi mesi fa."

Jax mi sorrise, e davvero, probabilmente avrei dovuto essere in estasi. Il ragazzo era assolutamente stupendo. I suoi capelli castani avevano degli splendidi riflessi ramati e probabilmente avrei definito il suo viso bellissimo perché la sua struttura ossea era perfetta, ma era troppo robusto per essere effettivamente un "bel ragazzo."

Il suo basso baritono era sufficiente a far rabbrividire una donna immediatamente.

Il problema era che non ero *quella donna*.

Non avevo dubbi sul fatto che Jax fosse probabilmente perseguitato senza sosta.

Era un miliardario.

Era stupendo, alto e muscoloso.

Ma per qualche ragione, non mi diceva niente.

Nada.

Nemmeno un pizzico di attrazione.

I tentativi di farmi accoppiare di Andie erano stati un completo fallimento.

Iniziò a *piacermi* Jax quando cominciammo a parlare e ci conoscemmo. Sembrava interessato a quello che avevo da dire e mi intratteneva con storie su come giravano il mondo i super ricchi.

"Credo che mi farebbe assolutamente impazzire dover passare del tempo con un gruppo di persone con la puzza sotto il naso" gli dissi.

Si strinse nelle spalle. "Non è così male. Penso che devi solo mettere l'intera cosa in prospettiva. Lo tratto come un gioco, e non dimentico mai che quelle persone vivono in una bolla. A volte, nel mio lavoro, è necessario stare al loro gioco e fare amicizia, ma in realtà lo evito quando posso."

Inclinai la testa mentre lo guardavo. "Non vivi nella stessa bolla?"

Ridacchiò. "Gesù! Spero di no."

"Cosa ti rende così diverso? Sei cresciuto ricco e privilegiato, giusto?"

"È vero" ammise. "Ma ero anche un Navy SEAL finché non ho dovuto rinunciare per tornare a San Diego per aiutare a gestire la Montgomery Mining con i miei fratelli. Sono uscito da quella bolla abbastanza presto, e ora che sono tornato, non posso prendere sul serio quel mondo superficiale. Ho visto molto del lato più brutto della vita e, una volta visto, non potrei mai dimenticare che la vita non è facile per la maggior parte delle persone."

"Mi dispiace" dissi piano. "Non avevo idea che fossi un militare."

Sorrise. "Quindi pensavi che fossi sempre stato un ragazzo ricco e inutile?"

Ricambiai il sorriso. "Abbastanza. Sto iniziando a pensare di fare troppe supposizioni e a volte questo mi mette nei guai."

Mi venne subito in mente quello che avevo fatto a Owen e capii che dovevo lavorare sulla mia tendenza a saltare alle conclusioni.

Ma in realtà, era un po' difficile immaginare un miliardario ricco e bello come Jax che correva al richiamo dello Zio Sam.

Jax scosse lentamente la testa. "Non ti biasimo per aver pensato che fossi un ragazzo ricco viziato. Ma i bambini con soldi non hanno sempre un'infanzia idilliaca. Diciamo solo che tutto ciò che facevano i miei genitori ruotava attorno ai soldi, e nessuno dei due era una brava persona. Immagino che volessi allontanarmi da tutto questo e fare qualcosa di più onorevole che scrivere un assegno."

Dio, lo ammiravo per questo. La maggior parte dei ricchi probabilmente avrebbe rabbrividito di orrore al pensiero di stare nell'esercito senza tutti i lussi a cui erano abituati. "I tuoi genitori sono ancora vivi?" chiesi incuriosita.

"Mio padre è morto e mia madre è come morta per me" rispose cupamente Jax. "Non siamo in buoni rapporti. Non posso entrare nei dettagli, ma di recente ho scoperto che ha fatto alcune cose a Riley che non potrei mai perdonare."

Potevo capirlo per quanto riguardava le infanzie di merda e avere genitori che lasciavano che i loro figli fossero vittime invece di preoccuparsi del loro benessere. "Mi dispiace."

"Non dispiacerti" insistette. "Non l'hai fatto tu." Con un tono più leggero, disse: "Sembra che Xander Sinclair abbia deciso di tirare fuori la sua chitarra e fare un paio delle sue ballate. Vuoi ballare? Voglio parlarti di una cosa, ma posso farlo facilmente mentre balliamo."

Scossi la testa. "Sono una pessima ballerina. So che ti sei perso l'intera cosa della salsa che è successa prima che arrivassi qui, ma sono stata un disastro totale."

Dato che avevo trascorso la maggior parte della mia vita adulta a scuola, mi ero completamente persa gli anni in cui la maggior parte dei miei amici andava in discoteca e faceva festa.

Non che molti dei miei compagni di college non si fossero lasciati andare alla scena dei club, ma avevo sempre fatto qualche tipo di lavoro mentre andavo a scuola, quindi non avevo mai avuto il tempo di unirmi a loro.

Jax si alzò e tese la mano. "Sono un buon insegnante."

"Non succederà. Non toccarla" disse una voce familiare dietro di me. "Layla mi ha promesso tutto il resto dei suoi balli stasera."

Sapevo esattamente a chi apparteneva quel baritono tagliente, ma girai comunque la testa. "Owen?"

Rimasi sorpresa dallo sguardo sul suo viso. Era un'espressione che non avevo mai visto prima, di rabbia pura e assoluta.

Jax alzò le mani. "Ehi, amico. Calmati. Non sapevo che voi due foste davvero insieme."

Dissi subito: "Non siamo—"

Owen interruppe con: "Lo siamo. Quindi apprezzerei se stessi alla larga."

Aprii la bocca per dire qualcosa, ma le parole non ebbero mai la possibilità di uscire dalla mia bocca. Owen mi afferrò la mano, mi tirò in piedi e mi trascinò via da Jax prima che potessi dire un'altra parola.

CAPITOLO 8

Layla

"Cosa diavolo sta succedendo?" balbettai mentre Owen continuava a camminare finché non fummo lontani dagli altri ospiti della festa. "Fermati" insistetti. "Abbiamo già camminato per quasi un chilometro dal ricevimento."

"Non abbastanza lontano" brontolò, ma rallentò un po' il passo.

Gli tirai un braccio. "Ho detto *basta*, Owen. Non indosso nemmeno le scarpe e non riesco a vedere dove sto camminando."

Mi ero tolta i sandali prima di salire sul lettino, quindi in quel momento ero in balia di qualsiasi oggetto appuntito nella sabbia.

Si fermò immediatamente. "Merda! Mi dispiace. Stai bene? Non mi ero nemmeno accorto che non avevi le scarpe."

Staccai la mia mano dalla sua e le appoggiai entrambe sui fianchi. "Starò bene dopo che mi avrai detto cosa diavolo è appena successo."

Owen estrasse il telefono dalla tasca e accese la torcia. "Torniamo indietro. Terrò la luce davanti a te in modo che possa vedere dove metti i piedi."

"Non mi muovo finché non mi dici esattamente perché sei stato così scortese con Jaxton Montgomery" dissi ostinatamente.

Lo sentii espirare in modo udibile prima che dicesse: "Layla, non puoi pensare di uscire con lui, giusto? Jax Montgomery è un playboy. È stato avvistato con più donne di quante chiunque possa davvero contare. È il peggiore di tutti i fratelli Montgomery. Un ragazzo del genere ti masticherebbe e ti sputerebbe fuori senza un minimo di rimorso. Non è adatto a te."

Il mio temperamento divampò. "Da quando è che prendi le decisioni per me?"

Non che fossi interessata a Jax, ma non erano affari di Owen con chi decidessi di uscire.

"Non volevo che tu facessi un grosso errore" brontolò mentre si allungava, mi toglieva la mano dal fianco e la avvolgeva di nuovo nella sua. "Il ragazzo è un problema."

Emisi un respiro esasperato, mentre iniziavo a camminare con lui verso casa sua. "E sai tutto questo solo per averlo incontrato una volta alla festa stasera?"

"Quando l'ho visto parlare con te, stavo uscendo con Aiden, Seth e Noah. Tutti e tre hanno convenuto che Montgomery passa da una donna all'altra come se fossero usa e getta. Sapevi che Jax è chiamato l'esperto degli appuntamenti occasionali perché non ha mai un secondo appuntamento con nessuna donna? Non è che ai miei fratelli non piaccia, ma tutti hanno detto che è un donnaiolo" brontolò Owen mentre mi guidava intorno ad alcune rocce nella sabbia.

"Non pensi che sia un po' ingiusto giudicare qualcuno in base alle opinioni degli altri?" chiesi.

"Non quando le informazioni provengono dai miei fratelli maggiori" rispose lui ostinatamente. "Mi fido di loro."

Rilasciai un leggero sospiro. Una delle cose che avevo sempre amato di Owen era la sua protezione, ma trascinarmi via da Jax era stato un po' esagerato. "Non sei in giro da più di un decennio, Owen, e me la sono cavata abbastanza bene senza il tuo intervento."

"Sì, beh, d'ora in poi sarò in giro. Abituati" disse burbero.

Il mio cuore saltò un battito e cercai di non lasciare che le sue parole mi prendessero troppo. Forse sarebbe rimasto in giro per un po', ma alla fine avrebbe trovato nuovi amici a Citrus Beach, e probabilmente anche una donna a cui era romanticamente interessato.

Anche se aveva confessato di essere stato interessato a me al liceo, non gli avevo detto che mi ero sentita esattamente allo stesso modo allora. Adesso eravamo persone diverse e non eravamo ragazzi con un'infatuazione adolescenziale.

Allora perché il mio cuore soffre ancora per stargli vicino?

Quando l'avevo abbracciato prima dell'arrivo di Andie, ero quasi certa che Owen fosse stato pronto a baciarmi. Ma ero tornata in me subito dopo che Andie era entrata in casa, e Owen le aveva dato lo stesso accogliente abbraccio da orso che aveva dato a me.

L'uomo non aveva paura di mostrare il suo affetto per i suoi amici, e mi ero resa conto che Owen era solo... Owen.

Pensavo davvero che nutrisse ancora una sorta di interesse per me come donna dopo dieci anni in cui non ci vedevamo?

Ridicolo!

Owen non era il ragazzo che conoscevo.

Adesso era un miliardario, completamente adulto e stupendo, e il medico che avrebbe sempre voluto essere.

Le donne cadevano ai suoi piedi, per l'amor di Dio.

Mentre ci avvicinavamo a casa sua, ruppe il silenzio tra noi: "Sediamoci un minuto, Layla. Non sono pronto per rientrare. Voglio chiederti qualcosa."

Ero perplessa mentre si lasciava cadere sulla sabbia appena fuori dalle luci intense del suo patio, ma lasciai che mi tirasse giù con lui.

Lasciò andare la mia mano per spegnere la luce del suo telefono e lisciai il tessuto di cotone del mio prendisole, in modo che mi coprisse fino alle ginocchia.

"Cosa vuoi chiedermi?" domandai con curiosità.

Era quasi surreale essere di nuovo seduta fianco a fianco con Owen. Sembrava quasi di essere tornati nel parco cittadino da adolescenti.

Eppure, era anche diverso.

Owen ed io eravamo praticamente estranei l'uno all'altra ora. Avevamo vissuto vite completamente separate da adulti.

Rimase in silenzio per un minuto prima di rispondermi. "Forse ho cambiato idea sul chiedere, dal momento che avrei dovuto riversare le mie viscere su tutte le cose che non posso fare o non ho fatto nella mia vita."

"Dimmi" esortai. "Voglio aiutare."

Il mare era estremamente calmo stasera, e il dolce sciabordio delle onde che si infrangevano sulla riva mi cullava in uno stato d'animo più pacifico.

Avrei fatto tutto il possibile per aiutare Owen. Tutto quello che doveva fare era chiedere.

Emise un sospiro mascolino. "Ti stavo dicendo prima di come mi sento fuori posto ora che ho finito con la scuola. Mi sento come se non appartenessi a questo nuovo mondo di niente studio, niente lezioni e solo orari di lavoro per la maggior parte del tempo. Ho iniziato a fare un elenco delle cose che non so fare o che non ho mai fatto, ed è dannatamente lungo."

Sembrava così incerto quando ammise quanto si sentisse inetto, e mi fece male il cuore. "Penso che sia abbastanza normale" spiegai. "Te l'avevo detto che mi sentivo allo stesso modo. A volte lo faccio ancora. Ci vuole un po' per adattarsi."

Owen stava appena iniziando a tornare nel mondo reale, dopo aver messo in pausa la sua vita personale per anni per superare la scuola di medicina e la sua specializzazione.

"A volte non sono nemmeno sicuro di appartenere più alla mia stessa famiglia" condivise. "Voglio dire, sono sempre stato legato ai miei fratelli, ma non sono mai stato davvero lì per nessuno di loro. Mentre stavano lottando con le relazioni, i problemi e la gestione di questa eredità, praticamente ignoravo i soldi. Quando siamo tutti insieme, a volte parlano di cose che non significano nulla per me. Non ero presente per condividere nessuna di quelle esperienze con loro. Buone o cattive."

Per un ragazzo che apprezzava la famiglia, doveva essere difficile rendersi conto di quanto gli fosse mancata. Ma non era colpa sua. "Alla fine ti aggiornerai su tutto quello che è successo" lo rassicurai gentilmente. "Hai vissuto una vita separata in un altro Stato, ma tutto andrà a posto."

"Non è solo questo" brontolò. "Gesù, Layla, non so nemmeno ballare. Non ero un festaiolo al college. Nemmeno io frequentavo. Non sono mai stato ubriaco fino al midollo, e non ho mai fatto nulla solo perché *volevo* farlo. Macinavo ogni minuto della giornata solo per stare al passo con i miei studi e per continuare a mangiare. Non avevo tempo per niente di frivolo o non essenziale. Diavolo, dormivo a malapena."

Owen davvero non era uscito con nessuna? Mai?

Non avevo idea del perché fosse così difficile da credere quando non avevo frequentato molto io stessa. "Vuoi fare tutte quelle cose che hai messo in quella lista?"

"Sì, e no" rispose pensieroso. "Potrei fare a meno di ubriacarmi. Di solito non va molto bene la mattina dopo, ma mi piacerebbe raggiungere la mia famiglia e fare cose che un ragazzo normale della mia età farebbe adesso. Se sei seriamente intenzionata a voler fare qualsiasi cosa per compensare le tue supposizioni sbagliate su di me, c'è qualcosa che potresti fare per me."

"Tutto quello che devi fare è chiedere" dissi enfaticamente.

"Se ho intenzione di uscire come un ragazzo normale, ho bisogno di fare pratica. Mi piacerebbe esercitarmi con *te*. Sii il mio interesse amoroso, Layla. Una volta che mi sentirò a mio agio con quel tipo di relazione, mi piacerebbe davvero essere di nuovo amici."

Aprii la bocca per dirgli che *non* potevo assolutamente essere il suo manichino di prova della fidanzata temporanea, e poi la richiusi.

Ero in debito con lui per tutte le cose orribili che avevo detto e per il modo in cui l'avevo trattato. Mi stava davvero chiedendo così tanto in cambio?

Mi aveva così prontamente perdonata che forse avevo bisogno di capire esattamente cosa voleva prima di rifiutarlo.

"In cosa consisterebbe esattamente questa proposta?" chiesi con attenzione.

"Frequentazione. Flirt. Divertimento. Nuove esperienze" spiegò. "Aiutarmi di nuovo a trovare la strada per questa città e a capire cosa voglio fare quando non lavoro. Hai detto che ti sentivi così quando hai finito la scuola, quindi probabilmente sai di cosa ho bisogno, giusto?"

"Io sono..." tossii forte prima di continuare. "Ad essere completamente onesta, non sono nemmeno io una frequentatrice esperta, Owen, quindi non sono sicura di quanto posso aiutarti in questo. Quando ho finito la scuola, mia madre aveva una malattia del fegato. È morta otto mesi fa. Ero più o meno nella stessa posizione in cui eri tu."

E lo sono ancora...

"Va bene" disse lui in tono gradevole. "Allora impareremo insieme. In realtà mi sentirei più a mio agio con qualcuno che non ha molta esperienza. Meno possibilità che mi senta un idiota se faccio qualcosa di sbagliato." Esitò prima di aggiungere: "Mi dispiace per tua madre, Layla. Non lo sapevo."

Nessuno lo sapeva perché non avevo parlato molto della malattia di mia madre, o della sua morte. L'unica persona al suo funerale ero io. La donna non aveva esattamente ispirato amore o calore di alcun tipo mentre era in vita.

"Grazie" dissi piano. "Volevo solo che tu capissi che anche la mia vita finora ha fatto schifo, tranne che per avere una carriera che amo e il mio lavoro di volontariato al rifugio."

"Allora impareremo tutte queste cose insieme" suggerì.

"Non puoi forzare l'amore, Owen" dissi, esasperata.

"Non sarebbe forzato per me. Ci tengo a te, Layla. L'ho sempre fatto."

Il grosso problema era che non sarebbe stata una finzione completa nemmeno per me. Mi importava di Owen, *anche* dopo che presumibilmente mi aveva imbrogliata. Forse avevo dovuto ottenere molte informazioni di seconda mano da Andie, ma prestavo attenzione quando lei parlava di Owen e di come stavano andando le cose per lui alla scuola di medicina e alla sua specializzazione.

In tutti questi anni, probabilmente ero stata più ferita che arrabbiata. Avevo seppellito le mie emozioni più tenere sotto un'apparenza furiosa. E ora che sapevo che Owen non mi aveva mai tradita, mi rendevo conto che la mia passione per lui non si era mai spenta del tutto.

Era ancora lì, e sapevo che avrei potuto finire per innamorarmi di un Owen adulto che non voleva altro che una specie di insegnante, o... compagna di giochi adulta.

Ma non volevo nemmeno dire di *no.*

Poiché ci tenevo a lui, volevo passare del tempo con lui, vedere come era cambiato e come era rimasto lo stesso. Per qualche ragione, lo desideravo dopo non aver visto la sua faccia o sentito la sua voce per oltre un decennio.

E se uscire con lui avesse significato condividere un bacio o due, non sarebbe stata esattamente una difficoltà. Per quanto cercassi disperatamente di non esserlo, *ero* empiamente attratta da lui.

Okay, forse *dovevamo* parlare dell'intera faccenda dei baci.

Dovevamo attenerci a una sequenza temporale, perché avrei avuto bisogno di una fine per ricordare a me stessa che era tutto un accordo a tempo determinato.

"Due mesi?" chiesi. "È questo il limite di tempo?"

"A meno che tu non mi scarichi prima, se mi comporto come uno stronzo" disse scherzosamente.

Alzai gli occhi al cielo. Dio, alcune cose non erano *mai* cambiate.

Ovviamente, Owen poteva ancora fare battute sciocche quando *dovevamo* avere una conversazione seria. Ma non mi sarei lamentata di questo. In realtà mi erano mancati quei commenti stupidi. Molto.

"Niente sesso" insistetti. "Non posso farlo in una storia d'amore fittizia."

Oh, diavolo sì, probabilmente sarei finita per volerlo perché *ero* attratta da lui, ma dovevamo stabilire alcune regole in questo momento.

"Non è un problema" concordò prontamente. "Finché non mi dici che non mi *bacerai*, sarò flessibile."

Deglutii a fatica. *Quella* sarebbe stata la mia richiesta successiva, ma un bacio o due erano davvero un grosso problema?

"Va bene" dissi con riluttanza, chiedendomi se ci fosse qualcosa di cui non avevamo discusso, ma che avremmo dovuto. "Allora credo che abbiamo un accordo."

"Sei ancora vergine, Layla?" chiese. "Non devi rispondere a questa domanda se non vuoi, sono solo un amico curioso."

"No." Non avevo problemi ad ammetterlo. "Tu?"

"No. In realtà non ho mai avuto un appuntamento, ma ho scopato" disse candidamente.

La sua risposta onesta mi aveva fatto venire *voglia* di condividere il mio passato con lui, ma non ero pronta per quello. Forse non sarei *mai* stata pronta a condividere quella parte della mia vita con nessuno.

"Ora che abbiamo sistemato tutto, cosa facciamo prima?" chiesi, cercando di alleggerire l'atmosfera.

"Dimmi tu" suggerì. "Voglio che ti diverta, Layla. Sembra che io abbia più soldi di quanto sappia cosa farne, quindi niente è off-limits. Facciamo alcune delle cose che non potevamo fare quando eravamo adolescenti poveri. Fai solo una cosa per me" chiese.

"Che cosa?" domandai.

"Stai lontano da Jax Montgomery, almeno per i prossimi due mesi. Immagino che una volta che tutto questo sarà finito, finirai per fare quello che vuoi, ma non posso provare a fare l'amore con te mentre stai sbavando per un altro ragazzo" disse conciso.

Sbuffai. "Owen, *non* stavo sbavando, e non credo che nemmeno lui sia interessato a me. Abbiamo avuto una conversazione amichevole, ma non sono attratta da lui in quel modo."

"Se è vero, probabilmente sei una delle poche donne single al mondo che la pensa così" replicò seccamente mentre si alzava e tendeva la mano.

Alzai le spalle una volta che mi tirò in piedi. "Ne dubito. Voglio dire, è di bell'aspetto, follemente ricco e molto alla mano. Ma non c'era nessuna chimica romantica tra di noi. Dovrei discutere con te sul fatto che sia un problema, però. È stato molto gentile con me."

"Probabilmente perché sapeva che era l'unico modo per farti abbassare le mutandine" disse, suonando scontento.

Alzai gli occhi al cielo mentre tornavamo lentamente dagli ospiti sulla spiaggia e nel patio. "Hai detto di avere una lista di cose che non hai mai fatto e di cose che ti senti incapace di fare. Me la puoi mostrare?"

"Te ne darò una copia" concordò, suonando un po' riluttante. "È una lunga lista."

Più tardi quella notte, me ne diede una copia prima che io lasciassi la sua casa. Il mio cuore quasi si spezzò mentre la leggevo, e all'improvviso non vedevo l'ora di iniziare.

CAPITOLO 9

Owen

"Non è possibile che questo posto fosse qui quando eravamo bambini" dissi a Layla subito dopo aver bevuto un sorso del mio caffè e averne aspirato l'aroma prima di mandarlo giù.

Era domenica e il centro commerciale era affollato, ma una volta entrati nella caffetteria di specialità, era un po' meno rumoroso.

Lei scosse la testa mentre ingoiava un assaggio dell'intruglio che aveva appena ordinato. "Non c'era. È stato costruito circa due anni dopo che te ne sei andato. Ci sono molti posti di fascia alta, quindi non faccio molti acquisti qui. Ma se non ti sei mai fermato in un caffè specializzato, questo è il posto giusto per provarlo per primo. Abbiamo le solite catene come Starbucks, ma questo posto è speciale. A loro interessa servire i migliori caffè del pianeta."

Layla aveva pescato questa escursione dalla mia lista di cose mai fatte. L'avevo capito dal momento in cui avevo visto il cartello all'ingresso del bar.

"Sono sorpreso che tu non abbia scelto il Coffee Shack. È in questa città da sempre" riflettei.

Alzò la mano. "Non fraintendermi. Anche il Coffee Shack è fantastico, e ci vado spesso, ma è bello concedersi una pazzia ogni tanto. Sono piuttosto costosi qui, ma hanno dei caffè davvero esotici."

"Credo di potermelo permettere" scherzai. "Ed è un caffè dannatamente buono."

Onestamente, era il miglior caffè che avessi mai preso; poi di nuovo, non era così difficile superare il marchio generico più economico che avevo trovato al supermercato.

Durante la scuola di medicina, era più una questione di quantità che di qualità.

Layla e io avevamo preso un tavolino nell'angolo del locale, dove potevamo sederci e goderci i caffè extra large che avevamo ordinato.

Ero sollevato dal fatto che avesse sostituito il suo prendisole sexy con un paio di jeans e una canotta colorata quando prima era passata a casa mia. Ma alla fine avevo scoperto che non importava davvero cosa indossasse. Ero abbastanza sicuro che avrei sempre voluto inchiodarla, indipendentemente dal suo abbigliamento.

C'era qualcosa in questa donna che mi toglieva sempre il fiato.

"È davvero la prima volta per te?" chiese lei, i suoi bellissimi occhi azzurri che studiavano il mio viso.

"Sì" risposi onestamente. "Non potrei mai giustificare i soldi che costerebbe comprare il mio caffè in un bar costoso. A Boston, potevo comprare una lattina intera al supermercato al prezzo di un grande caffè in alcuni di quei posti. Preparavo il caffè a casa e portavo con me una tazza termica molto grande quando lasciavo il mio appartamento. Una volta arrivato in ospedale, quasi tutti i reparti avevano una caffettiera da qualche parte."

Lei annuì. "Ero piuttosto a corto anche io quando andavo a scuola. Ma una volta che ho iniziato a lavorare come infermiera professionista, ho deciso che potevo concedermi il lusso di tanto in tanto."

"Sono decisamente disposto a rinegoziare il tuo stipendio, Layla. Fortney non ti pagava molto bene." Diavolo, avrei dato alla donna tutto ciò che voleva. Se lo meritava.

Mi rivolse un dolce sorriso che rese il mio uccello così duro che quasi mi sentii a disagio quando disse: "Ero appena uscita da scuola quando abbiamo negoziato quel contratto. Ero una neo-laureata, quindi è stato piuttosto generoso considerando che non avevo esperienza. Anche adesso, sono una specie di principiante. Sono in clinica solo da due anni e il mio stipendio va bene. Sto ancora pagando i prestiti studenteschi e alla fine mi piacerebbe comprare una casa mia, ma non mi lamento. È bello avere un po' di soldi per gli extra adesso."

Layla non si lamentava mai, indipendentemente dalle circostanze. "Presto rivedremo il contratto" l'avvertii. "Non sei più fresca di scuola."

Diavolo, avevo appena comprato una casa sulla spiaggia che era costata milioni e Layla era ancora gravata dai prestiti studenteschi.

Ingoiò un sorso di caffè prima di insistere: "Sto bene, Owen."

"Posso eliminare quei prestiti studenteschi in pochi minuti, Layla. Lascia che ti aiuti" insistetti.

"Assolutamente no" rimproverò. "Owen, sapevo che avrei dovuto rimborsare i miei prestiti studenteschi e non mi stanno distruggendo. Sono una mia responsabilità."

"I miei soldi crescono enormemente ogni giorno grazie agli investimenti che Evan mi ha aiutato a fare." Esitai un secondo prima di chiedere: "Il che mi porta a una domanda che volevo farti."

"Chiedi" incoraggiai.

"Cosa ne penseresti di lavorare in una clinica gratuita? Ho pensato molto al cambiamento della mia situazione, e di sicuro non ho *bisogno* dei soldi che guadagno come medico. Ovviamente manterrei i contratti che ho con i pazienti assicurati, ma vorrei ampliare e offrire le cure con prezzi decrescenti per i non assicurati. E gratuitamente per i pazienti che davvero non possono permettersela."

La guardai in viso mentre i suoi occhi si allargavano, e poi vidi quella lucentezza vitrea che significava che le lacrime erano imminenti. Ero cresciuto con sorelle gemelle. *Conoscevo* quello sguardo.

Fanculo!

"Continuerai comunque a ricevere uno stipendio generoso, Layla, e dei benefici" aggiunsi rapidamente.

Bevve un sorso di caffè e sbatté le palpebre diverse volte come se stesse cercando di evitare che le lacrime cadessero. "Owen, penso che sarebbe fantastico. Non sono preoccupata per il mio stipendio. Stavo solo pensando a quante persone potremmo aiutare. Forse potremmo offrire mammografie e pap test gratuiti per le donne che non possono permetterseli. Tante donne senza assicurazione li rimandano per così tanto tempo perché non hanno abbastanza soldi nel loro budget per sfamare i figli e adottare misure di prevenzione per la loro salute. Salveresti vite, Owen. So che lo faresti."

Diavolo, se avessi saputo che mi avrebbe guardato in questo modo, avrei iniziato a riorganizzare la clinica appena firmato l'atto di acquisto.

La donna mi guardava come se fossi il suo eroe, tutto perché avevo suggerito di rinnovare la clinica per aiutare le persone senza assicurazione e senza soldi per l'assistenza sanitaria di base.

Non era che stessi sacrificando qualcosa. Potevo permettermelo.

"Dovremmo assumere altro personale" l'avvertii. "E probabilmente espandere. Potremmo sicuramente fare medicina preventiva per donne e famiglie."

Avevo pensato esattamente a come cambiare le cose ora che le mie condizioni finanziarie erano cambiate. Drasticamente.

Il suo viso si illuminò. "Forse potremmo provare a trovare sovvenzioni o fare raccolte fondi. Non dovresti pagare l'intero conto per la clinica da solo."

Scrollai le spalle. "Non avrebbe importanza se lo facessi. Non mi mancherebbero mai i soldi. Ma ho parlato a lungo con Evan mentre era qui, e aveva delle buone idee. Una cosa che posso dire sui Sinclair è che sono tutti piuttosto generosi con gli enti di beneficenza, quindi sanno molto sulla raccolta di fondi e sull'aiutare quelle entità a sostenersi il più possibile."

"Mi sentirei davvero bene a lavorare in una clinica che potrebbe aiutare le persone che ne hanno davvero bisogno" disse, il suo viso ancora illuminato come un albero di Natale.

"Anch'io" convenni. Ero entrato in medicina perché volevo aiutare le persone, ed ero felice da morire di poter offrire molto più di quanto ritenessi possibile quando avevo iniziato la scuola di medicina. "Ma è anche la tua clinica. Volevo conoscere il tuo pensiero prima di iniziare a pianificare."

Alzò gli occhi al cielo. "È la *tua* clinica, Owen. Io ci lavoro e basta."

Scossi la testa. Forse non aveva la proprietà della clinica, ma ne *era* il cuore. Mi era bastato un solo giorno di lavoro con lei per capirlo. "Non sarebbe lo stesso se tu non fossi con me su questo, Layla."

"Sono al mille per cento con te" disse emozionata.

Non mi aspettavo davvero che rifiutasse del tutto l'idea, ma ero rimasto un po' sorpreso dal fatto che l'avesse sostenuta con tutto il cuore. Sarebbe stato un sacco di lavoro e avrebbe significato che ci sarebbero stati molti cambiamenti, ma questo non sembrava preoccuparla affatto.

Non è cambiata molto. Layla ha ancora un cuore dannatamente buono.

Le sorrisi come un idiota. "Parleremo dei dettagli quando saremo in ufficio. Dovrei corteggiarti adesso."

Alzò la tazza. "Mi hai offerto un caffè. Penso di essere già sul punto di innamorarmi di te."

Sbatté le ciglia verso di me civettuola, e io risi della sua espressione sciocca, anche se ero così fottutamente duro che stavo sussultando sotto quell'umorismo.

Ho due mesi per convincerla a fidarsi di me e per farle desiderare che tutto questo sia reale.

Sapevo che raggiungere quell'obiettivo era difficile, ma ero dannatamente disperato dopo aver visto Jax Montgomery guardare Layla come se volesse scoparla.

Conoscevo *quello* sguardo.

Diavolo, probabilmente avevo la stessa espressione sul viso ogni volta che la guardavo.

Che Layla lo sapesse o no, Jax probabilmente *aveva* fatto la sua mossa con lei. I ragazzi riconoscevano quel tipo di merda da altri uomini, e sicuramente aveva avuto un interesse più che casuale per lei.

Tutto quello che le avevo detto su di me era vero, tranne... non avevo bisogno di un insegnante o di qualcuno su cui esercitarmi. Non proprio. Avevo solo bisogno... di lei. Punto. Volevo passare del tempo con Layla fuori dalla clinica, e se questo mi avesse fatto guadagnare quel tempo, sarei stato disposto a farlo.

Non avevo alcun interesse per tutte le donne che improvvisamente erano ansiose di uscire con me perché ero un miliardario.

Quello che volevo veramente era la donna che mi aveva accettato come ero quando ero povero.

Forse non c'erano molte possibilità che Layla decidesse di voler essere più che amici. Aveva messo in chiaro che ora eravamo come estranei. Sfortunatamente, non la pensavo allo stesso modo.

Finii di bere il mio caffè prima di chiedere: "Quindi qual è il prossimo passo?"

Scosse la testa con fermezza. "Tocca a te. Decidi tu. Ti è piaciuto il tuo appuntamento con il caffè?"

"Sì" dissi con voce roca.

L'unico modo in cui avrei potuto godermela di più era se avessimo fatto sesso caldo e pesante a casa mia prima di partire.

C'erano così tante cose che volevo fare con Layla. Sfortunatamente, le attività nude erano escluse, ma c'erano molte altre cose tra cui scegliere in quell'elenco.

"Siamo già qui al centro commerciale. Dico di andare a fare la spesa" suggerii.

"Non era nella tua lista" replicò, suonando confusa.

"No, ma possiamo essere spontanei, giusto? In realtà ho costretto Andie a portarmi da qualche parte a Boston subito dopo che la mia eredità era arrivata in modo da potermi procurare dei vestiti nuovi. E ho fatto acquisti per una nuova casa. Ma sono sicuro che ci sono ancora alcune cose che potrebbero far comodo."

Sembrava delusa quando rispose: "Vorrei poterlo fare, ma oggi devo andare al rifugio. Mi dispiace. Le gabbie non verranno pulite e le bestie non avranno il loro cibo se non ci vado."

"Okay, non ho mai pulito le gabbie dei cani o dato da mangiare ai cani, quindi sarebbe un'altra prima volta per me, anche se non è nella lista. Dovrai solo mostrarmi cosa fare." Sarei andato a pulire i bagni con lei, se fosse stato quello che doveva fare. Avrei fatto qualunque cosa per passare più tempo con lei.

"Lo faresti davvero?" chiese dubbiosa. "Sei un dottore e un miliardario, per l'amor di Dio. Non hai nessun motivo per pulire le gabbie per cani al rifugio."

"Non hai *bisogno* nemmeno tu di farlo, Layla, e sarò perfettamente felice se lo farò con te" ribattei. "Sai quanti lavori sporchi ho dovuto fare come stagista?"

Lei sorrise. "Probabilmente le stesse cose che dovevo fare io da studentessa di infermieristica."

Mi alzai e tesi la mano. "Diamoci da fare. Se finiamo abbastanza presto, forse potresti aiutarmi a trovare Russo. Desidero la loro pizza da quando sono tornato a casa."

Rise mentre mi prendeva la mano senza esitazione, e io la tirai in piedi.

Mi sentivo come se fossi stato preso a calci nello stomaco quando mi onorò con un sorriso a viso aperto riflesso nei suoi begli occhi.

Era strano, ma quando ero con Layla, non mi sentivo più perso o fuori posto.

CAPITOLO 10

Layla

"Perché non hai un cane tutto tuo?" chiese Owen mentre prendeva un altro pezzo di pizza.

Russo era molto affollato, quindi avevamo deciso di portare la pizza a casa invece di mangiare lì.

Owen doveva aver avuto fame, perché aveva ordinato un paio di enormi pizze formato famiglia da Russo, molto più di quanto noi due avremmo mai potuto ingerire in una sola volta. Più grissini. Più dolce. Avevamo sparso la nostra abbondanza sull'isola della cucina. Avevamo avvicinato un paio di sgabelli e ci eravamo messi a mangiare appena arrivati a casa.

Avevo finito al rifugio abbastanza presto. Owen mi aveva aiutata molto, quindi avevamo anche avuto il tempo di giocare con i cani e i gatti prima di andare via.

Sospirai. "Il mio padrone di casa non vuole animali negli appartamenti. Se potessi, probabilmente ne avrei più di uno."

"Allora trovati una nuova casa" suggerì.

Mi allontanai dall'isola perché non potevo assolutamente mangiare un pezzo di pizza in più. "Più facile a dirsi che a farsi" spiegai mentre prendevo la mia Diet Coke e guardavo Owen continuare a demolire il suo cibo. "La maggior parte degli appartamenti non permette di avere cani e spero che la mia prossima casa sarà davvero *mia*."

"Vuoi davvero adottare Brutus, vero?" chiese con tono più serio.

Brutus era un bulldog inglese di mezza età. Una delle sue orecchie era stata danneggiata per sempre dagli abusi passati ed era al rifugio da mesi perché non era esattamente carino. Ma l'intrepido animale si era rivelato così affettuoso una volta che mi ero guadagnata la sua fiducia. Il suo posto preferito per appoggiare la testa era la mia coscia. "Come fai a saperlo?" domandai.

"Andiamo, Layla. È abbastanza ovvio che voi due vi adorate. Probabilmente è il cane più brutto della città, ma non credo che ti importi."

"È adorabile" dissi ammonendolo. "È piuttosto sorprendente che abbia dato la sua fiducia a qualcuno dopo la vita orribile che ha avuto finora. Ma lo fa, ed è straordinario."

"Cosa farai se verrà adottato?" chiese.

Bevvi un sorso della mia bibita prima di rispondere: "Probabilmente perseguiterò il nuovo proprietario per assicurarmi che sia amato. Sarebbe egoistico da parte mia volere che rimanga lì solo perché mi mancherà, ma spero che vada in una casa dove si prenderanno cura di lui. È un bravo ragazzo."

"Avresti il cuore spezzato se lui se ne andasse. Ammettilo" mi sfidò.

"Sì" convenni. "Ma non voglio che viva il resto della sua vita nel rifugio."

"Allora lascia che ti compri una dannata casa. Potresti stargli vicino ogni giorno."

Quasi soffocai con la mia Diet Coke. "Owen, non puoi semplicemente andare in giro offrendoti di comprare una casa a tutti."

"Non lo sto chiedendo a *tutti*" corresse. "Ne ho offerta una a te. La casa di Andie è in vendita. Anche se ora sono *decisamente* convinto che sia maledetta. Tutti coloro che hanno posseduto quel posto sono finiti sposati con un miliardario. Prima Jade, poi Riley e ora Andie."

"Non posso permettermi una casa sulla spiaggia."

"Non è esattamente un palazzo."

"Owen, non potrei permettermi una baracca con una stanza in questa parte della città" dissi.

"Non devi permettertelo se la pago io. Brutus la amerebbe. Se riuscissi a convincerlo a rimanere sveglio abbastanza a lungo, gli piacerebbe giocare sulla spiaggia."

La disponibilità di Owen ad aiutarmi dopo che non ci eravamo visti per un decennio, e averlo definito un bugiardo e squallido imbroglione, era straordinaria. Mi toccava il fatto che fosse così preoccupato per il mio benessere, specialmente quando non ne aveva bisogno.

"Un giorno troverò un posto, ma probabilmente sarà nel nostro vecchio quartiere."

Girò la testa e mi guardò torvo. "Quella zona fa schifo."

"Non la pensavi così quando vivevamo lì da bambini."

"Da allora è peggiorata, ma non era la zona migliore anche quando eravamo più giovani. Per favore, dimmi che non vivi ancora lì" disse in tono preoccupato.

Evitai di rispondergli direttamente. "Non tutti possono permettersi una casa sulla spiaggia. Owen, non abbiamo esattamente bassifondi qui a Citrus Beach."

Emise un gemito. "Quindi *vivi* lì» indovinò.

Accidenti! L'uomo poteva ancora dire quando stavo nascondendo qualcosa.

"Non è così male. Il mio appartamento è carino. E non voglio pagare un affitto astronomico perché sto risparmiando per la mia casa." La mia decisione di non aggiornare la mia residenza una volta diventata un'infermiera professionista aveva perfettamente senso. Volevo una nuova casa dove avrei potuto avere animali domestici, e mantenere la mia casa con un affitto modesto mi avrebbe facilitato la cosa.

"Non dovresti più risparmiare se mi lasciassi comprare una casa" obiettò ostinatamente. "Dannazione! Non è che io possa aiutare la mia famiglia con questa ricchezza improvvisa. Sono tutti carichi come me. Allora perché non posso aiutare le altre persone a cui tengo?"

Mi sciolsi mentre guardavo l'espressione frustrata sul suo viso. Quante persone avrebbero immediatamente voluto raggiungere e aiutare i propri amici se fossero diventati miliardari improvvisamente?

Inoltre, quanti avrebbero fatto di una clinica gratuita la loro prima preoccupazione?

Owen era un donatore. Lo era sempre stato. Ovviamente questo lo stava facendo impazzire perché tutto ciò che voleva fare era usare quei soldi per aiutare altre persone, ma nessuno nella sua famiglia aveva bisogno di niente.

Mi allungai e gli misi una mano sul braccio. "Alla fine troverai una soluzione a tutto questo, Owen. Dagli un po' di tempo. So che non avevi intenzione di diventare un miliardario e, anche se è fonte di confusione, è una buona cosa, giusto? Il tuo piano per avviare una clinica gratuita e a basso costo è fantastico, e conoscendoti, non è l'unico modo in cui farai la differenza in futuro. Stai facendo abbastanza in questo momento. Goditi il fatto che sei dannatamente ricco. In effetti, dovresti sguazzarci. Te lo meriti."

"Non mi sembra" rispose mentre si allontanava anche lui dal cibo.

Ovviamente, aveva finalmente mangiato abbastanza pizza.

Rimase in silenzio per un momento prima di aggiungere: "La mia intera vita è cambiata in un giorno, Layla. Prima dei soldi, non pensavo nemmeno di tornare subito a Citrus Beach. Anche se la mia famiglia ha aiutato il più possibile e anche a me sono state assegnate borse di studio per la facoltà di medicina, mi ero rassegnato a essere un medico povero per un po' a causa del mio schiacciante debito studentesco. Stavo seriamente considerando di entrare in un programma di remissione dei debiti in cui sarei potuto andare a lavorare in una zona rurale dove avrei potuto ottenere il condono di parte del mio debito studentesco per lavorare in un'area che aveva davvero bisogno di medici."

Annuii. Sapevo del programma. Ci avevo pensato seriamente prima che mia madre si ammalasse. "Quindi l'intera traiettoria della tua vita è improvvisamente cambiata. Ma questo è ancora positivo, Owen. Puoi fare la differenza qui. Non abbiamo abbastanza strutture che forniscano servizi gratuiti e a basso costo."

Mi inchiodò con il suo sguardo color smeraldo. "Non fraintendermi. Sono felice di essere qui. Se non lo fossi, non sarei seduto qui con te. Ma è molto diverso da come avevo programmato prima di questa eredità."

Lasciai che la mia mano passasse sul suo muscoloso bicipite prima di allontanarla con riluttanza da lui. "Diverso" convenni. "Ma non brutto. Per favore, non sentirti in colpa perché hai una quantità di denaro astronomica quando così tante persone non ce l'hanno. Te lo meriti dopo aver vissuto povero per così tanto tempo, e non cambierà mai chi sei come persona. Sono solo... soldi. Va bene, sono un *sacco* di soldi. Spendili. Divertiti. E fai tutto il bene che puoi."

Owen non sarebbe mai stato un ragazzo che viveva in una bolla ricca. Era la sua stessa natura guardarsi intorno, vedere la sofferenza e voler fare qualcosa per aiutare.

Sorrise. "Come sapevi che mi sentivo in colpa?"

"Perché ti conosco."

Alzò un sopracciglio. "Pensavo che ci considerassi estranei ora."

"Forse non del tutto" confessai. "Ci sono parti della tua personalità che sicuramente non sono cambiate."

"Quindi ti arrenderai e mi permetterai di comprarti una casa. Dai, Layla. Non è che intaccherebbe il mio conto in banca" gracchiò.

"Assolutamente no, ma bel tentativo" dissi divertita. "Sono orgogliosa di tutto ciò che ho realizzato, Owen. La mia vita non era così bella una volta, ma mi sono sforzata di superare tutto questo, e ora sto facendo qualcosa di utile che paga bene. Quando finalmente raggiungerò il mio obiettivo per un acconto in un posto tutto mio, voglio che sia perché ho lavorato duramente per farlo. Apprezzo il fatto che ci tieni abbastanza da offrire, però. Sei un ragazzo davvero straordinario, Owen Sinclair."

Onestamente, ero abbastanza sicura che non ci fosse un altro uomo come lui in tutto il mondo. Certo, i suoi fratelli probabilmente donavano molto in beneficenza, ma stavano ancora lavorando anche alla costruzione di aziende straordinarie. Mentre tutto ciò a cui Owen poteva pensare era come usare i suoi soldi per fare la differenza nel mondo e offrire i suoi servizi di medico gratuitamente ora che poteva permetterselo.

Incrociai le braccia sul petto mentre aggiungevo: "Se non hai intenzione di iniziare a spendere più soldi per te stesso e fare cose che *ti* piacciono, penso che dovrò costringerti a farlo."

"Dovrai trovare idee più grandi che farti offrire una pizza e una tazza di caffè" scherzò.

"Pensi che non possa pensare in grande?" presi in giro.

"Anche tu hai sempre dovuto tenere d'occhio i tuoi soldi" mi ricordò. "Ma ti sfido a provare a fare anche una piccola ammaccatura nel mio conto in banca. Non puoi. Cresce a dismisura ogni dannato giorno."

"D'accordo, bene" dissi. Dannazione! Sapeva che non mi sarei mai tirata indietro quando mi sfidava. "Se dobbiamo chiudere per apportare modifiche alla clinica, portami da qualche parte nel frattempo. In un posto dove non avremmo mai potuto permetterci di andare tre o quattro anni fa. E non sto parlando di un salto all'isola di Catalina o qualcosa del genere. Pensa. In. Grande."

"Parigi?" suggerì con un sorriso.

Il mio cuore ebbe un sussulto. Owen ed io avevamo sempre parlato di andare a Parigi quando eravamo bambini. Ma quella era sempre stata solo una discussione tra due sognatori che volevano vedere di più del mondo.

Non poteva essere serio, vero?

"Ehm... potrebbe essere—"

"Perfetto" concluse. "Non che intaccherà il mio conto in banca, ma puoi ancora lavorarci. Faresti meglio a procurarti un passaporto, donna."

"Io-io ne ho già uno. Ho fatto un breve viaggio in Messico con un paio di miei compagni di classe quando abbiamo conseguito il nostro Master." Ero ancora sbalordita dal fatto che sembrava essere completamente serio su questo.

Emise una risata clamorosa. "Allora credo che farei meglio a procurarmi il mio."

Il mio cuore fece un triplo salto mortale. Era la prima volta che lo sentivo davvero ridere in quel modo da quando avevamo iniziato a lavorare insieme, e suonava così dannatamente... bene. "Non puoi essere serio" sfidai. "Non possiamo andarcene entrambi dalla clinica nello stesso periodo."

Si strinse nelle spalle. "Certo che possiamo. Dovremo chiudere per fare alcuni lavori di ristrutturazione. Il personale dell'ufficio continuerà a essere remunerato, però, e anche tu."

"Non è quello. Ho un sacco di vacanze accumulate visto non sono andata da nessuna parte da quel lungo weekend in Messico. Ma partire per una settimana? Due settimane? Tutto solo per un capriccio è... folle."

"Non per me, Layla. Sono incredibilmente ricco, ricordi? E non è che Andie e Noah non stiano viaggiando in luna di miele per tutto il mondo in questo momento. Perché è così folle?"

Effettivamente, per lui, nelle sue condizioni finanziarie, *non* era affatto pazzesco. "Okay, è pazzesco per *me*. Non sono una miliardaria, Owen. Sono una donna che non ha mai pensato che avrebbe viaggiato all'estero fino a quando i suoi prestiti studenteschi non fossero stati pagati e avesse avuto una casa tutta sua. Cioè tra un paio di decenni da oggi."

Il mio sguardo si scontrò con il suo, e il mio cuore sussultò mentre mi inchiodava con i suoi sexy occhi verdi. "Non spenderai un centesimo per questo viaggio. Mettiamolo subito in chiaro. Ti fornirò ogni singola cosa di cui hai bisogno, fino alla biancheria intima nuova per questo viaggio."

Sembrava davvero entusiasta di vedere Parigi, e lo desideravo così tanto per lui. "Davvero non c'è nessun altro che vorresti portare con te? E la famiglia?»

"Hanno tutti jet privati. Miliardari. Ricordi? E poi, non c'è nessun altro con cui preferirei stare oltre a te" concluse con voce roca. "Lo sognavamo, Layla. Se non vieni tu, non andrò nemmeno io. Non sarebbe lo stesso senza di te."

Oh, diavolo, no. *Non* sarebbe successo. Questa era la prima volta che vedevo Owen considerare di usare i suoi soldi per qualcosa che non fosse un investimento domestico o qualcosa di cui aveva effettivamente bisogno. Si meritava una vacanza molto lunga dopo aver trascorso un decennio a lavorare come un cane. "Verrò" dissi velocemente, prima che potessi cambiare idea.

Un sorriso felice si allargò sul suo viso. "Farò io tutta la pianificazione. Tu lavorerai solo sulle altre cose nella mia lista."

Ricambiai il sorriso perché non potevo trattenermi. Tutto il mio corpo stava rispondendo a quel viso incredibilmente bello, e dovetti incrociare le gambe mentre il calore si diffondeva a macchia d'olio tra le mie cosce.

Non vedevo l'ora di gettarmi tra le sue braccia e lavorare per rendere quel corpo incredibilmente scolpito completamente nudo.

Forse l'avevo voluto da giovane, ma non così. Ero stata infatuata e avrei voluto essere più vicina a lui allora. Tutto quello che desideravo era un semplice bacio.

Ora che ero un'adulta, volevo così tanto questo uomo meraviglioso, intelligente e premuroso che era quasi insopportabile.

Il mio cuore voleva Owen.

Il mio corpo voleva *disperatamente* Owen.

E la mia anima urlava di soddisfazione.

Mi riportai alla realtà. Non potevo averlo. Non sarei mai stata con lui nel modo in cui avevo fantasticato.

Mi godrò quello che abbiamo in questo momento. Ci prendiamo cura l'uno dell'altra come cari amici. Deve essere sufficiente.

Ero grata di riavere la sua amicizia, di sapere che si prendeva cura di me di nuovo e che non mi avrebbe punita per le cose orribili che gli avevo detto e fatto per errore.

Ci capivamo in un modo completamente inquietante, probabilmente perché avevamo avuto molti degli stessi pensieri ed esperienze.

Mi era mancato così tanto.

Non avrei mai negato a me stessa l'opportunità di stare con lui mentre trovava il suo posto in una vita completamente nuova.

La bramosia che provavo per avere di più sarebbe dovuta rimanere nascosta.

"Vedrò cosa posso fare" finalmente risposi.

Mi fece l'occhiolino. "Non vedo l'ora."

CAPITOLO 11

Owen

"Penso che potrei aver bisogno di aiuto per pianificare questa vacanza" dissi ad Aiden e Seth alcune sere dopo mentre lanciavo la mia lenza in acqua.

Avevo portato Layla a casa di Seth per una cena improvvisata informale con hamburger alla griglia, e lei si era trovata bene con Skye e Riley quasi immediatamente.

Eli e Jade stavano a casa loro a San Diego, ma ero abbastanza sicuro che mia sorella si sarebbe legata a Layla allo stesso modo se fosse stata qui.

Dato che le donne si erano lanciate in quelle che Seth definiva come *chiacchiere femminili*, subito dopo cena aveva afferrato una borsa termica piena di birra ed erano andati a pescare.

Non che qualcuno di noi pensasse davvero che avremmo catturato qualcosa dal molo nella proprietà che Seth aveva destinato come rifugio della fauna selvatica.

Avevo la sensazione che fosse una scusa per uscire insieme, bere qualche birra e aggiornarci su come stavano andando le nostre vite.

"Sono dannatamente felice che ti stia prendendo una vacanza, Owen" commentò Seth mentre si lasciava cadere su una delle sedie a sdraio che teneva vicino al molo. "Ero un po' preoccupato per la tua decisione di acquistare subito la clinica dopo la tua specializzazione. Ho pensato che avresti dovuto prenderti un po' di tempo per rilassarti dopo aver lavorato così duramente per portare a termine la tua formazione medica."

Presi una bottiglia di birra da Aiden mentre le distribuiva e feci saltare il tappo. "Non credo di sapere come rilassarmi" confessai.

Aiden inarcò un sopracciglio. "Cosa intendi?"

Dopo settimane in cui avevo nascosto ai miei fratelli come mi sentivo davvero riguardo alla mia nuova vita successiva alla scuola, avevo riversato le mie viscere su entrambi, lasciando ben poco fuori, mentre condividevo la mia confusione e i miei sentimenti di essere inetto in tutte le cose che non avevano a che fare con la medicina. Quando ci eravamo sistemati tutti sulle nostre sedie e Seth e Aiden avevano messo le loro lenze in acqua, finii il chiarimento.

"Perché diavolo non ci hai parlato di tutto questo prima" borbottò Seth. "Accidenti! Sapevo che *qualcosa* non andava."

"Cosa diavolo dovevo dire?" chiesi. "Non è che io possa fare una cosa del tipo povero-me-sono-un-miliardario. Diavolo, so di essere dannatamente fortunato. La gente ucciderebbe per essere nella mia posizione. Ma ancora non mi sembra giusto."

Seth mi fissò. "Che cosa? Credi davvero che l'abbiamo accettato subito? Pensi che non abbiamo vissuto alcune delle stesse cose che stai vivendo tu in questo momento? Lo capiamo, fratellino. Solo che non capisco perché non l'hai sollevato qualche mese fa. Siamo qui. Possiamo aiutarti. Ma non possiamo darti una mano se non ci parli, cazzo."

Gli sparai un sorriso. "Adesso ho ventotto anni, Seth. Sono un medico. Non devo più correre dai miei fratelli maggiori per ogni piccola cosa."

"Cazzate!" esclamò Aiden ad alta voce. "Sarai sempre il nostro fratellino, adulto o no. Se hai un problema, è anche un problema nostro. Lo stesso con Jade e Brooke. Solo perché sono cresciute, ciò non significa che non siamo ancora protettivi nei loro confronti. Ci siamo presi tutti cura l'uno dell'altro crescendo. Questo non è finito magicamente quando avete raggiunto i diciotto anni. Dicci di cosa hai bisogno."

Scrollai le spalle. "Immagino che quello che voglio davvero sapere è come diavolo vi siete sentiti a vostro agio con una quantità infinita di denaro."

"Non credo che nessuno di noi si sia davvero abituato a tutto così in fretta" rifletté Aiden. "Siamo passati tutti attraverso lo stesso senso di colpa, senso di indegnità e l'esitazione ad accettarlo con cui stai lottando in questo momento. Penso che tu fossi solo troppo impegnato per affrontarlo prima, quindi stai lottando con tutto questo oltre a tutti gli altri cambiamenti nella tua vita."

"Con il tempo ti sentirai molto più a tuo agio" consigliò Seth. "Per me, a volte è ancora un po' surreale, ma in senso positivo. Guarda Noah. È rimasto disconnesso dalla sua fortuna molto più a lungo di noi. E ora ha un jet privato e sta viaggiando per il mondo. Se ne è occupato quando era pronto."

Aiden aggiunse: "Sono i tuoi soldi, Owen. Per quanto possa essere difficile da credere, non andranno da nessuna parte. Rendono le cose molto più facili e molto più divertenti se li usi per fare tutte le cose che hai sempre voluto fare."

"Ho deciso di ristrutturare la clinica" li informai. "Non abbiamo abbastanza accesso medico gratuito e a basso costo in giro, quindi voglio rendere questi servizi disponibili nella comunità per le persone che non hanno un'assicurazione e non possono permettersi un'assistenza sanitaria regolare."

Seth era abbastanza vicino dal darmi una pacca sulla schiena. "Sei sempre stato il maschio più altruista di questa famiglia. Questo non mi sorprende affatto. Ma permettici di darti una mano. Sai che siamo tutti pronti a donare e aiutarti con la raccolta fondi. Eli può aiutarti con tutte le risorse di cui hai bisogno, dal momento che è piuttosto impegnato in quel genere di cose. Mi ha aiutato molto lungo il percorso."

"Grazie" dissi, grato di avere una famiglia così straordinaria. "Penso di poter contare su di voi per qualunque cosa."

"Allora parlaci di questa vacanza" incoraggiò Aiden. "Sono totalmente d'accordo sul fatto che tu abbia bisogno di una pausa, Owen."

"Voglio portare Layla a Parigi. Quando eravamo bambini parlavamo di viaggiare per il mondo, ma ovviamente non avremmo mai pensato di avere i soldi. Per un bel po' di tempo, comunque."

Aiden tirò fuori la lenza e la rilanciò in acqua dopo aver controllato la sua esca. "Questo è il bello di avere soldi. Ci sono pochissime cose che sono fuori dalla nostra portata. Forse anche questa è la parte più difficile da accettare, dal momento che fino a qualche anno fa quasi nulla era alla nostra portata. Forse suona strano dire che è difficile passare dalle stalle alle stelle, ma ci vuole molto tempo per cambiare la mentalità che hai avuto per tutta la vita."

"Quindi questa cosa con Layla è più di un'amicizia?" sondò Seth.

"Per me, penso di sì. Ma lei mi vede ancora solo come un amico. Mi piacerebbe cambiare tutto questo, ma non sono sicuro di poterlo fare."

"Certo che puoi" schernì Seth. "Sii un rompiscatole insistente come lo ero io con Riley. Non avrà altra scelta che cedere. E io non ho avuto altra scelta che far cambiare idea a Riley dal momento che non potevo immaginare di vivere la mia vita senza di lei."

Non mi sfuggì la nota di completa vulnerabilità nella voce di Seth. "Purtroppo, non ero in giro per vederlo" dissi con rammarico.

A volte, era difficile considerare i miei fratelli maggiori semplicemente come... uomini. Noah, Seth e Aiden erano stati come figure paterne per me, ed erano stati fondamentali quando ero un bambino. Non avevo mai contrastato la loro autorità perché li avevo adorati come eroi tutti e tre. Non erano *mai* stati in grado di sbagliare quando li avevo visti attraverso gli occhi di un bambino.

Ora, potevo vedere che erano altrettanto vulnerabili e fallibili come qualsiasi altro ragazzo, ma li avrei sempre ammirati. Anche se la nostra relazione si stava spostando più verso i fratelli che verso un tipo di relazione padre/figlio, tutti e tre erano uomini dannatamente eccezionali.

Dopotutto, si erano assunti un'enorme responsabilità che non spettava a loro gestire, e l'avevano fatto senza lamentarsi per anni.

"Buon per te non essere stato nei paraggi" replicò seccamente Aiden. "Seth era patetico. Sono stato contento quando Riley ha finalmente deciso di prendere il suo culo in modo permanente. Ero stufo di vederlo deprimersi."

"Vogliamo davvero entrare nella follia dell'innamoramento?" chiese Seth con voce ammonitrice. "Non eri esattamente divertente da avere intorno."

"Era diverso" borbottò Aiden. "Ero un padre e non l'ho mai saputo."

"C'era Maya" concordò Seth. "Ma sei impazzito per Skye, cazzo, e lo sai."

Mentre guardavo i miei due fratelli maggiori scherzare, mi colpì davvero quanto mi ero perso. Certo, conoscevo l'intera storia di quello che era successo con Skye, Aiden e la bambina di cui non aveva mai saputo per anni, la mia incredibile nipote, Maya.

Sapevo anche che Seth era stato inconsapevolmente colpevole del fatto che Aiden fosse stato all'oscuro di avere una figlia per tutti quegli anni.

Ci doveva essere stato un inferno di dolore per entrambi, ma ora non lo avresti mai immaginato. I due litigavano ancora come fratelli, ma quando avevano davvero bisogno l'uno dell'altro, erano fermamente leali.

In qualche modo, avevano risolto tutto, ed era abbastanza chiaro per me che ora erano legati.

Quando finalmente interruppero gli insulti bonari, Seth si rivolse a me. "Per favore, non dirmi che dovremo affrontare tutto questo ancora una volta con te e Layla. Sorprendi la donna e non lasciarle dire di *no*, per il nostro bene."

Il caldo umorismo nella voce di Seth negava le sue vere parole. Era un commento che mi diceva che sarebbe stato lì per me, qualunque cosa fosse successa. Come avrebbero fatto Aiden e Noah.

"Vi ho mai detto quanto apprezzo il modo in cui vi siete tutti assunti la responsabilità quando è morta mamma? Non dovevate farlo. Diavolo, eravate entrambi ancora minorenni, e Noah aveva appena compiuto diciotto anni, ma in qualche modo l'avete fatto funzionare tutti."

Se i miei fratelli *non* fossero intervenuti e si fossero assunti un carico di responsabilità mentre erano ancora adolescenti, non avevo idea di come sarebbe stata la mia vita crescendo.

Io, Brooke e Jade saremmo quasi certamente finiti in affido e probabilmente saremmo stati tutti divisi. Forse Seth e Aiden avrebbero potuto emanciparsi dato che lavoravano, ma stranamente non ero mai stato davvero preoccupato per il mio futuro allora.

I miei fratelli avevano sempre aiutato me e le mie sorelle a sentirsi al sicuro.

Seth parlò con voce disinvolta. "Non avremmo lasciato che la nostra famiglia si dividesse. Abbiamo fatto un sacco di cazzate, quindi sono davvero sorpreso che tu e le tue sorelle abbiate vissuto la vostra infanzia. Siamo stati fortunati. Anche tu e le ragazze siete stati straordinari. Ora smettila di cambiare argomento e parlaci del modo più rapido in cui possiamo concludere tutta questa faccenda con Layla."

Dovetti sforzarmi di non ridere. Tutti i miei fratelli erano allo stesso modo. Non si sentivano come se avessero fatto qualcosa che nessun altro avrebbe fatto nella loro situazione. Forse era questo che li rendeva così speciali.

Mi schiarii la gola. "Non credo che sarà così semplice" gli dissi. "In realtà ho un debole per Layla dai tempi del liceo."

Continuai raccontando a entrambi una versione abbreviata del mio malinteso con Layla e di come non le avevo mai detto che ero interessato, anche al liceo.

"Va bene" disse Seth con cautela. "Anche se mi fa incazzare il fatto che sia giunta a quella conclusione, perché sei il mio fratellino, non posso dire che non avrei pensato la stessa cosa se fossi stato in lei. Tutto aveva senso. Probabilmente non è stato un ottimo momento per te decidere improvvisamente che dovevi rinunciare alla tua amicizia con lei."

"Non la biasimo, Seth. Eravamo ragazzi stupidi. E la mia innocenza *era* probabilmente sospetta per il modo in cui cercavo di evitarla. Non mi interessa tutta quella roba vecchia. Voglio solo che mi veda come l'uomo che sono ora, non l'amico che ero per lei allora."

"Allora dovrai farglielo vedere" ordinò Aiden. "Sembra che voi due vi stiate frequentando ora."

"Uh... non esattamente" risposi.

Anche se non ero entusiasta di condividere la mia idea disperata con i miei fratelli maggiori, ne parlai comunque.

"Quindi pensa di aiutarti a imparare a uscire con qualcuno?" chiese Aiden, sembrando sconvolto dall'intera idea. "Owen, un maschio Sinclair non ha *bisogno* di istruzioni su come corteggiare una femmina. Quando troviamo la donna giusta, l'ossessione viene naturale."

"Era una specie di stratagemma" ammisi. "Anche se *sono* piuttosto inetto nella maggior parte delle cose non mediche. Non andavo molto in giro quando ero a scuola. Ero troppo occupato."

"Beh, ovviamente conosci la tua anatomia" scherzò Seth. "Anche l'anatomia femminile."

Gli sparai un'occhiataccia. "Non sono *così* ingenuo."

Merda! I miei fratelli credevano davvero che fossi ancora vergine?

Aiden sembrava sollevato. "Bene. Non abbiamo mai avuto con te quella discussione sul raggiungimento della maggiore età."

Sorrisi. "Noah ci ha provato. Sapevo più di lui, quindi si è arreso."

Aiden rise. "Ora ci credo. Ma non sono sicuro che fare il gioco di ruolo con Layla sia davvero una buona idea. Come fai a convincerla che fai sul serio se pensa che la stai solo prendendo in giro?"

"Non l'ho ancora capito" confessai. "Forse posso convincerla mentre siamo in vacanza. O forse scopriremo entrambi che stavamo meglio come amici prima di arrivare in Francia."

Aiden inarcò un sopracciglio. "Lo credi davvero? Sei un Sinclair. In genere, da qui peggiora solo."

"Diavolo, no, non ci credo" gli risposi burbero. "Ero così disperato per portarla via da Jax Montgomery che ho escogitato l'intero piano al volo. Non ci ho pensato esattamente, il che non è da me. Affatto. Sono il tipo di ragazzo a cui piace guardare le cose da tutte le angolazioni prima di prendere una decisione. A volte, giuro che il mio QI scende di almeno sessanta punti ogni volta che la vedo. Forse di più."

Seth sorrise. "Preparati, fratellino, perché se Layla è la donna che fa per te, finirai per fare un sacco di cose che di solito non faresti. E non preoccuparti per Jax. Penso che semplicemente non sia abituato a tenere legato un Hudson con una donna, quindi è confuso e forse sta ripensando i suoi modi da puttaniere. Mi assicurerò che stia alla larga da Layla, ma le sue intenzioni erano probabilmente nobili... per una volta. Credo che sia piuttosto stanco delle occasioni di una notte."

Iniziai ad avvolgere la mia lenza per controllare la mia esca poiché non avevo avuto un solo abbocco. "Beh, quel bastardo può semplicemente andare a sperimentare altrove. Layla è mia. È sempre stata mia."

Forse non lo sapevo, o forse lo sapevo dai tempi del liceo, motivo per cui all'epoca avevo combattuto così duramente i miei sentimenti.

"Sì. Sei completamente fottuto" osservò Seth. "Penso che dobbiamo pianificare una vacanza infernale. Stai noleggiando un aereo o vuoi usare il mio? Nessun volo commerciale, nemmeno in prima classe. Avrai bisogno della privacy."

"Per ora accetterò la tua offerta di usare il tuo" dissi. Seth si era procurato un aereo straordinario e non avevo idea di cosa avrei ottenuto con un charter.

"Ottima scelta" rispose con approvazione. "Abbiamo tempo per definire il resto dei dettagli. Sono sicuro che Skye e Riley possano dare alcuni suggerimenti sulla vera parte romantica. Qualunque cosa io e Aiden abbiamo fatto, deve aver funzionato."

Forse un'ora fa mi sarei opposto a dire alle mie due cognate della mia situazione, ma ora non mi importava davvero.

Ero stato via per dieci anni, ma tutte queste persone erano ancora la mia famiglia e stavo iniziando a sentire quel legame più fortemente ogni giorno che passava.

Tutti loro erano stati con me nello spirito durante l'ultimo decennio, anche quando non eravamo *fisicamente* insieme.

Mi ero preoccupato per tutti loro, anche se non avevo conosciuto ogni dettaglio delle loro vite.

Mia sorella, Brooke, viveva sulla Costa Orientale e non condivideva ogni dettaglio della sua vita quotidiana con tutti qui, ma non importava. Lei e suo marito, Liam, si erano adattati perfettamente alla famiglia, proprio come aveva sempre fatto.

Immagino non fosse la distanza fisica o il numero di volte in cui vedevo i miei fratelli e sorelle faccia a faccia ogni settimana.

Riguardava il modo in cui ci accettavamo e ci amavamo quando eravamo insieme e quando non lo eravamo.

Non era una questione di dettagli.

Era tutta una questione di cuore.

CAPITOLO 12

Layla

"Credo di essere viziata per la vita" dissi ridendo a Owen mentre eravamo in piedi accanto alla ringhiera della barca che aveva noleggiato per una crociera al tramonto.

Potevo davvero chiamare questa mostruosità una "barca?" Probabilmente sarebbe stato più appropriato cabinato o yacht. Era lunga circa dodici metri e avevamo mangiato una fantastica cena con catering a prua, dove c'erano un tavolo e panche allestite per cenare. Dopo aver finito, avevamo bevuto un bicchiere di vino e deciso di goderci il paesaggio.

Non avevo idea di dove stessimo andando. Owen mi aveva detto di vestirmi casual, quindi avevo indossato un paio di pantaloni capri bianchi e un top rosa estivo da indossare con i sandali. C'eravamo fatti la doccia e cambiati in clinica prima di partire per... dove? Non avevo idea di cosa stesse pianificando finché non si era fermato al porto turistico.

Nelle ultime due settimane, ogni giorno era stata un'altra avventura. Nei giorni in cui potevo scegliere, mi piaceva portare Owen a fare qualcosa che *non poteva e non faceva* da bambino, come giocare a infiniti giochi arcade o prendere il gelato più elegante e costoso in una gelateria. Quelle cose sulla sua lista erano state facili da eliminare.

Le sue giornate erano... un po' più imprevedibili e generalmente più faticose delle mie.

Avevamo trascorso tutto lo scorso sabato in un tour VIP di Disneyland, che ci aveva dato l'accesso prioritario sia alle giostre che all'intrattenimento.

Come abitante locale, ero rimasta inorridita quando Owen aveva menzionato Disneyland prima della Festa del Lavoro. Era affollato e tutte le file erano ridicolmente lunghe, quindi risucchiava tutto il divertimento della tua giornata stare in fila sotto il sole cocente.

Mi aveva detto di fidarmi di lui.

L'avevo fatto.

E avevamo passato una giornata fantastica.

Quello che non mi aspettavo era di essere costretta ad alzarmi presto domenica per poter raggiungere l'Aquatica di San Diego, un enorme parco acquatico, dove Owen ed io eravamo scivolati giù lungo discese di venticinque metri mentre urlavo per tutto il tempo.

Aveva affittato una capanna privata, quindi almeno avevamo potuto riposare nonostante la follia del posto, e non importava quanto sarei stata esausta andando al lavoro lunedì mattina, non avrei mai dimenticato quanto fosse stato felice Owen.

Non l'avevo mai visto in quel modo prima. Anche quando eravamo più giovani, aveva avuto molte responsabilità sulle spalle e ben poco di cui sorridere.

Avevo iniziato le mie attività ridotte lunedì e martedì, mercoledì era la mia serata al rifugio, e ora eccomi qui, su uno yacht elegante con un bicchiere di vino, a guardare il tramonto con Owen in un tiepido giovedì sera.

Si sistemò dietro di me, praticamente intrappolandomi mentre metteva entrambe le mani sulla ringhiera. "Non vorremmo sprecare una notte d'estate perfettamente meravigliosa. Lunedì è la Festa del Lavoro. Non che inizierà a scendere la temperatura nel sud della California subito dopo, ma volevo che ti godessi il resto dell'estate mentre ce l'avevamo ancora."

Sospirai e mi appoggiai a lui, il mio corpo che ronzava soddisfatto mentre sentivo il calore del suo petto muscoloso contro la mia schiena.

Nemmeno una volta Owen aveva provato a baciarmi, anche se aveva minacciato di inserirlo nel suo patto. Tuttavia, non aveva avuto problemi ad avvicinarsi a me il più possibile senza chiudere le labbra.

E di certo non mi stavo lamentando.

A poco a poco, sembrava sentirsi a proprio agio con se stesso e le sue condizioni.

Avevamo in programma di trascorrere gli ultimi dieci giorni del bimestre a Parigi. Mi rifiutai di guardare oltre quel viaggio. Non volevo rovinare tutto concentrandomi su cosa sarebbe successo alla fine di questo periodo da favola con Owen.

Saremmo stati ancora amici, e basta.

"Stai davvero conquistando punti con questo viaggio" lo stuzzicai.

"Quindi approvi?" disse con voce bassa e roca accanto al mio orecchio.

Rabbrividii al timbro sexy della sua voce e al suo respiro caldo contro il mio orecchio.

Dolce Gesù! Quale donna *non* avrebbe approvato una romantica crociera al tramonto con cena, vino e il ragazzo più sexy del pianeta?"

"Oh, punti importanti su questa idea" risposi. "Onestamente non credo che dovessi imparare ad essere romantico, Owen. Penso che ti venga naturale."

"Quando sono con te, forse" concordò vagamente.

Non avevo idea di cosa volesse dire con questo, ma tutto il mio corpo andò quasi in fiamme, e quel maledetto desiderio che stavo cercando di seppellire era riemerso in superficie... di nuovo.

Avevo combattuto la mia attrazione per Owen e avevo fallito miseramente.

Ogni volta che vedevo il suo bel viso, mi scioglievo e il mio corpo iniziava a urlare di soddisfazione.

Fui distolta dai miei pensieri quando sentii un trambusto provenire dalla prua della barca. Il personale di bordo stava indicando qualcosa, e quando guardai il capitano, stava facendo lo stesso.

"Guarda" disse Owen a bassa voce. "Proprio davanti a noi. È una balenottera azzurra."

Alzò il braccio e i miei occhi seguirono il punto che stava indicando. Proprio in quel momento, un enorme spruzzo d'acqua si alzò dal mare e sotto quel getto c'era la balena più grande che avessi mai visto.

Guardai con ammirazione mentre continuava ad avvicinarsi.

"Penso che sia curiosa" commentò Owen.

"Dio mio. È enorme. Non ho mai visto una balenottera azzurra prima d'ora." Gli avvistamenti di questa varietà erano meno comuni perché ce ne erano un numero inferiore rispetto ad alcune delle altre specie di balene.

"Il più grande mammifero mai conosciuto sulla Terra" commentò Owen, suonando anche un po' stupito, ma la sua voce era calma. "In realtà non ne ho mai vista una, quindi è la prima volta anche per me. Sapevo quanto fossero enormi, ma è una prospettiva completamente nuova vedere un animale vivo nell'oceano che fa sembrare minuscolo un autobus normale. Mi sembra di una grandezza naturale. Deve pesare centoquaranta tonnellate ed essere vicina ai venticinque metri di lunghezza."

Annuii, incapace di distogliere lo sguardo dalla vista del gigantesco mammifero che era lungo il doppio della barca in cui ci trovavamo.

Probabilmente era in grado di sommergere la nostra imbarcazione con un piccolo balzo, ma il capitano non sembrava nervoso mentre la balena nuotava accanto a noi, quindi non me ne preoccupavo nemmeno io.

Le lacrime mi riempirono gli occhi mentre mi meravigliavo della forza, delle dimensioni e del potere di un animale che una volta avevamo portato sull'orlo dell'estinzione. "Le abbiamo quasi uccise tutte, ma sono ancora vive" sussurrai.

"Sono ancora in pericolo" replicò Owen mentre continuavamo a guardare la balena nuotare con la barca. "Ma almeno l'uomo non ha potuto dar loro la caccia per circa cinquant'anni perché sono protette. Il loro più grande nemico ora è il rischio di essere colpite e uccise dalle navi portacontainer."

"Come fai a sapere queste cose?" chiesi scherzosamente.

Owen era sempre stato in grado di citare una pletora di fatti su qualsiasi argomento. A volte giuravo che il suo cervello doveva essere sovraffollato.

La sua risatina vibrò contro il mio orecchio. "Ho una sorella che è una grande sostenitrice dello sforzo per far rallentare le navi portacontainer quando transitano nell'habitat della balena. Non c'è modo che io possa essere imparentato con un'ambientalista della fauna selvatica e non conoscere la maggior parte delle specie in via di estinzione. Jade non è esattamente timida nel dare a *tutti* le sue opinioni al riguardo."

Risi del suo tono indulgente. Di recente avevo conosciuto meglio Jade, Skye e Riley, ma sapevo quanto Jade fosse appassionata del suo lavoro. "Le piacerebbe vederlo" dissi distrattamente.

"E perché pensi che questo sia un maschio?"

"È sicuramente un'ipotesi" rispose argutamente. "Dato che non ci ha accontentato girandosi sulla schiena, è solo un'ipotesi. Sembra un adulto, ma ora che è più vicino, penso che sia più vicino ai ventuno metri che ai venticinque, e i maschi sono generalmente più piccoli delle femmine di balenottera azzurra."

Urtai contro di lui. "Beh, grazie per questa breve lezione di biologia marina, dottor Brainiac."

Non avevo intenzione di chiedergli come distinguere un maschio da una femmina se una persona non poteva vedere i genitali di una balena, probabilmente perché sapevo che avrebbe saputo la risposta.

Avevo sempre avuto un pensiero razionale e basato sulla scienza, e a volte potevo sfidare Owen, ma non *così* spesso. La sua memoria era fenomenale e imbattibile.

Alcune persone lo trovavano un po' intimidatorio, ma io no. Era solo... Owen.

"Sai che sto parlando di cose concrete. Rimane solo nel mio cervello per qualche motivo" disse con voce leggermente imbarazzata.

Ed è proprio per questo che sa così tanto di così tante cose, e non solo di medicina.

"Non dispiacerti mai di essere intelligente, Owen, o di avere un'eccezionale capacità di richiamo. Penso che sia piuttosto sorprendente" lo informai onestamente.

"Questo è solo perché anche tu sei spaventosamente brillante" disse amabilmente.

"Non proprio" risposi, prendendo alla leggera il suo complimento. "Devo ammettere che ci sono state alcune volte in cui avrei voluto ricordare le cose come le ricordavi tu, ma non sono mai stata gelosa. Avevo i miei talenti. Non avevo bisogno del tuo."

Restammo entrambi in silenzio quando la magnifica creatura accanto a noi iniziò ad allontanarsi.

"Sta andando via" sussurrai tristemente. "Ma è stato incredibile che abbiamo davvero visto una balenottera azzurra."

Mi voltai quando perdemmo di vista l'animale e tesi la mano. "Guarda. Sto tremando per essere così vicina a qualcosa di così emozionante."

Il capitano accelerò la barca una volta che la balena fu fuori dalla vista, e si diresse verso il porto turistico.

Owen mi prese la mano nella sua dicendo: "Ti accontenti troppo facilmente, Layla. Ma anche per me è stata un'esperienza quasi incredibile, devo ammetterlo."

Quando il sole iniziò a scivolare più in basso nel cielo, i nostri sguardi si fissarono.

Improvvisamente, mi sentii così vulnerabile che volevo allontanarmi da lui, ma non potevo. La mia schiena era letteralmente contro il muro... o avrei dovuto dire la ringhiera?

Lo sguardo di Owen era famelico, indagatore, e non ero del tutto sicura di cosa stesse cercando, ma qualunque cosa fosse, volevo darglielo.

"In queste ultime settimane è stato tutto meraviglioso" dissi con voce tremante.

Quest'uomo mi aveva raggiunta con un solo sguardo, e a volte mi sembrava che potesse vedere attraverso di me e nella mia anima.

Era tanto spaventoso quanto eccitante.

Non mi ero mai connessa a questo livello con nessun altro.

Solo a lui.

Solo a Owen.

Il mio cuore sussultò mentre si avvicinava e mi avvolgeva tra le braccia, facendomi vedere cosa si provava ad essere il più vicino possibile a lui senza...

Oh, Gesù! Sta per baciarmi.

"Se vuoi che faccia marcia indietro, è meglio che dica qualcosa, cazzo, subito" ringhiò mentre abbassava la testa.

Tremavo al suo tono esigente, ma non avevo paura. Ero in attesa.

Era saggio lasciare che mi baciasse?

Probabilmente no.

Ma col cavolo che non avrei avuto un assaggio di Owen *in questo fottuto momento.*

Non dissi una parola. Mi allungai, gli avvolsi le braccia intorno al collo e avvicinai le sue labbra alle mie, perché non potevo aspettare un altro dannato secondo.

CAPITOLO 13

Layla

Owen prese il controllo dell'abbraccio appassionato quasi istantaneamente.

E mi sciolsi in un nanosecondo.

Non era il dolce abbraccio che desideravo da senior al liceo.

Era grezzo.

Era reale.

Ed ero completamente persa per l'uomo che mi devastava la bocca come se ne avesse bisogno per rimanere in vita.

Mi aprii a lui come se lo volessi anche io, cosa che era vera. Gemetti contro le sue labbra mentre infilavo le dita tra i suoi capelli e assaporavo la sensazione delle ciocche folte che scivolavano tra di esse, mentre stringevo a pugno quei meravigliosi riccioli.

Il bacio sembrava interminabile e non volevo che finisse.

Gemetti quando Owen indietreggiò abbastanza da mordicchiarmi il labbro inferiore, permettendo a entrambi di prendere fiato prima che mi coprisse di nuovo la bocca.

Il tocco delle sue labbra era completamente carnale, sensuale e primitivo. Non l'avrei voluto in nessun altro modo. Qualcosa di dolce o gentile non avrebbe soddisfatto la brama di lui che mi stava divorando dentro.

"Owen" sussurrai disperatamente quando finalmente lasciò la mia bocca.

"Gesù, Layla. Mi stai uccidendo" gracchiò, mentre mi metteva una mano tra i capelli, mi tirava indietro la testa e iniziava a divorare la pelle sensibile del mio collo. "Ma non è che posso fotterti proprio qui su questo ponte."

Sembrava profondamente contrariato per questo, il che mi faceva battere il cuore ancora più velocemente di quanto non facesse già dopo il suo bacio quasi animalesco.

Volevo Owen nudo in modo da potermi arrampicare sul suo corpo meraviglioso e fare ogni cosa proibita che mi venisse in mente con lui.

Mi faceva venire voglia di concedermi un tipo di orgasmo senza esclusione di colpi, caldo, bollente e urlante che non avevo mai sperimentato prima.

"Figlio di puttana!" imprecò mentre mi avvolgeva con le braccia e mi teneva semplicemente stretta. "Non c'è niente che io voglia di più in questo momento che farti venire, Layla. Ma non voglio o non ho bisogno di un pubblico."

Tremori di lussuria frustrata percorsero tutto il mio corpo mentre mi aggrappavo a lui, le mie braccia avvolte strettamente intorno al suo collo. Appoggiai la testa contro la sua spalla mentre ansimavo, cercando di tenere sotto controllo la frequenza cardiaca e la respirazione.

"Sapevo che baciarti sarebbe stato pericoloso" borbottò.

"Perché?" chiesi senza fiato.

"Perché ti voglio troppo" disse in tono crudo mentre accarezzava i miei capelli con una mano rilassante. "Non sto fingendo, Layla."

Il mio cuore sussultò, ma sapevo che era solo la lussuria a parlare.

Owen ed io avevamo avuto un'intesa folle, ed era decisamente genuina. "Non sto fingendo neanche io, Owen. Siamo davvero attratti l'uno dall'altra."

"Fanculo! L'hai capito ora? Volevo metterti nuda dalla prima volta che ti ho vista in clinica. Solo che non credevo che la pensassi allo stesso modo."

Mi districai dalle sue braccia e mi allontanai per rimettermi in sesto.

"Non possiamo farlo di nuovo" dissi disperatamente. "Quello era il patto. Niente sesso. Sono stata coinvolta in questo momento e mi dispiace…"

Si passò una mano tra i capelli mentre mi fissava con mille domande nello sguardo. "Perché non possiamo? Siamo entrambi single. Siamo già amici."

Scossi la testa. "Non posso, Owen. Mi dispiace."

Non ero una donna da sesso occasionale. L'avevo scoperto molto tempo fa. E niente dell'entrare in intimità con lui sarebbe mai stato casuale.

Sarebbe stato disordinato.

Le mie emozioni sarebbero state coinvolte.

E sarei stata fregata.

Non un solo momento con Owen sarebbe stato a metà, o semplice.

Per un istante, desiderai *essere* il tipo di donna che poteva semplicemente avere un'avventura eccitante, ma non era da me.

Non con lui. *Non* con Owen.

Mi sarei innamorata completamente di quest'uomo, e toccare il fondo sarebbe stato *terribilmente* doloroso.

"Non è stata una buona idea raggiungere quel punto di eccitazione" spiegai in un tono calmo e forzato. "Tutto questo doveva essere una cosa per imparare, Owen. Un esperimento. Siamo solo andati un po' troppo oltre."

Si allungò e mi afferrò la parte superiore del braccio. "È davvero tutto ciò che è stato per te, Layla?" disse, il suo tono ora arrabbiato. "Da cosa diavolo stai scappando in questo momento? Da me? Ti ho spaventata? Mi stavo muovendo troppo velocemente? Dimmi solo che diavolo è e lo sistemerò. Ma non ti allontanare da me."

Prima che potessi rispondere, la nave si fermò.

Avevamo attraccato e nessuno di noi si era nemmeno accorto che stavamo entrando nel porto turistico.

Ringraziammo il capitano e l'equipaggio e vidi Owen dare loro una mancia molto generosa prima di sbarcare.

Rimase silenzioso mentre apriva la portiera del passeggero della sua BMW, e poi la richiudeva dopo che ero entrata.

L'avevo preso un po' in giro per la sua scelta delle auto poiché poteva permettersi l'auto sportiva più costosa in circolazione.

Aveva risposto dicendomi che acquistare costosi veicoli per vanità era un investimento scadente.

Girai la testa verso il finestrino quando sentii una lacrima scivolare sulla mia guancia.

Non posso permettergli di vedermi piangere.

La asciugai mentre lui apriva la portiera lato guida e feci diversi respiri profondi per cercare di calmare i nervi mentre mi fissavo la cintura di sicurezza.

"Dobbiamo parlarne, Layla" disse con tono cupo mentre allacciava la sua cintura di sicurezza e avviava il motore.

Improvvisamente capii che l'avevo ferito. Lo sentivo nella sua voce. Non era solo sessualmente frustrato; era ferito dal modo in cui mi ero tirata indietro.

"Non sei tu, Owen. Sono io" dissi, cercando disperatamente di fargli capire che niente di quello che aveva fatto mi aveva spaventata.

In quel momento, andai così dannatamente vicino a dirgli tutto. Volevo far uscire tutto, raccontargli di ogni paura che avessi mai avuto. Com'era stata la mia vita da bambina e cosa gli avevo nascosto. E come avevo rovinato tutto da sola dopo.

Il problema era che Owen non conosceva quel lato di me e non volevo davvero che lo vedesse.

Sarebbe stato deluso e *questo* mi avrebbe uccisa.

"Che sia tu o me, qualcosa ti infastidisce. Voglio sapere cosa ti sta divorando. Non posso risolvere il problema se non parli" mi disse. "Cosa diavolo potrebbe esserci di così brutto da non poterne parlare con me?"

Oh, Owen, non ne hai idea.

"Se non puoi soprassedere, dobbiamo annullare l'intero accordo" insistetti, sentendomi disperata di abbandonare l'argomento prima di dire alcune cose che non avrei mai potuto rimangiarmi.

"Oh no. Non succederà. Ti lascerò scegliere esattamente quando vorrai dirmi tutto ciò che non hai mai fatto quando eravamo bambini. Ma non ti lascio andare via, Layla. Non dopo quello che è appena successo. So dannatamente bene che mi vuoi tanto quanto io voglio te" disse freddamente.

"Ti ho già detto che non sei tu. Ci sono cose che non sai di me, Owen. Cose che non ho mai condiviso perché non potevo. Non puoi semplicemente accettare che alcune cose siano troppo profondamente personali per poterne parlare?" I miei occhi si riempirono di lacrime e alla fine le lasciai cadere perché era buio nel veicolo.

"Sì" rispose con ragionevolezza. "*Potrei* accettarlo se non sentissi che questo ti sta consumando dentro. Se non fosse qualcosa che sta influenzando la tua vita in questo momento. Ma lo è. Quindi no, non lo accetterò. Aspetterò solo che tu sia pronta, perché è quello che fanno le persone quando si prendono cura l'una dell'altra."

Dovetti mordermi il labbro in modo che l'enorme singhiozzo nel mio petto non uscisse.

Forse ora gli importava di me, ma dubitavo che l'avrebbe fatto quando avesse scoperto il mio passato e tutti gli errori che avevo commesso.

Meglio non dirlo.

Ascoltai quella voce fastidiosa nella mia testa, e non parlammo fino a quando Owen non si avvicinò al mio condominio. "Passerò a prenderti domattina" disse bruscamente.

Dato che il mio veicolo era ancora in officina, avrei avuto bisogno di quel passaggio. "Bene. Grazie."

"Odio che tu viva ancora in questa parte della città" brontolò. "Aspetterò finché non accendi la luce."

Un sospiro mi sfuggì dalle labbra mentre slacciavo la cintura di sicurezza e scendevo dall'auto.

Alcune cose probabilmente non sarebbero mai cambiate. Owen era ancora protettivo come lo era sempre stato, e dannazione! Mi scaldava ancora il cuore.

Non era davvero un brutto quartiere.

Okay, forse aveva un tasso di criminalità più alto rispetto all'area fronte mare, ma era, per la maggior parte, un quartiere della classe media.

"Starò bene" replicai mentre mi alzavo e mettevo la mano sulla portiera.

"Lo dici sempre. Forse è questo il problema, Layla. Sei troppo brava a convincerti che non hai bisogno di nessuno" rispose in tono deluso.

Dio, *odiavo* quella voce.

Sarà molto peggio se glielo dici.

"Buonanotte" gli dissi con voce nervosa, e poi chiusi velocemente la portiera del veicolo.

Sapevo che stava aspettando, quindi salii le scale invece di aspettare l'ascensore esterno.

Le mie azioni sembravano così familiari e mi ricordavano ogni volta che Owen aspettava che accendessi la luce da quando eravamo adolescenti.

Aprii rapidamente la porta del mio appartamento e la mia mano volò sull'interruttore prima di chiudere a chiave la porta dietro di me.

Fatto il mio dovere, scivolai lungo la porta, poggiai il sedere sulle piastrelle e alla fine permisi a me stessa di piangere davvero.

CAPITOLO 14

Layla

Dark: *Non ti sento da un po', Dreamer. Tutto ok?*

Ero seduta sul mio letto in pigiama a leggere e-mail quando notai che Dark mi aveva inviato un messaggio sull'app Not-Just-A-Hookup.

Non ci parlavamo da un po'. Owen mi aveva tenuto così occupata che non avevo davvero avuto il tempo di parlare.

Però, neanche Dark mi aveva mandato messaggi fino ad oggi.

Io: *Anche tu non sei stato molto loquace. Io sto bene. E tu?*

Dark: *Sto bene. Tutto bene con il capo?*

Sospirai. Forse non avrei mai dovuto dirglielo.

Io: *Sì e no. Lunga storia. Non è l'idiota che pensavo fosse. L'ho giudicato male, e mi sento piuttosto in colpa per questo.*

Dark: *Non abbatterti, Dreamer. Sono sicuro che ti sei scusata, giusto?*

Io: *L'ho fatto. Ma non mi è sembrato abbastanza.*

Dark: *Cosa c'è che non va? Non sembri la solita stasera.*

Volevo davvero parlare di tutto con Dark? No, ma forse potevo rimanere sul generale...

Io: *Ti sei mai preoccupato così tanto per qualcuno da non volere che sapesse delle cose brutte che hai fatto nella tua vita?*

Dark: *Dovrai darmi più informazioni, Dreamer. Potrei prenderlo in un milione di modi diversi. So che non dobbiamo entrare nello specifico, ma un po' più di dettagli aiuterebbero.*

Io: *Ho fatto delle cose brutte e commesso errori stupidi. Ho un amico che vede solo le cose buone in me. È strano che non voglia che quella persona sappia che non sono così assennata o intelligente come pensa che io sia?*

Dark: *Strano? Probabilmente no. Ma penso che se mi importasse di qualcuno, non vorrei che pensasse che sono perfetto. Vorrei che vedesse tutti i lati di me, non solo quelli buoni, e poi scegliesse se gli piaccio comunque.*

Probabilmente aveva ragione, ma non stavo parlando di piccole cose fastidiose.

Io: *E se mi confesso e questa persona rimane disgustata e inorridita?*

Dark: *Allora non era comunque degna della tua amicizia. Tutti hanno una specie di scheletro nell'armadio, Dreamer. Sii abbastanza coraggiosa da parlargli di te e lascia che decida se può accettarlo. Se non lo fa, fanculo. Forse non ti conosco molto bene, ma faccio fatica a credere che i tuoi errori siano peggiori dei miei. Omicidio di massa?*

Risi a crepapelle.

Io: *No.*

Dark: *Pedofilia?*

Io: *Mai!*

Dark: *Molestatrice di animali?*

Io: *Sono un'amante degli animali.*

Dark: *Va bene. Allora sei brava. Tutto il resto è completamente perdonabile.*

Sorrisi, sentendomi un po' più ottimista di quanto non fossi stata qualche minuto fa. Sapevo che stava scherzando cercando di mettere le cose in prospettiva. E ci riuscì. Un po'.

Io: *Hai scheletri nel tuo armadio?*

Dark: *Credimi, Dreamer, non vuoi sapere la risposta a questa domanda. Te l'ho detto che li abbiamo tutti.*

Io: *Dici?*

Dark: *Diciamo solo che scommetto che il tuo armadio non è pieno come il mio.*

Io: *Quindi non hai trovato nessuno che possa accettare totalmente i tuoi?*

Dark: *Non ne parlo. È più facile così.*

Davvero? Allora perché *mi* aveva detto di rischiare?

Io: *Allora non stai seguendo il tuo stesso consiglio.*

Dark: *Non sto dicendo che non lo farei se trovassi qualcuno di cui mi fido davvero. Il desiderio di rovesciare le mie viscere non è mai esistito.*

Dovevo chiedermi cosa diavolo stesse facendo Dark su questa app di appuntamenti. Sentivo che sapeva che stavo parlando di un ragazzo, ma sembrava che non gli importasse.

Avevo sempre sospettato che non fosse davvero interessato a incontrare la donna dei suoi sogni online, ma era sempre così disposto ad aiutarmi o semplicemente ad ascoltarmi.

Non aveva idea di che aspetto avessi e aveva solo la mia età approssimativa. Immagino che non avessimo mai pensato di scambiarci foto perché nessuno di noi si preoccupava dell'aspetto dell'altro.

Io: *Hai mai pensato di dirlo a qualcuno?*

Dark: *Mai. Non sono esattamente un'anima fiduciosa, Dreamer. O forse sono solo uno stronzo.*

Non lo era. Potevo percepirlo.

Io: *Non lo sei. Mi piaci e non mi piacciono esattamente gli stronzi. Sei sempre stato gentile con me.*

Dark: *Hai visto solo il mio lato cyber. Penso che sappiamo entrambi che questa non è la vita reale.*

Io: *Non mi interessa. Finché non ti comporti come uno stronzo, sarai un amico.*

Dark: *Credo che accetterò la tua offerta di amicizia e cercherò di non deluderti.*

Io: *Non l'hai ancora fatto. Grazie per aver ascoltato.*

Dark: *Sarò sempre in giro se hai bisogno di qualcosa. Se vuoi parlare con me, sono solo a un messaggio di distanza.*

Sembrava che stesse indietreggiando, ma andava bene così. Tecnicamente, stavo fingendo di uscire con Owen. Quindi forse era meglio così.

Io: *Sarò qui se vuoi parlare. Notte, Dark.*

Dark: *Dormi bene, Dreamer.*

Aspettai una delle sue uscite arroganti, ma non arrivò, quindi alla fine lasciai il cellulare sul comodino e spensi la luce.

Mi dava un po' di conforto sapere che Dark mi avrebbe risposto se avessi davvero avuto bisogno di chattare. Era passato un po' di tempo da quando avevo davvero potuto parlare con qualcuno che era disposto ad accettare me, scheletri e tutto il resto. Onestamente, era stato probabilmente l'unico amico che avessi mai avuto.

Okay, forse lo avrebbe fatto anche Owen. Se solo avessi potuto seguire il consiglio di Dark e far luce sull'oscurità del mio passato, ma non sarebbe accaduto presto.

CAPITOLO 15

Owen

Tutto cambiò per me e Layla dopo quel bacio scandalosamente appassionato.

Tre settimane dopo, stavo *ancora* aspettando che parlasse, ma la donna aveva una cerniera abbastanza solida sulla bocca quando si trattava di parlare di qualcosa di veramente personale.

Non mi piaceva il modo in cui si era chiusa a riccio, ma non volevo che mi tenesse fuori completamente. Quindi avevo solo affrontato la relazione di amicizia, sperando che alla fine si sarebbe fidata abbastanza di me da parlare del suo passato.

Non l'avevo baciata di nuovo nelle ultime settimane. Okay, forse mi *ero* intrufolato in alcuni tocchi casuali, una mano sulla sua schiena per guidarla in un ristorante, o tenerle la mano quando poteva farla franca. Sfortunatamente, quelle cose erano state più una tortura che un sollievo, ma era impossibile per me stare con Layla e non cercare di trovare un qualche tipo di connessione.

La dannata ossessione di cui mi avevano messo in guardia i miei fratelli maggiori ora mi stava colpendo a pieno ritmo, e stavo per perdere la testa.

In qualche modo, le cose dovevano cambiare tra me e Layla, e non potevo sopportare molto di più di tutte le discussioni educate, superficiali e stronzate tra noi due.

Dovevamo stare insieme. Punto. Nessuna domanda al riguardo.

Mi ci era voluta un'eternità per vederlo con la stessa sorprendente chiarezza che avevo ora.

Misi una cialda nella mia macchina per il caffè e sbattei il coperchio verso il basso, osservando la macchina riempire lentamente la tazza di ceramica mentre speravo ferventemente che la notte che avevo programmato avrebbe portato a una sorta di comprensione.

Parigi era completamente pianificata, e il viaggio non era molto lontano. Se *non* fossi riuscito a convincerla a parlare, sapevo dentro di me che avrei finito per perdere l'intera battaglia una volta che il viaggio fosse finito.

Dovevo riconoscerlo; si era ostinata a mantenere il suo piano per completare tutta la mia lista, che volesse stare con me... o no.

Non era da lei tradire una promessa, e non l'avrebbe fatto nemmeno questa volta.

Mi ero comportato bene.

E aveva continuato a cancellare diligentemente le cose dalla lista.

Tirai fuori dalla macchina la tazza di caffè piena, sorridendo al ricordo del giorno in cui Layla mi aveva convinto a comprarla.

"Non sarebbe bello provare qualcosa di diverso ogni giorno?" aveva chiesto.

Non ci avevo mai pensato prima. Mi piaceva il caffè. Punto. Stavo bene con la mia normale caffettiera.

Ma dal momento che me l'aveva suggerito, avevo prontamente consegnato al commesso la mia carta di debito, e poi avevo seguito il bel culo di Layla per scegliere una varietà di cialde di caffè.

A quanto pareva aveva ragione. Era interessante provare una miscela diversa ogni giorno. Alla fine, avrei scelto le mie preferite e avrei continuato ad acquistarle, ma fino ad allora avrei provato ogni dannata fragranza sul mercato.

E la cosa migliore della sofisticata caffettiera? Anche Layla la adorava, perché preparava tè chai, sidro di mele caldo e cioccolata calda. Da quando me *ne* ero reso conto, mi assicuravo di esserne sempre ben fornito.

"Gesù! *Sto* impazzendo" mi lamentai ad alta voce dopo aver bevuto il mio primo sorso di una miscela di Krispy Kreme. "Santo cielo, questa è proprio buona" pensai. "Credo che la terrò in considerazione."

Nota per me stesso: acquista più cialde per questo particolare caffè.

Una volta memorizzati quei dati, sapevo che li avrei ricordati la prossima volta che avessi acquistato cialde di caffè.

I dati inutili sarebbero venuti fuori al momento giusto.

Lo facevano sempre.

Per poco non rovesciai il caffè sul davanti della camicia abbottonata che indossavo, quando il mio cellulare vibrò forte dal punto in cui l'avevo lasciato cadere qualche tempo fa.

"Merda!" Imprecai, scampando per poco a un'altra macchia mentre cercavo di stabilizzare la tazza.

Avevo impostato la suoneria al massimo ora che i miei requisiti di ammissione erano stati approvati dal centro medico locale, e avevo pazienti in ospedale sotto la mia cura.

Certo, non era il carico di lavoro che avevo avuto durante la mia specializzazione a Boston, ma non avrei mai voluto perdere o ritardare una chiamata se uno dei miei pazienti avesse avuto bisogno di qualcosa.

Posai il mio caffè sull'isola e presi il cellulare.

Non era l'ospedale.

È Layla. Dove diavolo è?

Risposi. "Dovresti essere nel mio vialetto ormai" le dissi.

"Non sto passando una buona giornata, Owen. Ti dispiace se saltiamo i programmi di stasera?

Sembrava completamente svuotata e il mio cuore si strinse quando udii la triste inflessione nella sua voce.

Oh, cavolo, no. Non avremmo cancellato. Non aveva mai avuto una brutta giornata, quindi non l'avrebbe affrontata da sola. "Dove sei?"

"Non sono lontano, ma stavo pensando di tornare indietro. Non credo che sarò una buona compagnia stasera" disse con un tremolio nel suo tono.

"Non osare tornare indietro. Tieni quel brutto piccolo veicolo compatto che guidi nella mia direzione" pretesi. "Cos'è successo? È uno dei nostri pazienti?"

Aveva terminato il suo ultimo appuntamento prima di me, quindi si era presa l'impegno di fare il giro dell'ospedale dopo il lavoro. Dal momento che avevamo solo pochi pazienti in ospedale, e nessuno di loro era critico, non avevo idea di cosa l'avesse turbata così tanto.

"Non è quello. Non è niente del genere. I nostri pazienti stanno tutti bene" disse, sembrando come se volesse piangere. "Una volta terminato il giro, sono passata al rifugio. Brutus è... andato."

Porca puttana! "Pensavo che non facessi volontariato fino a *domani*."

"Ho cambiato giorno" disse. "Uno dei volontari ha avuto un problema, quindi ho preso il suo posto. Sapevo che avrei avuto ancora tempo per tornare a casa e pulire per venire a cena da te. Dio, so che non dovrei essere così arrabbiata per il fatto che sia stato adottato, ma mi mancherà così tanto."

"Non tornare indietro" le dissi severamente. "Vieni qui. Adesso."

"Vuoi davvero passare la serata con una donna deprimente e dal cuore spezzato stasera? Probabilmente mi sentirò meglio domani. Penso che sia stato uno shock non vederlo lì quando sono arrivata stasera."

Felice o triste, *ovviamente* volevo stare con lei. Non lo sapeva? Diavolo, *volevo* essere il ragazzo da cui correva quando qualcosa non andava. Volevo essere lì per sistemare le cose, o semplicemente essere lì per tenerla finché non si fosse sentita meglio. Volevo ascoltare ed essere la sua cassa di risonanza. "Se non altro, *sono* tuo amico, Layla. Voglio essere lì per te."

Tirò su col naso un po' prima di rispondere: "Va bene. Ma non dire che non ti avevo avvertito."

"Non lo farò sicuramente" le assicurai. "Quanto sei lontano?"

"Sarò lì tra cinque minuti. Sono andata a casa per farmi una doccia e cambiarmi prima di dirigermi verso la tua direzione. Ci vediamo tra poco."

"Guida con prudenza" insistetti prima di riattaccare, non volendo che fosse così distratta da avere un maledetto incidente.

Riattaccammo dopo che mi ebbe assicurato che stava bene.

Lasciai di nuovo il telefono sull'isola, presi il caffè e andai a sdraiarmi sul divano del mio soggiorno.

"Ho rovinato tutto alla grande, amico" condivisi con il bulldog che si era sistemato a casa sul suo nuovo soffice letto per cani sul tappeto del mio soggiorno. "Non sarebbe dovuta andare in quel dannato rifugio fino a *domani*."

Ovviamente, il rifugio non aveva rilasciato le informazioni su chi avesse adottato esattamente Brutus.

Probabilmente ero andato a prenderlo, mentre Layla stava ancora facendo il giro.

Sorrisi quando l'animale alzò la testa e sembrò fissarmi torvo con disapprovazione.

"Okay, okay. Forse *avrei* dovuto dirglielo, ma doveva essere una sorpresa. Dato che non poteva portarti a casa, ho deciso che la cosa migliore da fare era che tu fossi qui, dove lei potesse vederti quando vuole."

Apparentemente addolcita, la bestia abbassò di nuovo la testa tra le zampe, ma continuò a guardarmi attentamente.

"Gesù! Sto davvero avendo una conversazione a senso unico con un cane?" mi chiesi, completamente disgustato.

Dovevo ammettere che mi stavo già affezionando a Brutus. Tutto ciò di cui aveva bisogno per essere felice era un po' d'amore, e una di quelle prelibatezze di manzo e formaggio che avevo comprato al negozio di animali quando ero andato a fare scorte.

Anche se *stavo* iniziando a cambiare idea su quelle prelibatezze. Brutus aveva cominciato a scorreggiare come un campione dopo aver mangiato il primo.

"Giusto. Quindi hai ovviamente un apparato digerente sensibile" lo informai. "Sto prescrivendo un buon probiotico, una dieta a base di ingredienti limitati di alta qualità e dolcetti senza lattosio o riempitivi" dissi con la mia migliore voce da dottore. "Forse anche i test allergologici. Vedremo."

Non ero un veterinario, ma potevo sicuramente riconoscere un disturbo gassoso, anche in un cane. Il gas era gas, indipendentemente dal fatto che provenisse da un essere umano o da qualsiasi altro mammifero.

Bevvi un sorso del mio caffè, desiderando di avere più esperienza come proprietario di un cane.

Non era che non mi *piacessero* gli animali, ma eravamo a malapena in grado di nutrire le bocche umane nella nostra casa crescendo, quindi aggiungere alcuni cani da sfamare era stato impossibile.

Sapevo che aveva quasi ucciso Noah il fatto di non poter dare a Jade un cucciolo o un gattino dal momento che era praticamente pazza di qualsiasi creatura a quattro zampe.

Avevo a malapena il tempo di dormire negli anni della scuola, quindi il pensiero di avere un animale da accudire non mi era nemmeno passato per la mente, e comunque non avevo i soldi extra per nutrire un cane.

Ora che ero in grado di fornire qualsiasi tipo di assistenza di cui Brutus avesse bisogno, mi sentivo a mio agio nell'averlo intorno. Semplicemente non sapevo cosa fare con lui.

Non sembrava esattamente interessato a nessuno dei giocattoli per cani che avevo acquistato, e non era esattamente un cane energico.

Vidi il bulldog alzarsi lentamente, avvicinarsi a me e cadere prontamente ai miei piedi. Posò la testa sopra il mio piede e poi iniziò a russare pochi istanti dopo.

Mi chiesi se questo fosse il suo modo di ringraziarmi per averlo portato fuori da quell'ambiente caotico di rifugio, o se solo... gli piacevo.

Allungai la mano per grattargli la testa, desiderando che gli umani potessero essere fiduciosi e semplici come Brutus.

CAPITOLO 16

Layla

Mi asciugai una lacrima dalla guancia subito dopo essere entrata nel vialetto di Owen, e aver spento il motore.

Forse non era stata una decisione saggia aver continuato fino a casa sua dopo aver parlato con lui.

Mi sentivo emotiva, e probabilmente non era un buon stato d'animo per me quando ero con lui.

La verità era che *avrei* voluto vederlo, anche se mi sentivo triste. Era l'unica persona che avrebbe capito quasi sempre, e se non avesse capito il motivo per cui ero turbata, avrebbe continuato ostinatamente a provare.

Owen mi rende... felice.

Forse non ero sempre disposta ad ammetterlo a me stessa, ma in quel momento ero davvero stanca di negare che Owen non fosse altro che un amico.

Eravamo entrati in sintonia a un livello che andava oltre l'amicizia, al di là di qualsiasi cosa avessi mai sperimentato prima, o probabilmente mai avrei fatto.

Dannazione! Sapevo che sarebbe successo! Sapevo che mi sarei innamorata di lui.

E mi *ero* innamorata, a prescindere dal fatto che io e Owen ci fossimo conformati a una regola non detta di non avvicinarci troppo fisicamente di nuovo.

Ero innamorata dell'uomo testardo, che lo volessi ammettere a me stessa o meno.

Ogni parte della mia anima chiedeva che raggiungessi ciò che volevo.

Afferrai il cellulare dal sedile, esitando un momento prima di aprire la mia app Not-Just-A-Hookup e leggere le ultime parole che avevo ricevuto da Dark quasi una settimana fa.

Parlavamo ancora solo per generalizzazioni, e ci eravamo confrontati solo brevemente un paio di volte, ma per qualche motivo le sue parole mi parlavano come se mi conoscesse.

Ma è impossibile, giusto? Non mi conosce.

Una o due volte, mi ero davvero convinta che stessi parlando con Owen, ma poi avevo scartato l'intera idea. Quali erano le possibilità che io e lui ci trovassimo in un programma in fase di sperimentazione in tutto il Paese?

Diedi un'occhiata all'ultimo commento di Dark.

Dark: *Non svenderti, Dreamer. Qualunque cosa sia successa, qualunque cosa tu abbia fatto, è acqua passata. Sei una donna che qualsiasi ragazzo sarebbe fortunato ad avere. Non giudicarti per il passato. Non sei più quella persona. Complimentati con te stessa per essere arrivata così lontano invece di guardare tutte le cose che potresti aver sbagliato in passato.*

Sospirai mentre uscivo di nuovo dall'app.

Dark aveva ragione. *Non* ero la persona che ero anni fa. Neanche lontanamente. Eppure stavo ancora incolpando me stessa, e continuavo a vergognarmi di ciò che avevo fatto molto tempo addietro.

Pensavo di aver superato tutto questo, finché non rividi Owen.

Ora, mi avrebbe uccisa vedere uno sguardo deluso sul suo viso quando avesse rivolto quello sguardo sexy dagli occhi verdi nella mia direzione.

Abbassai l'aletta parasole e ripulii le piccole strisce di mascara che erano colate sulle mie guance quando avevo pianto tutto il mio dolore per non poter più rivedere Brutus.

Mascara a prova di sbavature un cavolo!

L'unica volta che avevo testato il mio trucco, mi aveva delusa.

Rialzai rapidamente il parasole e aprii la portiera dell'auto.

"Dio, fa caldo" dissi con un gemito mentre uscivo dalla mia macchina, che era anche conosciuta da Owen come il mio *brutto piccolo veicolo compatto*.

Sorrisi compiaciuta mentre prendevo il telefono e lo infilavo nella borsa prima di chiudere la portiera.

Subito dopo che avevo iniziato a prenderlo in giro per aver scelto una BMW quando poteva possedere qualsiasi macchina al mondo, aveva iniziato a tormentarmi per il mio *brutto piccolo veicolo compatto*.

Okay, forse non era stata l'auto più attraente del parcheggio quando l'avevo scelta l'anno scorso, e la tonalità arancione era un po' scoraggiante. Ma sapevo che era per questo che avevo fatto un buon affare, e il consumo di carburante era fantastico.

Non me ne fregava niente nemmeno delle macchine costose. Mi portava al sicuro in qualsiasi posto dove volessi andare, con pochissima benzina.

Premetti il pulsante di blocco mentre mi avvicinavo alla porta d'ingresso di Owen, cercando di migliorare il mio umore prima che lui mi vedesse.

Brutus sarà molto più felice in una nuova casa. Non dovrà più essere in gabbia. E avrà sempre persone intorno ad amarlo.

Avevo fatto questo tentativo di tirarmi su di morale circa un migliaio di volte, ed *ero* contenta che Brutus avrebbe avuto una vera casa.

Sfortunatamente, quei fatti non facevano nulla per alleviare il dolore di non vedere il mio amico ogni volta che andavo al rifugio.

Amavo tutti gli animali che erano lì, ma Brutus era speciale.

Avevo stretto un forte legame con lui fin dall'inizio, e se ci fosse stato un modo possibile per portarlo a casa, l'avrei fatto molto tempo fa.

Starò bene. Non è la prima volta che prendo a cuore un animale per poi vedere quella creatura a quattro zampe andare via dopo essere stata adottata.

Quel dolore faceva parte del volontariato in un rifugio.

Gli animali venivano.

Gli animali andavano via.

Ma sapere che un animale stava andando in una buona casa di solito annullava la tristezza.

Quasi sempre.

Tranne questa volta.

Suonai il campanello e aspettai che Owen rispondesse.

Brutus era rimasto al rifugio troppo a lungo, e io mi ero affezionata troppo.

Almeno qualcun altro oltre a me poteva vedere tutte le buone qualità di Brutus.

Sfortunatamente, il direttore aveva tenuto la bocca piuttosto chiusa riguardo al nuovo proprietario di Brutus.

La porta d'ingresso si aprì all'improvviso e diedi un'occhiata alla faccia preoccupata di Owen prima di crollare. Entrai nell'atrio e lasciai che chiudesse la porta dietro di me prima di gettarmi tra le sue braccia.

La mia presa attorno al suo collo era probabilmente più simile a una presa per strangolare, ma non si lamentò quando mi avvolse immediatamente con le braccia.

"E se non fosse andato in una buona famiglia" singhiozzai. "Ne ha passate troppe per essere in grado di sopportare di essere trattato male o di essere trascurato di nuovo."

Il povero Brutus aveva passato cose che nessun cane avrebbe mai dovuto passare. Mai!

"Ehi, Layla. Fermati" bisbigliò Owen con voce rassicurante mentre mi accarezzava la schiena con un gesto confortante. "Ho una sorpresa per te."

Cercai di calmarmi. Ero sicura che l'ultima cosa che Owen si aspettava fosse una donna singhiozzante e isterica che si precipitava attraverso la sua porta.

Probabilmente non sapeva nemmeno che potessi perdere il controllo. Mi ero assicurata che non mi avesse mai vista piangere.

Mi lasciai crogiolare per un momento nel calore e nella sicurezza del suo corpo potente, assaporando il suo profumo maschile e unico.

"Non che mi dispiaccia avere il tuo splendido corpo incollato a me" disse, rompendo finalmente il silenzio. "Ma ho qualcosa che allevierà il tuo dolore."

Feci un respiro profondo e mi allontanai da lui per poter vedere la sua faccia. "Che cosa?"

Indicò il soggiorno appena oltre l'atrio. "Lui."

Emisi un sussulto udibile quando vidi il corpo rugoso e robusto del cane che si dimenava per l'eccitazione.

Brutus emise un gemito felice mentre esclamavo: "Oh, mio Dio! Brutus? Cosa ci fai qui?"

Mi precipitai verso il cane estatico, caddi in ginocchio e lo tirai in grembo mentre lo avvolgevo con le braccia. Seppellii la mia faccia nel suo cappotto corto e fine. "Pensavo che non ti avrei mai più rivisto, amico" dissi in lacrime mentre lo abbracciavo.

Alzai uno sguardo interrogativo verso Owen. "Perché è qui?"

Si sedette accanto a me e rispose: "Mi dispiace, Layla. Non sapevo che saresti andata al rifugio oggi o non ti avrei mai tenuto nascosto il fatto che lo stavo adottando. Volevo che fosse una felice sorpresa, ma invece ha finito per essere traumatico per te. Brutus vivrà con me adesso. Dato che non potevi averlo nel tuo appartamento, ho deciso che stare qui sarebbe stata la cosa migliore. Potrai vederlo quando vuoi e assicurarti che stia bene ogni volta che vuoi."

La mia bocca era ancora aperta mentre cercava di spiegare il suo ragionamento.

Conclusione? Owen aveva adottato Brutus per *rendermi* felice.

Lo aveva fatto perché sapeva che volevo, ma non potevo.

Stanco di essere schiacciato fino alla morte, Brutus si liberò dalla mia presa e si lasciò cadere accanto a me. Continuavo ad accarezzargli la testa mentre lui me la appoggiava sulla coscia.

"Penso che tu debba essere il ragazzo più straordinario che abbia mai conosciuto" dissi, la mia voce tremante per l'emozione. "L'hai fatto per me. Era tutto per me."

Mi sparò quel sorriso che mi fece subito venire voglia di denudarlo mentre mi rispondeva: "Non ho idea di quando capirai che non c'è niente che *non* farò per te."

Le sue parole arrivarono dritte nel mio cuore, e lo strinsi così forte che riuscivo a malapena a respirare.

Forse mi aveva detto quelle parole prima, o aveva solo cercato di mostrarmi quanto gli importava con le sue azioni?

Probabilmente ero stata così presa dalle mie insicurezze che non mi ero mai accorta che l'uomo proprio di fronte a me era disposto a darmi qualsiasi cosa.

Non avevo mai nemmeno dovuto chiedere.

"Owen" sussurrai mentre i nostri occhi si incrociavano, e l'intero mondo sembrava essersi fermato mentre la presa della morsa attorno al mio cuore si faceva sempre più stretta.

Ogni grammo della mia carne, del mio cuore e della mia anima desiderava ardentemente quest'uomo, eppure non riuscivo a farmi uscire le parole dalla bocca.

Invece, borbottai: "Non posso credere che tu abbia fatto tutto questo per me."

Si strinse nelle spalle. "Non è che sia davvero un grosso problema. Brutus e io ci piacciamo, e di certo posso permettermi un asilo nido per cani e qualsiasi altra cosa di cui potrebbe aver bisogno."

"No. Non comportarti come se non fosse un grosso problema" gli dissi mentre le lacrime mi rigavano il viso. Le lasciai cadere. Non mi importava più se Owen vedeva quanto le sue azioni significassero per me. "È un grosso problema. Sei tu quello che dovrà prendersi cura di lui, mentre io ne ricavo solo la parte piacevole."

Owen scosse la testa. "Nah. È facile. Una volta che avrò risolto il suo problema con le scorregge, lo faremo insieme."

Anche se la mia faccia era ancora bagnata di lacrime, iniziai a ridere. "Non per niente chiamano i bulldog i re delle scorregge nel mondo dei cani."

Lui annuì. "Lo capisco. Il mio ragazzo può far svuotare una stanza in meno di dieci secondi. Immagino che quell'abilità potrebbe essere utile se ho una compagnia indesiderata, ma penso che preferirei che il suo intestino si raddrizzasse. Credo che lo porterò dal veterinario e vedrò se possono fare i test allergologici, quindi saprò che tipo di cibo prendere. Sto pensando anche a un ottimo probiotico. Dovrò fare delle ricerche—"

"Posso aiutarti in questo" interruppi, sapendo che Owen probabilmente avrebbe scavato nella ricerca senza sosta finché non avesse saputo che Brutus aveva ricevuto i migliori probiotici per cani. "Ne conosco uno davvero buono. Li ho esaminati per poterli donare al rifugio."

"Certo che l'hai fatto" disse Owen con un sorriso mentre frugava nella tasca dei suoi jeans. "Ho qualcos'altro per te."

Sospirai. Brutus era stato una sorpresa più che sufficiente per quel giorno.

Un'altra, e non avrei potuto garantire che Owen non mi avrebbe completamente sconvolta.

CAPITOLO 17

Owen

Non avevo mai visto Layla indossare un bel gioiello. Mai.

Al liceo, quando la maggior parte delle ragazze aveva le orecchie forate e indossava gli orecchini, Layla non l'aveva fatto.

Da allora, si era ovviamente fatta forare le orecchie, e indossava tutti i tipi di orecchini pendenti e stravaganti, ma ovviamente erano bigiotteria a buon mercato. Lo avevo capito perché non l'avevo mai vista impazzire per la perdita di un orecchino, ed era accaduto due volte mentre eravamo fuori a svolgere delle attività. Aveva semplicemente alzato le spalle e detto che poteva comprarne un altro paio al negozio tutto a un dollaro.

Immagino che il fatto che non avesse niente mi sembrava strano perché, per quanto povera fosse stata la mia famiglia, io e i miei fratelli ci eravamo sempre impegnati per comprare qualcosa alle mie sorelle in occasioni speciali, come la loro laurea e il loro sedicesimo compleanno. Forse quei medaglioni e quei braccialetti non erano grondanti di oro e diamanti, ma erano sempre stati un po' più speciali delle collane o degli orecchini del negozio a un dollaro.

Perché Layla non aveva mai avuto nessuno che le regalasse una specie di gingillo? Fino ad oggi, non l'avevo mai vista indossare nient'altro che orecchini da negozio discount.

Le consegnai la scatola. "Spero ti piaccia."

La vidi fissare per un momento il velluto rosso e la scatola d'oro come se fosse un serpente che l'avrebbe avvelenata.

"Che cos'è?» chiese con una voce timida che non avevo mai sentito da lei.

Rilasciai il respiro che stavo trattenendo quando la prese.

"È solo un regalo. Senza obblighi. Volevo solo che tu lo avessi. Immagino che potresti chiamarlo un... ricordo."

Incrociai le gambe e guardai il suo viso mentre apriva la scatola, sperando di non aver commesso un errore.

E se non avesse voluto davvero ricordare quel giorno particolare?

"Per favore, dimmi che non è vero" disse in fretta. "È una scatola di Mia Hamilton."

Annuii, sapendo che stava guardando la scritta in oro sotto la parte superiore della scatola. Non che avrebbe potuto sfuggirle. La scritta sul velluto rosso dichiarava audacemente l'opera *Un originale di Mia Hamilton*. "È vero. Pensavi davvero che ti avrei donato qualcosa che non fosse autentico in una scatola di Mia Hamilton? Dovrei essere un vero stronzo dato che ho sicuramente i soldi per quello vero."

"Come è possibile?" disse senza fiato mentre continuava a guardare a bocca aperta il marchio. "Le sue cose sono davvero esclusive e davvero molto costose. La maggior parte delle persone non può averne una, anche se può permetterselo."

Sapevo che le persone chiedevano a gran voce di ottenere un originale da Mia, motivo per cui il mio primo regalo a Layla doveva essere un Mia Hamilton. Diavolo, aveva aspettato abbastanza a lungo. Il suo primo gioiello doveva essere speciale.

"Eli conosce Max Hamilton" spiegai. Ero estasiato quando avevo scoperto che Eli lavorava gomito a gomito e aveva realizzato alcuni progetti di beneficenza con il marito miliardario di Mia. "Me l'ha presentata, così ho potuto chiedere a Mia di fare questo pezzo per me."

Non ce n'era un altro simile al mondo, ed era probabilmente quello che mi piaceva di più nell'ottenere questo da Mia Hamilton.

Dopo aver spiegato a Mia che ne avevo un disperato bisogno per una donna che aveva ventotto anni e non aveva mai avuto un vero gioiello, aveva ceduto abbastanza velocemente. La donna sicuramente non aveva bisogno di soldi, ma aveva un buon cuore.

Il viso di Layla divenne bianco come un fantasma mentre sollevava con cautela la collana dal suo letto di velluto rosso.

"Dio mio!" disse, come se ogni grammo d'aria fosse uscito *sibilante* dai suoi polmoni insieme a quelle parole.

Non ero del tutto sicuro se fosse un buon "Oh, mio Dio!" o uno cattivo, ma speravo sinceramente che fosse il primo.

"Respira, Layla. Non ti morderà. È solo un gioiello."

Dovevo ammettere che Mia aveva fatto un lavoro incredibile, e potevo capire perché i suoi gioielli erano così ricercati e ambiti.

Anche la catena di platino era stata accuratamente incastonata di piccoli diamanti, quindi brillava alla luce, ma non tanto quanto la balena blu artigianale all'estremità del ciondolo.

Layla posò un dito esitante sulla piccola balena. "Sono—" Tossì e provò di nuovo. "Sono zaffiri questi?"

"No" spiegai. "Sono diamanti blu. Sono un po' rari, quindi Mia non era sicura di quanto tempo ci sarebbe voluto per ottenerli, ma ce l'ha fatta. Volevo che la avessi prima di partire per Parigi, ma Mia ha insistito sul fatto di non usare gli zaffiri. Ha detto che la balena non sarebbe stata così realistica senza diamanti blu."

"È incredibile" replicò Layla, sembrando ancora ipnotizzata dalle gemme. "È quasi esattamente dello stesso colore della balenottera azzurra che abbiamo visto. Non sapevo nemmeno che esistessero i diamanti blu."

"Esistono solo in un paio di miniere in Australia, Sud Africa e India" dissi.

Mi trattenni dallo spiegare che l'affascinante colore blu proveniva da tracce di boro nella composizione di carbonio dei diamanti.

Sembrava che Layla avesse bisogno di rianimazione più di quanto avesse bisogno di informazioni geologiche.

"Owen, questo regalo è troppo caro per poterlo accettare. Non credo nemmeno di voler sapere quanto è costato."

"Layla, sono un miliardario. Non importa quanto costa. E non era mia intenzione acquistare il gioiello più costoso che il denaro possa comprare. Volevo solo che fosse speciale. Volevo che tu potessi vederlo al collo ogni giorno e ricordare quanto fosse stata incredibile quell'esperienza per entrambi. E cazzo, sì! Volevo che pensassi al ragazzo che te l'ha donata ogni maledetta volta che la sentissi sulla tua pelle o la vedessi allo specchio. Ascolta, non è esattamente qualcosa che posso riportare o restituire allo sportello di un grande magazzino. Quindi devi solo trovare un modo per accettarlo, che ti piaccia o no. Non significherebbe niente per nessun altro."

La sua testa si sollevò di scatto, come se si fosse svegliata dalla sua trance, e mi inchiodò con quei bellissimi occhi azzurri che erano così pieni di emozioni che non riuscivo a decifrare tutto ciò che stava pensando.

"Owen, pensi che *non* mi piaccia? Dio, è probabilmente la cosa più bella che abbia mai visto. Sai che non ho mai avuto una sola persona che mi regalasse alcun tipo di gioiello? Onestamente, ho avuto così pochi regali nella mia vita che posso contarli su una mano. E ora questo... è un po' troppo da accettare per una donna come me. È incredibilmente premuroso. E generoso. Ma non ho mai posseduto qualcosa di così carino."

Bene, okay. Immagino che potevo affrontare quella spiegazione. Se le piaceva, poteva abituarsi a indossarla. "Vuoi che la metta?"

Sembrava così distrutta che semplicemente allungai una mano e le strappai il ciondolo, lo misi intorno al suo collo da cigno e fissai il fermo.

"Ha un blocco di sicurezza?" chiese, suonando per metà in preda al panico.

"Sì. L'ho fissata. Layla, quella ventosa non verrà via. Mia realizza gioielli di alta qualità. Sa come tenerlo al collo di una donna" le assicurai.

"Ti sta bene" aggiunsi dopo essermi appoggiato allo schienale per dare un'occhiata.

"Davvero, Owen? Un pezzo di Mia Hamilton non è solo "bello." Sembra assolutamente spettacolare. Non l'ho mai vista lavorare di persona, ma ho visto delle foto. Sono così sbalordita in questo momento che non sono nemmeno sicura di come ringraziarti."

Potevo pensare a tanti modi in cui poteva ringraziarmi, ma riguardavano noi due nudi e sudati. "Allora non ringraziarmi. Volevo farlo."

Mi guardava con sospetto negli occhi. "Come lo hai saputo?"

Alzai un sopracciglio. "Che cosa?"

"Come sapevi che non avevo mai ricevuto un solo gioiello?"

"Forse perché non ne indossi mai uno?" suggerii. "Tranne i tuoi orecchini da negozio a un dollaro. Al liceo non avevi nemmeno i buchi alle orecchie."

Si mise una mano alla gola e se la accarezzò sui diamanti blu. "Forse una delle cose più toccanti di questo dono è il fatto che tu l'abbia notato. Onestamente, penso che sarei stata devastata se l'avessi ripreso, anche se non ero sicura di come accettarlo. Non vorrei mai che tu pensassi che non ami qualcosa a cui hai dedicato così tanto pensiero e impegno per me. Ma so che è costoso, ed è davvero un grande regalo per una donna che raramente ha ricevuto regali."

La maggior parte delle altre donne avrebbe facilmente accettato il gioiello e altro, e mi uccideva che Layla sembrasse pensare di *non* meritarlo.

Presi mentalmente nota di comprarle regali più spesso fino a quando non fosse riuscita a stare al passo.

Dove diavolo erano stati i suoi genitori in tutti questi anni? Sapevo che era lasciata molto a se stessa, ma non le avevano mai fatto regali di compleanno? Regali di Natale? Qualsiasi cosa?

"Mi dispiace, Layla. Mi dispiace per ogni dannato regalo che non hai ricevuto da bambina e da adulta" dissi rauco, desiderando poter cancellare tutto ciò che era successo nel suo passato e riempirlo con tutto ciò che avrebbe dovuto avere.

Come aveva fatto una donna così incredibile a uscire da quella che sospettavo fosse stata un'infanzia piuttosto priva di gioia?

Mi alzai e la tirai in piedi. Quando si scontrò con il mio corpo mentre si avvicinava, riuscii a malapena a soffocare un gemito.

"Scusa" disse mentre barcollava. "Ti ho fatto male?"

Non potevo dirle che faceva male ogni volta che la guardavo, ma non potevo toccarla. In effetti, era una fottuta agonia. "No. Sto bene. Fammi mettere gli hamburger sulla griglia."

"Aspetta!" pregò. "Voglio capire come ringraziarti per il regalo più premuroso che qualcuno mi abbia mai fatto."

Il solo sentirla dire quello era più che sufficiente per me, ma voltai la testa e indicai la mia guancia. "Ringraziami qui" suggerii.

Il suo sorriso illuminò l'intera stanza mentre si muoveva in avanti, metteva le mani sulle mie braccia e piantava un bacio persistente sulla mia guancia.

"Grazie, Owen" mormorò in un contralto roco e sexy che mi fece venire voglia di sentire *quella voce* che mi ringraziava per averla fatta venire una dozzina di volte o più.

Strinsi i denti mentre combattevo ogni istinto che avevo per avvolgerla tra le braccia, spingerla contro il muro più vicino e seppellire il mio uccello tormentato dentro di lei finché non fossimo stati entrambi soddisfatti.

"Ti darò una mano" si offrì facendo un passo indietro.

Sfortunatamente, fare hamburger non era esattamente il tipo di aiuto di cui avevo bisogno in questo momento.

CAPITOLO 18

Layla

evo dire tutto a Owen.

Non ero del tutto sicura di quando avevo preso quella decisione. Probabilmente in un momento tra quando mi aveva strappato il cuore adottando Brutus e quando mi aveva regalato un gioiello per il quale alcune donne si sarebbero cavate gli occhi per possederlo. Come ricordo.

Accarezzai i bellissimi diamanti blu come avevo fatto per gran parte della serata, sapendo che Owen non aveva idea di cosa mi faceva con ogni gesto premuroso che eseguiva pensando semplicemente alla mia felicità.

Odiavo la tensione che scorreva tra noi, e non era qualcosa che meritava.

Che mi piacesse o meno, timorosa o no, *volevo* che Owen vedesse il mio presente e il mio passato, e se dopo non avesse cambiato idea sul mio conto, gli avrei tolto i vestiti ed esplorato il suo corpo meraviglioso tutta la notte.

Eravamo amici, ma entrambi sentivamo lo stress di continuare così.

Quella lussuria dolorosa era sempre lì.

La sentivo, e sapevo che era così anche per lui.

Era un dolore lancinante che non mi abbandonava mai, ma ultimamente, non essere in grado di dargli tutto mi stava quasi uccidendo.

Non importava che non fossi un tipo di donna da sesso occasionale. Niente con Owen sarebbe mai stato così, e se non avessimo esplorato questa chimica tra di noi, sapevo che mi sarei sempre chiesta come sarebbe stato se l'avessimo fatto.

Non volevo avere rimpianti.

Quello che volevo davvero era liberarmi ed essere esattamente quello che ero con Owen, e lui aveva davvero bisogno di conoscere la verità prima che potessimo andare avanti... o no.

Molte delle mie insicurezze persistenti provenivano dal mio passato, quindi aveva davvero bisogno dell'intero quadro.

Accarezzai con la mano l'orecchio deforme di Brutus mentre si sedeva ai miei piedi.

"Caffè?" chiese Owen dalla cucina.

Avevo già una Diet Coke accanto a me in soggiorno. "No. Sto bene" ribattei dalla mia posizione sul divano.

Owen entrò nel soggiorno con una grande tazza in mano, e Brutus si alzò e si avviò a fatica attraverso la stanza. Il bulldog si lasciò cadere sul suo comodo letto ed emise un basso gemito di soddisfazione.

Owen si sedette all'altro capo del divano. "Sembri essere nelle mie condizioni, amico" disse scherzando a Brutus. "Credo di aver mangiato un hamburger di troppo. Sono pieno."

Sorrisi mentre guardavo Owen. L'uomo poteva mandare giù un sacco di cibo, ma non c'era un grammo di grasso sul suo corpo. Sapevo che faceva un allenamento rigoroso ogni mattina nella sua palestra di casa, e sicuramente si vedeva. Era lontano dall'adolescente snello che avevo conosciuto, ma di certo non potevo piangere la perdita di quel ragazzo quando un corpo maschile così incredibilmente meraviglioso aveva preso il suo posto.

"Svanirà. Avrai fame tra poche ore" scherzai.

Sorrise malvagiamente. "Forse sono ancora un ragazzo in crescita."

Oh, Owen Sinclair non era un ragazzo. Non più. Aveva persino la mascella barbuta per dimostrarlo. Sapevo che si radeva ogni mattina, ma all'ora di cena aveva quella barbetta incolta.

Dovetti distogliere lo sguardo da lui per smettere di fantasticare su come sarebbe stato se fossimo stati entrambi completamente nudi invece che seduti nel suo soggiorno ai lati opposti del divano.

"Vorrei parlare se vuoi" dissi, cercando di mantenere la voce calma.

"Se voglio?" ribatté con voce roca. "Sono settimane che aspetto. Voglio sapere cos'è successo su quella barca, Layla. Perlopiù, penso di voler davvero sapere perché hai fatto marcia indietro quando siamo così attratti l'uno dall'altra che non possiamo pensare a nient'altro quando siamo insieme. Beh, almeno io non posso."

"Penso che tu sappia già che anche io sono attratta da te. Ma non riesco a dormire con te sapendo che davvero non mi conosci, Owen. Voglio che tu veda tutte le parti oscure di me prima di prendere una decisione se vuoi che la nostra relazione continui o meno." Non potevo guardarlo. Se lo avessi fatto, avrei potuto decidere di non correre rischi.

"Non c'è niente di oscuro in te, Layla. Sei tutta luminosa."

"No!" negai, la mia voce disperata. "Non lo sono. Questo è quello che pensi, ma non è vero. Credo di aver voluto che tu continuassi a pensarlo, ma ho davvero bisogno che tu sappia tutto di me, il buono e il meno buono."

"Parla, Layla. Niente di quello che puoi dire mi farà mai sentire diversamente da come mi sento ora. Smettila di tormentarti" disse con un baritono basso e serio.

Feci un respiro profondo. "Ricordi quando eravamo adolescenti e volevi sapere perché stavo molto da sola?"

"Sì."

"Dio, non saprai mai quanto mi piaceva davvero quando mia madre non c'era. Era preferibile ai momenti in cui era a casa. Mia madre era un'alcolizzata irascibile, Owen. E quando beveva, era violenta. È peggiorata dopo che mio padre se n'è andato. Ma anche crescendo, avevo ancora paura di lei, quindi accettavo ogni singola punizione che mi assegnava, sperando disperatamente in un'altra di quelle volte in cui scompariva. Non sono mai stata abbastanza coraggiosa da reagire." Mi fermai per un momento, cercando di tenere sotto controllo le mie emozioni.

"Quindi quei lividi che vedevo a volte... non erano incidenti o dovuti all'aver sbattuto contro i muri nel buio?" chiese con voce roca.

Scossi la testa. "Mai. Ho cercato il più possibile di coprirli. Penso che tu sia stato l'unico che l'abbia notato. Quando sono cresciuta, ha iniziato a usare una cintura al posto delle mani, quindi è da lì che provenivano quegli strani lividi che hai notato durante il nostro ultimo anno. E quelle volte in cui ti ho detto che ero malata, non lo ero. Erano percosse particolarmente brutte, così brutte che non potevo alzarmi dal letto perché stavo male. Invece di arrabbiarmi, ero sempre più terrorizzata, ed ero davvero imbarazzata. Voglio dire, quale ragazza vuole dire ai propri amici che la madre è un'alcolizzata violenta e pazza che non ha un pulsante di spegnimento? La maggior parte dei miei amici stava pianificando balli e lauree con le loro madri. Io stavo solo cercando di non far incazzare troppo la mia per evitare che mi lasciasse disabile per una o due settimane."

"Fanculo!" esplose Owen. "Avrei dovuto guardare meglio. Avrei dovuto sapere cosa stava succedendo. Eravamo migliori amici, per l'amor del cielo."

"No" risposi con calma. "Non potevi saperlo perché ero bravissima a nasconderlo. Nessuno lo sapeva e io ero disposta a soffrire in silenzio per assicurarmi che non si sapesse. Volevo essere normale, Owen, quindi facevo tutto il possibile per essere una bambina normale."

"Perché non me l'hai detto?"

"Cosa avresti potuto fare?" chiesi. "Mia madre l'avrebbe negato. Credimi, era un'abile manipolatrice. Mi ha incasinato la testa finché non ho creduto di meritarlo."

"Dove diavolo era tuo padre?" domandò con rabbia.

"Pagava puntualmente il mantenimento della figlia perché non voleva mettersi nei guai, ma non gliene fregava niente di me. Quando ha lasciato mia madre, ci ha lasciate entrambe. Tutto quello che voleva era la sua libertà." Mio padre era perfettamente consapevole degli abusi di mia madre, ma non era mai intervenuto.

"Hai detto che viaggiava" ringhiò Owen.

"Lo faceva. Ma anche quando non era in viaggio, non rispondeva mai alle mie chiamate. Non siamo mai stati vicini. Raramente mi parlava anche quando era a casa, ma dopo il divorzio l'ho chiamato. Parecchie volte. Ad un certo punto, ho semplicemente rinunciato."

"Layla, come hai potuto pensare per un solo momento che tutto questo sia stato per colpa tua?"

Scrollai le spalle. "Non lo penso più, ma vedevo l'intera situazione attraverso gli occhi di un'adolescente, Owen. Pensavo di essere una cattiva figlia. Mi vergognavo di non essere normale, motivo per cui cercavo così tanto di fingere di essere davvero normale. Non pensare di non avermi aiutata allora, anche se non lo sapevi. Tu e Andie mi avete tenuta relativamente sana."

"Cazzate! Qualcuno doveva essere lì per proteggerti" esplose.

Annuii. "Una volta che mi sono diplomata al liceo, ho capito che dovevo andarmene."

"Per favore, di' che l'hai fatto" disse burbero.

"L'ho fatto" risposi cortesemente. "Sono andata a vivere con una coinquilina dopo che tu e Andie siete andati a Boston, e ho cercato di prepararmi a superare quante più classi possibili in modo da poter entrare nella scuola per infermieri. Ma da qualche parte durante quell'estate, ho smarrito... me stessa."

"Cosa intendi?" gracchiò.

"Sono diventata... davvero depressa."

"Comprensibile" disse Owen. "Dimmi tutto, Layla."

"Ho fatto ogni genere di cose che non riesco davvero a spiegare quell'estate" dissi, la mia voce tremante per l'emozione. "Era come se stessi cercando qualcosa che non riuscivo a trovare. Mi hai chiesto se fossi vergine. Non lo sono. Ma ho fatto sesso con un solo ragazzo, ed è stata l'esperienza più orribile della mia vita. Mi sono semplicemente sdraiata lì, sperando di *provare* qualcosa, ma tutto ciò che provavo era ancora più vergogna. Credo che stessi cercando qualche tipo di attenzione, ma non l'ho trovata. L'unica cosa che ho provato è stato il dolore, e un tizio che conoscevo a malapena che sbatteva sopra di me per soddisfarsi. Dopodiché è stata una discesa verso il basso. Mi tiravo fuori dal letto per andare al lavoro perché sapevo che dovevo farlo, ma ogni giorno diventava più buio e alla fine non mi importava più cosa mi fosse successo perché pensavo che a nessun altro sarebbe importato. Dopo anni di nient'altro che abusi o indifferenza, pensavo di essere solo... totalmente non amabile."

"Cos'è successo?" sollecitò Owen.

"Ho preso una lametta, sono strisciata nella mia vasca da bagno e ho cercato davvero di morire."

"Che diavolo?" ringhiò.

"In altre parole, ho cercato di uccidermi, Owen. Ero così incasinata che non volevo più vivere. A quel punto, non era una richiesta di aiuto. Quando mi sono tagliata i polsi, non vedevo l'ora di morire. Scivolare in quell'oscurità per aver perso sangue non era altro che un sollievo per me. Mi sono sdraiata lì sanguinante e non me ne fregava nemmeno un accidente. Questa è la parte di me che non conosci, Owen. Ho semplicemente rinunciato. Ho ceduto. Ho odiato la mia coinquilina per essere tornata a casa e per avermi salvato la vita quel giorno." Le lacrime scorrevano sulle mie guance, ma non mi importava. Alla fine mi lasciai andare davanti a Owen e non mi importava se vedeva questo lato di me, un lato non molto carino.

"Gesù, Layla. Non so nemmeno cosa dire."

"Non farlo" supplicai. "Non dire niente. Lasciami finire. Più tardi, ho finalmente capito che stavo scivolando in una grave depressione da molto tempo. Ma una volta che la mia vita ha iniziato a cambiare dopo aver finito il liceo, ero davvero persa. Non ero più io. Avrei voluto chiedere aiuto, ma non credo di aver nemmeno saputo cosa stava succedendo. Sono migliorata una volta che ho preso i farmaci e ho iniziato a frequentare una consulenza intensiva. Sono stata in grado di togliere i farmaci antidepressivi quando ero alla scuola per infermieri, e non ho mai più avuto un altro grave episodio depressivo come quello, ma ci è voluto molto lavoro per riprendermi. Adesso cerco di prendermi cura di me stessa e della mia salute mentale. Ma anche dopo anni di terapia, ho ancora delle insicurezze che a volte emergono, Owen. Non parlo molto di quella parte della mia vita, perché entrambi sappiamo che c'è ancora uno stigma sulla salute mentale in medicina, anche se i medici giurano che non c'è. Alcune persone giudicano ancora, quindi ho cercato di chiudere la porta a quel periodo della mia vita e andare avanti. Ho affrontato tutti i miei problemi in terapia, ma a volte non mi sento a mio agio a parlarne."

Feci un respiro profondo, aspettando che dicesse qualcosa, ma non lo fece.

Quindi aspettai ancora un po'.

Ma il soggiorno rimase in silenzio.

Deglutii a fatica. Forse *avevo* la mia risposta sul fatto che Owen mi avrebbe vista in modo diverso se avesse saputo tutto di me.

La quiete durò così a lungo che era diventata scomoda.

Saltai in piedi. "Va bene, allora è tutto. Immagino che sarà meglio che torni a casa."

Non riuscivo a guardarlo mentre raccoglievo la borsa e mi avviavo verso la porta, con le lacrime che scorrevano ancora più velocemente rendendomi conto che non avrebbe detto... niente.

Forse non poteva affrontare il fatto che la donna che aveva desiderato una volta aveva perso la testa, e forse un giorno avrebbe potuto farlo di nuovo.

Uscii fuori, senza rilasciare un doloroso singhiozzo di dolore finché non ebbi chiuso la porta d'ingresso.

Avevo scommesso su Owen e avevo perso, ma mi rifiutavo di credere che le cose sarebbero andate meglio se non ci *avessi* provato.

Ero stanca di lasciare che vedesse solo quello che volevo che vedesse perché avevo paura della sua reazione se avesse saputo la verità.

Nessuna delle cose brutte del mio passato era stata davvero colpa mia.

Arrivai alla mia macchina, misi la testa contro il metallo e piansi come se il mio intero mondo fosse appena finito.

Forse *pensavo* di essere pronta nel caso Owen avesse deciso che non avrebbe potuto affrontare il mio folle passato, ma non lo ero. Affatto.

Cercai le chiavi, frugando nel fondo della borsa, con le mani che tremavano così tanto che non riuscivo a trovarle.

Prima che le mie dita toccassero le chiavi, una forma solida e ingombrante si incuneò dietro di me e vidi un paio di mani sbattere sulla brutta vernice della mia auto.

"Dove cazzo credi di andare?" ringhiò Owen contro il mio orecchio.

"A casa" squittii, spaventata dall'intensa ferocia nella sua voce.

"Non. Succederà. Mi hai quasi fatto venire un infarto, e ho delle domande. Circa un milione" avvertì.

Feci un respiro profondo e chiusi gli occhi. "Senti, starò bene, se questo ti ha spaventato. Ho capito. Ad essere sinceri, a volte sembra surreale, anche a me, che sia successo."

Gran parte di quell'estate e dell'autunno erano ancora confusi. Non riuscivo a connettermi con il mio stato d'animo di allora, perché non sentivo davvero... niente. Ero completamente vuota.

"Smettila di scappare, maledizione!" disse con rabbia, sbattendo il pugno contro la carrozzeria della mia macchina. "Non c'è niente che non possa gestire fintanto che non implichi vedere il tuo sedere in lontananza. Ho bisogno di tempo per assorbire tutto, ma mai, in nessun dannato momento, cambierà quello che provo per te. Quando cazzo capirai che quello che provo per te *non* cambierà? Cos'altro devo fare per fartelo capire? Sei bellissima per me, non importa cosa ti sia successo un maledetto decennio fa, dopo essere stata all'inferno e aver fatto ritorno. Gesù, Layla, dammi solo una possibilità. Solo per una volta, fidati che d'ora in poi sarò sempre al tuo fianco."

Alzai le mani e le strofinai sul viso bagnato, il cuore che batteva così forte che potevo sentire le contrazioni profonde.

Non avevo motivo per *non* credergli, ma mi voltai per poter vedere la sua faccia.

Quel gesto quasi mi distrusse.

Il mio bellissimo e splendido Owen sembrava aver attraversato un trauma devastante, la sua espressione sconfitta.

Ma sotto tutto il dolore sul suo viso, potevo ancora vedere la tenerezza nei suoi abbaglianti, rigogliosi occhi verdi.

Oh Dio. Sta male. Gli ho fatto questo scappando.

"Owen, se è vero, ti avverto, non ti libererai mai di me" dissi con una voce roca per aver versato così tante lacrime.

"Grazie al cielo!" replicò con un gemito. Mi prese in braccio e, senza dire una parola, mi riportò in casa.

CAPITOLO 13

Owen

"Penso di aver ottenuto tutte le mie risposte, ma questo non significa che mi debbano piacere tutte" dissi a Layla mentre le mie braccia si avvolgevano un po' più strette intorno alla sua vita.

Dovevo darle credito; non aveva evitato una sola domanda, non importava quanto fosse scomodo rispondere.

Dopo che era stata abbastanza coraggiosa da mettere tutto là fuori, non mi ero ancora perdonato per essere rimasto in silenzio e averle dato l'impressione di avermi spaventato.

Gesù! Come aveva mai potuto pensare che quello che aveva passato sarebbe stato un problema per me?

Okay, forse *era* un problema, ma solo perché ero incazzato per lei.

"Cosa intendi?" mi chiese mentre metteva una mano sulla mia.

L'avevo adagiata con la schiena contro il mio corpo, e tra le mie gambe sul divano. Le mie braccia erano avvolte intorno a lei da dietro. Aveva promesso che non sarebbe mai scappata di nuovo, ma non avrei corso nessun rischio.

"Voglio dire che odio ogni singola cosa che ti è successa, Layla, e disprezzo davvero quello stronzo di tuo padre, che avrebbe potuto fare in modo che tutto quello non fosse accaduto se solo fosse intervenuto. Detesto anche il fatto che tu abbia mai provato anche la minima vergogna per qualcosa che non è stato colpa tua. Andiamo. Siamo medici. Tu ed io sappiamo entrambi che la depressione maggiore è la stessa cosa che avere il diabete o qualsiasi altro problema medico. Avevi bisogno di aiuto e non l'hai ottenuto. Non voglio pensare a quanto sei arrivata vicino alla morte. Ti garantisco che avrò degli incubi al riguardo. Non so come ti sei sentita, ma posso capirti. Il tuo problema medico aveva il sopravvento in quel momento. Non potevi salvarti da sola. Nessuno ti biasimerà per questo."

"Credi davvero che ne parleresti se succedesse a te? La maggior parte dei professionisti medici ragionevoli e bravi sanno che si tratta di chimica, ma ci sono ancora stronzi giudicanti nel nostro campo, Owen."

"Ma non l'hai mai detto nemmeno ad Andie" ribattei.

"Perché avevo paura che te lo dicesse" spiegò. "Glielo dirò quando tornerà dalla luna di miele."

Allungai una mano, infilai le dita nelle sue e alzai entrambe le mani. Perché non avevo mai notato le cicatrici? "Se mi siedo e guardo davvero i tuoi polsi, posso vedere i tagli, ma sono appena visibili" dissi con voce roca mentre le baciavo entrambi i polsi, proprio sopra le cicatrici appena distinguibili. Chiusi gli occhi mentre riportavo le mani alla sua vita, cercando di schiarirmi le idee.

"Sono stata fortunata in questo senso" spiegò. "Quel giorno c'era un chirurgo plastico in-house all'ospedale. Ha riparato l'esterno dopo che i lavori interni erano stati completati. Ha fatto davvero un ottimo lavoro, e io uso un trucco tipo correttore per nascondere il resto. Qualcuno dovrebbe davvero studiare il mio polso come hai fatto tu per notarle ora."

Aprii gli occhi e strinsi di nuovo le braccia intorno alla sua vita in una presa protettiva.

Non posso pensare a quella notte. Non finché non sarò in grado di farlo in modo più razionale.

"Mi avevi detto che tua madre si era ammalata, e ho pensato che dovessi prenderti cura di lei" dissi, ricordandomi improvvisamente che sua madre era morta meno di un anno addietro.

"Mi sono presa cura di lei" rispose. "Mi ha contattata nella fase terminale della sua malattia al fegato. Il suo alcolismo l'aveva raggiunta e non aveva molto da vivere. Non posso dire che siamo mai riuscite a far pace, ma io ero la sua unica figlia, e non volevo che morisse da sola. Ho dovuto chiedermi se fosse qualcosa che volessi davvero fare. Alla fine, sono rimasta con lei nella casa di cura ogni volta che potevo semplicemente perché non era la madre onnipotente, violenta e terrificante che conoscevo una volta. Era malata, debole e morente. Mi sentivo in pace non lasciandola andare da sola."

Cristo! Anche dopo tutto quello che aveva fatto passare a sua figlia, Layla era *ancora* lì alla fine per sua madre. «Sai che è molto più di quanto avrebbe fatto per te" commentai.

Lei annuì. "Lo sapevo. Ma non ero lei. Non potevo pensare che fosse dispiaciuta per quello che aveva fatto, ma era la donna che mi aveva dato la vita, quindi non mi sembrava giusto abbandonarla quando stava morendo. Ero triste quando è morta, ma non mi sono addolorata per lei. Penso di essere stata in lutto per la madre che avrei voluto avere. In un certo senso, probabilmente è stata una buona cosa per me vedere che non mi faceva più paura. Era solo una persona molto imperfetta con una malattia che non poteva sconfiggere. Vederla così ha messo tutto in prospettiva. Probabilmente mi ha aiutata a guarire tutte le ferite che non si erano completamente rimarginate."

Onestamente, conoscendo Layla, se non fosse stata lì, probabilmente il rimorso l'avrebbe divorata. Era il tipo di persona che non poteva sentire un grido di aiuto e non rispondere, anche se proveniva dalla madre che le aveva reso la vita un inferno.

Passai a un altro argomento poiché sembrava che non avesse altro da dire sull'ultimo. "Allora dimmi di più su quel ragazzo che hai incontrato quell'estate."

"Un perfetto sconosciuto" disse in tono piatto. "Non l'ho mai più visto. Credo che volessi... qualcosa, ma non avevo bisogno di... quello. Forse ho pensato che se avessi potuto avvicinarmi a qualcuno, mi sarei sentita meglio. Avrei provato qualcosa. Ma credo che quell'incidente mi abbia fatto molto più male che bene."

"Quindi non stai con nessuno da quando avevi diciotto anni?" chiesi incuriosito.

"No. Non ho mai trovato nessuno con cui volessi provarlo di nuovo. E tu?" chiese.

"Sicuramente più di una volta" confidai. "Non mi sentivo benissimo con le occasioni di una notte, ma un ragazzo deve scopare di tanto in tanto."

Lei rise. "Di certo non ti giudicherò" disse. "Allora, cosa facciamo adesso, Owen. Non credo sia possibile continuare a fingere di stare con te per qualche favore. Voglio che siamo onesti l'uno con l'altra. Ho praticamente finito di fingere di voler essere tua amica. Onestamente, ho avuto anch'io una cotta piuttosto grande per te durante il nostro ultimo anno."

Il mio cuore accelerò. Questa era una discussione che attendevo da tempo. "Non posso farlo neanche io. Rendiamolo reale, Layla. Se stiamo davvero mettendo la verità sul tavolo, non ti ho solo chiesto di aiutarmi perché volevo imparare come uscire con qualcuno o eliminare le cose sulla mia lista. Penso che stessi cercando di trovare un modo per avvicinarmi a te senza spaventarti."

"Lo voglio anch'io" disse con un sospiro. "So di averti inviato alcuni segnali contrastanti, ma penso di essere davvero spaventata."

Cristo! Odiavo sentire apprensione nel suo tono, ma sapevo che era brutalmente sincera.

Non volevo che avesse paura di niente, specialmente di me.

"La prenderemo con calma e vedremo come va" dissi, cercando di calmare le sue paure.

Si girò lentamente tra le mie braccia finché non fu a cavalcioni su di me. "Esattamente quanto lentamente stai pianificando?"

"Ti aspetti davvero che io pensi razionalmente quando sei in questa posizione?" chiesi con voce strozzata. "Layla, sei troppo vulnerabile in questo momento. Hai appena riversato le tue budella e mi hai detto tutto. Non sono sicuro che tu sia pronta per essere trascinata a letto come se io fossi un cavernicolo."

La volevo così disperatamente che quasi lo feci.

Ma non potevo.

Volevo qualcosa di più del suo corpo.

I suoi occhi si spalancarono. "C'è un cavernicolo dentro di te da qualche parte? È una specie di visualizzazione sexy."

"Donna, se non smetti di stuzzicarmi, ti verrà presentato quel cavernicolo molto prima di quanto vorresti" avvertii, la mia pazienza appesa a un filo molto sottile.

Mi fissò con uno sguardo sfrenato nei suoi splendidi occhi. "Owen, te l'ho detto che ho smesso di fingere. Sì, non ho davvero esperienza nel sedurre un uomo, ma sono pronta a fare del mio meglio. Mi sto mettendo a nudo con te, cosa che avrei dovuto fare molto tempo fa. Non mi hai mai dato motivo di pensare che ne avresti approfittato. Se ci fosse mai stato qualcuno di cui avrei dovuto fidarmi... quell'uomo eri tu. Mi dispiace solo di non essere stata completamente sincera con te dall'inizio. Ma ho chiuso con le mezze verità e l'elusione. Voglio che tu mi conosca. Tutto di me. *Intimamente.*"

Quell'ultima parola era stata come un ronzio basso e costante, e quasi impazzii.

Questa era la mia fantasia.

Questo era il mio fottuto desiderio più profondo.

Tutto quello che volevo era che Layla mi guardasse con la stessa lussuria pazza e fuori controllo che provavo per lei.

E accidenti se non riuscivo a vedere lo stesso desiderio carnale nei suoi occhi.

Mi voleva tanto quanto io volevo lei. Okay, forse non tanto quanto la desideravo io, perché il mio bisogno di questa donna mi stava strappando le budella, ma sapevo che lei mi voleva. Duramente.

Il maschio pieno di lussuria dentro di me voleva trascinarla nel mio letto e mostrarle quanto potesse essere davvero bello il sesso caldo e sudato.

Ma il ragazzo che teneva così tanto a Layla da fargli male fisicamente voleva proteggerla da ogni ulteriore danno emotivo.

Il che essenzialmente significava che ero fottuto di nuovo.

Si chinò e appoggiò la fronte contro la mia. "Sono pronta, Owen. Non riesci a vederlo? Voglio stare con te. Niente più trattenimenti per me. Voglio vedere dove ci porta tutto questo. Devo sapere com'è stare con qualcuno a cui frega davvero del mio piacere."

Oh, me ne fregava. Forse troppo. Tutto quello che stava dicendo era come un afrodisiaco di cui di sicuro *non* avevo bisogno. Alzai la mano e la infilai attraverso la massa folta dei suoi capelli biondi e setosi. "Una volta che ti porterò a letto, cambierà tutto" le dissi con un tono roco di disperazione. "Non potrò tornare a un'amicizia, Layla. Per me è tutto o niente. Devo essere sincero su questo. Ho intenzione di dare a questa relazione tutto ciò che ho."

Non potevo fingere che una volta che fosse stata mia, avrei potuto lasciarla andare se avesse deciso che la nostra relazione non funzionava.

Avrei trovato un fottuto modo per farla funzionare.

Layla era mia.

Probabilmente avrebbe dovuto essere sempre stata mia.

Il solo fatto che fossimo entrambi single e non avessimo mai trovato nessuno con cui voler condividere le nostre vite sembrava un segno. E non credevo nemmeno nel destino.

Mi accarezzò i capelli con una mano gentile, un'azione così piacevole da essere patetica.

"Owen, non entrerò nemmeno io in questo in modo spensierato. Ora che sai tutto, il bello e il brutto, ci sono dentro. Ciò significa che non esiterò per niente a lasciarmi portare nella tua tana da cavernicolo." Si tirò indietro e mi lanciò uno sguardo interrogativo. "O devo trascinarti io a letto questa volta?"

Sembrava così sicura di quello che voleva che quasi gettai all'aria le mie riserve.

Piegai delicatamente la mia mano intorno al suo collo per avvicinare il suo viso al mio. "Non sai che vale la pena aspettarti, Layla? Questa volta lo faremo per bene."

Prima che potesse dire un'altra parola, le misi la mano dietro la testa e avvicinai la sua bocca alla mia.

Se non potevo scoparla, ero disposto a prendere qualcos'altro di altrettanto delizioso.

CAPITOLO 20

Layla

Le sue labbra erano esigenti, sensuali e un'audace promessa di cose a venire, e sentii quelle assicurazioni di un piacere futuro oltre l'immaginazione scivolare come una scossa di elettricità lungo la mia schiena.

Ora che non c'era nessun malinteso tra noi, e sapevo che si sarebbe preso cura di me, non importava quanti scheletri avessi nel mio armadio; ero più che pronta a dare tutta me stessa in una relazione tra noi.

Chiusi gli occhi e assorbii l'abbraccio sensuale.

Il suo profumo.

Il tocco delle sue labbra.

La sensazione delle sue dita tra i miei capelli.

E l'eccitata emozione che divampava tra noi mentre lui mi divorava lentamente la bocca come se fosse una festa per un uomo affamato.

Avevo fatto del male a quest'uomo amorevole e incredibile, e volevo rimediare a ogni volta che avevo dubitato di lui.

Allungai lentamente il mio corpo sopra il suo.

Avevo bisogno di più.

Molto di più.

Volevo essere connessa a Owen dalla bocca ai piedi.

Gemetti contro la sua bocca mentre assorbivo il piacere della sua forma muscolosa sotto di me.

Era forte, muscoloso e potente.

Eppure, mentre mi avvolgeva tra le braccia, era anche la sicurezza più dolce che avessi mai conosciuto.

Il calore affluiva insistentemente tra le mie cosce, e il mio bisogno di essere ancora più vicino a lui era implacabile.

Mi allungai tra noi, disperata per slacciare i bottoni della sua camicia ed esplorare la sua pelle nuda.

Mi prese la mano mentre alzava la testa. "No, Layla. Non adesso" disse gutturalmente.

Ero così disperata che tutto il mio corpo tremava. "Owen, ho bisogno di—"

Spostai i nostri corpi finché all'improvviso non lo guardai, mentre diceva: "So di cosa hai bisogno, tesoro. Fidati di me."

"Dio, sì" gemetti mentre mi bloccava sotto di sé e iniziava a esplorare la pelle sensibile del mio collo.

Inclinai la testa, desiderosa di concedergli tutto ciò che voleva.

La mia voglia di Owen era molto più potente di qualsiasi tipo di paura che avessi per la mia mancanza di esperienza.

Mi avrebbe insegnato ad assaporare ogni minuto.

Avevo bisogno di lui dentro di me, che mi circondasse, che mi affogasse nella passione che era cresciuta di intensità sin dal primo giorno dopo averlo rivisto.

"Fottimi, Owen. Per favore. Lo voglio. Ne ho bisogno."

Sapevo che voleva proteggermi, ma non avevo bisogno di essere protetta.

Non quando ero con lui.

Mai quando ero con Owen.

I miei capezzoli sfregavano contro il suo petto, ed erano quasi dolorosamente duri e sensibili.

Morse la pelle sotto il mio orecchio prima di ringhiare: "Sai da quanto tempo volevo sentirti implorare di scoparti, Layla?"

"Probabilmente non da quando volevo che lo facessi" ansimai. "Owen, non ce la faccio più."

"L'unica cosa che volevo di più è vederti venire per me" gracchiò mentre cambiava leggermente posizione, finché non fu per metà sopra e per metà fuori dal mio corpo.

Gemetti per la delusione finché non sentii la sua mano scivolare lungo il mio collo, e poi sotto la mia fragile camicia di cotone. Sussultai mentre lui riposizionava il mio reggiseno sopra i miei seni, e accarezzava uno dei miei duri capezzoli, mandando un fulmine di dolore e piacere attraverso tutto il mio corpo.

"Sì" sibilai, il mio corpo inarcato dal bisogno. "Toccami, Owen."

La sua bocca scese sulla mia, e il desiderio infinito che mi tormentava costantemente ribolliva.

Mi stuzzicò entrambi i capezzoli, pizzicandoli e poi accarezzandomi, mentre io ero impotente a urlare come avrei voluto perché mi stava devastando la bocca.

Avevo bisogno...

Volevo...

Cercai di avvolgere le gambe intorno alla sua vita nel tentativo di alleviare il desiderio che mi stava consumando, ma lui staccò la mano dal mio seno, sollevò la mia gamba e la tirò indietro mentre lasciava la mia bocca. "Calma, tesoro" disse con voce ruvida proprio accanto al mio orecchio.

"Non posso prendermela comoda. Ho bisogno di te" piagnucolai.

"Tu hai me" replicò con voce roca mentre la sua grossa mano mi prendeva a coppa la carne tremante tra le cosce, e poi la stringeva forte.

Urlai di sollievo e sollevai i fianchi, avendo bisogno di più pressione di quella che mi stava dando.

Mentre abbassava la cerniera dei miei jeans e le sue dita si infilavano nelle mie mutandine, gettai indietro la testa e rilasciai un lungo gemito affamato.

Caddi completamente nel calore ipnotizzante ed esplosivo che stava deliberatamente creando.

Caddi sopra Owen e lasciai che perdessi il controllo mentre lui mi mordicchiava il lobo dell'orecchio e le sue abili dita giocavano nel calore della mia figa.

"Gesù, Layla! Sei così bagnata" mi disse con voce roca nell'orecchio.

Certo che lo ero. Come potevo non esserlo quando stava facendo del suo meglio per farmi diventare completamente pazza?

Sussultai quando il suo dito accarezzò il mio clitoride palpitante.

Quando lo fece ancora e ancora, sempre più forte, urlai: "Sì, Owen, sì! Per favore, fammi venire."

Premette il viso contro il mio collo. "Beh, visto che lo hai chiesto così bene" disse con un tono compiaciuto e soddisfatto. "Penso che lo farò, anche se mi piacerebbe davvero seppellire la mia faccia tra quelle tue gambe sexy."

Il solo pensiero di Owen che mi faceva sesso orale mi spogliava di ogni parvenza di razionalità.

Quando fece scivolare tutta la sua mano dentro il tessuto denim dei miei jeans, e raddoppiò i suoi sforzi di farmi venire, raggiunsi il mio climax quasi immediatamente. "Owen! Dio mio. Owen." Urlai il suo nome con un abbandono di cui non mi rendevo conto di essere capace, e non mi sarebbe importato di meno se i suoi vicini avessero potuto sentirmi.

Tutto quello che potevo sentire erano le pulsazioni dei tamburi che martellavano il mio corpo mentre Owen mi baciava come se volesse assorbire ogni grammo del mio piacere.

Avvolsi le mie braccia attorno al suo collo, baciandolo di rimando con uguale ardore mentre il mio corpo tremava.

Ti amo, Owen. Ti amo così tanto.

Non vedevo l'ora di dire quelle parole ad alta voce, di dirgli più e più volte quanto significasse per me. Quanto avrebbe sempre significato per me.

Sfortunatamente, era troppo presto per dirglielo, quindi cercai di mettere tutto ciò che stavo provando nel nostro bacio feroce.

Quando finalmente lasciò la mia bocca, dissi senza fiato: "È questa la parte in cui mi porti nella tua tana, cavernicolo?"

Sorrise. "No. Questo è quando assaporo il ricordo di te che sei venuta così forte che hai urlato il mio nome in completa estasi."

Owen sembrava soddisfatto come un gatto con una ciotola di panna, e non avevo mai avuto la possibilità di toccarlo.

Gli accarezzai i capelli con una mano. "Voglio imparare anche a darti piacere."

"Tesoro, mi hai appena reso più felice di quanto avessi mai pensato possibile" disse felice mentre mi tirava su la cerniera dei pantaloni e chiudeva il bottone dei miei jeans.

Lo guardai accigliato mentre mi rannicchiavo nel calore del suo corpo dopo che aveva tirato indietro il mio reggiseno nella sua posizione di supporto precedente. "Com'è possibile quando sono l'unica che ha avuto un orgasmo incredibile?"

Owen era un donatore, ma per una volta desideravo che prendesse... me.

Mi inchiodò con il suo sguardo acuto. "Ho appena realizzato una delle mie fantasie, che era sentirti urlare il mio nome mentre ti facevo venire."

Il tono della sua voce era incredibilmente malvagio e raucamente erotico, e il fatto che potessi vedere questo lato di lui era incredibile, ma anche così liberatorio che mi sentii stordita. "Forse non ho quasi nessuna esperienza sessuale, ma sono un medico che ha molta familiarità con le reazioni corporee e l'anatomia umana. Penso che proveresti molto più piacere se mi scopassi."

C'era una nota implorante nella mia voce che non avevo nemmeno provato a nascondere.

Owen mi aveva dato così tanto. L'uomo aveva davvero bisogno di prendersi cura dei propri interessi una volta ogni tanto. E avevo pianificato di assicurarmi che lo facesse.

Ero innamorata di lui e, più di ogni altra cosa, volevo vederlo felice. Tutto il tempo.

I miei giorni in cui inavvertitamente gli causavo dolore erano finiti.

Causargli dolore era angosciante per me e avrei fatto tutto il possibile per farlo sorridere ogni singolo giorno.

Non aveva bisogno di preoccuparsi della mia psiche. Ora che mi ero confessata, e mi aveva comunque scelta, niente poteva trascinarmi via da lui.

Gli presi a coppa un lato del viso, un viso decisamente diverso da quello su cui avevo salivato a diciotto anni, ma familiare allo stesso tempo.

Gli sfiorai la mascella barbuta con il pollice. "Ora devo chiederti cosa posso fare per farti capire che non vedrai mai più il mio didietro."

Mi rivolse un sorriso malizioso. "Ehi, tesoro. Non ho detto che non volevo vedere quel tuo culo formidabile, voglio solo vederlo nudo e nel mio letto invece di allontanarsi da me."

Sbuffai. "Non ti stai proprio sforzando di portarmi lì. Forse sono sessualmente inesperta, ma sono più che pronta per iniziare a bruciare le lenzuola mentre imparo. E sono piuttosto ansiosa di passare alla fase successiva di questa relazione, tutta quella cosa ti-adoro-senza-fingere-che-sia-un-gioco."

"Penso che tu e io sappiamo entrambi che niente tra noi due è mai stato un gioco" disse Owen con voce roca mentre stringeva le braccia intorno a me in modo protettivo. "Ora smettila di tentarmi, o otterrai più di quanto ti aspettassi, Layla."

Emisi un sospiro frustrato. "Promesse, promesse" scherzai.

Ero più che pronta a rinunciare a tutte le pretese che avevo, ma non avevo intenzione di insistere con Owen. Mi aveva aspettata, quindi potevo fare lo stesso per lui. Alla fine, si sarebbe reso conto che il mio passato non mi definiva. Sì, a volte mi veniva in mente una voce fastidiosa e occasionale, ma ero sempre riuscita a superarla e a schiacciarla.

L'avevo fatta a pezzi stasera affrontando le mie paure, e lo avrei fatto ancora e ancora.

Non ero fragile o indifesa.

Ero una donna che aveva bisogno di un uomo come Owen, e dopo stasera non avrei più avuto dubbi sul fatto che non mi avrebbe abbandonata perché imperfetta.

"Allora, cosa posso fare per convincerti che non mi vedrai mai più allontanarmi?" chiesi piano mentre guardavo i suoi occhi infinitamente teneri.

Mi guardava come se fossi l'unica donna al mondo che esisteva per lui, e trovavo strano che non l'avessi mai notato prima di stasera.

"In questo momento, puoi baciarmi" rispose con voce gutturale.

Gli diedi esattamente quello che voleva.

CAPITOLO 21

Owen

"Ripetimi esattamente perché ci stai trascinando in questo traffico infernale di San Diego quando potremmo stare a casa con le nostre mogli a Citrus Beach" chiese seccamente Seth dal sedile posteriore del mio veicolo.

Aiden era accanto a me e Seth era saltato sul retro quando avevo detto che avevo bisogno di loro.

Nessuno dei due si era nemmeno chiesto perché avessi bisogno di loro in quel momento.

"Perché se non siete con me, è molto probabile che uccida qualcuno, e preferirei di no. Sono un dottore, e all'epoca presi il giuramento di Ippocrate abbastanza seriamente. Solo che non sono sicuro di potermi trattenere se non ho nessuno che mi trattiene" spiegai loro senza mezzi termini.

Non ci avevo messo molto a rintracciare il padre di Layla, cosa che non vedevo l'ora di fare dal momento in cui lei mi aveva raccontato tutto la notte scorsa.

Avrei voluto inveire, delirare e impazzire per tutte le cose terribili che aveva dovuto subire nella sua vita, ma alla fine, la cosa più importante che potevo fare era proteggerla, così non si sarebbero mai più ripetute.

Se avessi pensato troppo a una Layla adolescente confusa, persa, indifesa che era stata sommersa da così tanta oscurità da arrampicarsi in una vasca da bagno e tagliarsi i polsi, avrei perso completamente la testa.

Dopo averla portata a casa la scorsa notte, non avevo dormito molto. La mia mente aveva ripensato a tutto ciò che riuscivo a ricordare del liceo, cercando di capire quanto mi fosse sfuggito il fatto che fosse stata torturata da una madre violenta e alcolizzata.

Avevo notato dei segni su di lei un paio di volte, ma li aveva spiegati con così tanta nonchalance che non mi ero nemmeno chiesto se mi stesse dicendo la verità o meno.

Al sorgere del sole, avevo deciso che aveva ragione. Non lo avevo capito perché era diventata un'esperta nel nascondere quello che le stava succedendo a casa.

Odiavo il fatto di non averlo capito? *Sì.*

Capivo perché l'aveva nascosto? *Sì. Come non potevo? Adesso ero un medico, qualcuno completamente addestrato a riconoscere come un bambino maltrattato diventava co-dipendente e cercava effettivamente di coprire un genitore alcolizzato. Capivo perché si sarebbe vergognata e anche come fosse precipitata in una grave depressione.*

Era solo molto più difficile da gestire quando quella persona era qualcuno a cui tenevi. Molto.

"Hai intenzione di condividere con noi il motivo per cui vuoi commettere questo omicidio?" domandò Aiden.

Non volevo condividere tutti i segreti di Layla, ma diedi ai miei fratelli una breve versione di ciò che aveva passato da bambina. Il suo crollo mentale era privato, e non qualcosa che avevano bisogno di sentire, a meno che un giorno Layla non avesse deciso che voleva che loro lo sapessero.

"Come diavolo è successo?" disse Aiden, suonando infuriato. "Se qualcuno torcesse un solo capello sulla testa di mia figlia, ucciderei quel bastardo."

Merda! Non era la verità? Aiden era un padre estremamente protettivo. Non ero nemmeno sicuro che avrebbe permesso a Maya di uscire con qualcuno fino a quando non avesse superato i trent'anni.

"Lo sapeva" spiegai. "Lo stronzo sapeva che Layla veniva maltrattata, ma non ha mai alzato una mano e nemmeno un dannato telefono per farlo smettere. Lei lo chiamava, pregandolo di aiutarla, e lui non l'ha mai nemmeno richiamata. Sì, forse anche noi avevamo tutti un padre assente. Ma avevamo una madre che ci amava e faceva del suo meglio per prendersi cura di noi. Layla non aveva nessuno. Nessun fratello, nessuna famiglia stretta che la volesse. Nessun posto dove fuggire. Nessuno a cui potesse rivolgersi per questo." La mia voce era incrinata per l'emozione, ma non ero preoccupato di nascondermi ai miei fratelli. Capivano quanto fossi incazzato perché eravamo tutti Sinclair, e nessun Sinclair in questa generazione avrebbe mai abbandonato il proprio figlio.

"Se l'avessi saputo, avrei fatto tutto il possibile per aiutarla" disse Seth, la voce grondante di rimpianto.

Scossi la testa mentre entravo nel parcheggio degli uffici dove lavorava suo padre. "Non lo sapevo, e Layla ed io eravamo amici intimi."

Mi sentivo leggermente in colpa per aver lasciato la clinica un po' presto e aver chiesto a Layla di fare di nuovo dei turni, ma mi aveva assicurato allegramente che non le dispiaceva se avevo delle commissioni da sbrigare.

Perché era fatta così; sempre pronta ad aiutare qualcuno con qualsiasi cosa se questo rendeva la sua vita più facile.

"Diavolo, non sono sicuro di volerti trattenere" borbottò Aiden dal sedile del passeggero.

"Nemmeno io" disse Seth.

"Voglio risposte" spiegai. "Voglio affrontarlo in modo che non possa dimenticare la ragazza che ha abbandonato. Ma non sono nemmeno disposto a buttare via la mia vita per qualcuno come lui. Ho bisogno di assicurarmi che Layla non sia mai più sola. Ha superato tutto bene ed è la donna più straordinaria che abbia mai conosciuto. Ora che finalmente ho una possibilità con lei, non la perderò a causa di un bastardo della malavita" dissi irritato.

"Hai ragione" concordò Seth. "Nessun omicidio."

"Sono d'accordo" concordò Aiden mentre parcheggiavo, e uscimmo tutti dal veicolo.

Durante la mia ricerca su Brent Caine, avevo scoperto che era stato per anni una guida turistica internazionale con una grande compagnia turistica. Alla fine, aveva ottenuto un lavoro dirigenziale nel loro ufficio di casa a San Diego, una posizione che non gli richiedeva più di viaggiare.

Era stato vicino a Layla per anni e non aveva mai nemmeno cercato di sapere come stesse.

A peggiorare le cose, si era risposato e aveva avuto altri due figli con la sua attuale moglie.

Speravo davvero che la madre degli altri suoi figli fosse migliore della madre di Layla.

Mentre uscivamo dall'ascensore, la receptionist seduta proprio accanto all'ingresso dell'ufficio chiese: "Avete un appuntamento?"

"Ho bisogno di vedere Brent Caine" risposi bruscamente, seccato che la mia missione fosse ritardata.

Seth si fece strada a gomitate davanti a me e rivolse alla donna più anziana un sorriso affascinante. "Seth Sinclair" disse mentre le porgeva un biglietto da visita che aveva tirato fuori dalla tasca. "Sono l'amministratore delegato di Sinclair Properties. I miei fratelli ed io abbiamo bisogno di un incontro con Caine. Sto pensando di fare una festa molto grande per l'anniversario della mia azienda. Ho bisogno che le cose si attivino immediatamente."

La donna si raddrizzò così bruscamente che gli occhiali appollaiati sulla punta del suo naso quasi colpirono il pavimento. "Signor Sinclair" disse, suonando agitata mentre guardava il bigliettino. "Oh, voi siete i Sinclair di Citrus Beach."

Se non fossi stato così pieno di rabbia, probabilmente avrei riso per l'espressione di stupore sul suo viso.

Mai in un milione di anni avrei pensato che uno dei miei fratelli avrebbe ordinato quel tipo di saluto riverente, ma lei guardava Seth come se fosse un dio di qualche tipo.

Davvero, forse se lo meritava. Si era già fatto una reputazione con Sinclair Properties, e non era certo un segreto per il mondo che tutta la nostra famiglia avesse ereditato miliardi dai già famosi Sinclair della Costa Orientale.

Ovviamente, la donna sapeva esattamente chi fosse la persona di fronte a lei mentre diceva: "Oh, sono sicura che il signor Caine sarà felice di vedervi. Entrate pure. Non ha un altro appuntamento in questo momento."

Seth annuì. "Grazie. Lo faremo" le disse mentre si dirigeva dritto verso la porta che lei aveva indicato.

Mi mossi davanti a lui e feci irruzione attraverso la pesante porta di legno.

Non ero sicuro di cosa mi aspettassi, ma Brent Caine sembrava un normale uomo di mezza età mentre si alzava dalla sedia dell'ufficio dietro la sua scrivania. "Posso aiutarvi, signori?" chiese, sembrando confuso, ma abbastanza amabile.

Layla ha i suoi occhi.

Era di statura media, un po' sovrappeso e aveva occhi blu intenso e mutevoli che avevo visto solo su un'altra persona al mondo.

"Owen, Seth e Aiden Sinclair" disse Aiden in tono piatto. "Questo è tutto il saluto che riceverai. Non stringo la mano a padri di merda."

Sapevo che il padre di Layla conosceva il cognome Sinclair, perché all'improvviso potevo vedere i simboli verdi del dollaro dove quegli occhi azzurri come quelli di Layla erano stati pochi secondi prima.

"Sono innamorato di tua figlia" lo informai.

Sembrava preso alla sprovvista. "Mia figlia ha solo dieci anni."

Cristo! Era serio? Il bastardo non avrebbe nemmeno riconosciuto l'esistenza di Layla?

Incrociai le braccia davanti a me. "Sto parlando di Layla."

I simboli del dollaro scomparvero e i suoi occhi divennero di un azzurro gelido. "L'ho cancellata molto tempo fa" disse con un tono freddo. "Era destinata a diventare proprio come sua madre. Era nei suoi geni. Se non è una troia alcolizzata, probabilmente lo sarà."

"Non lo è!» Le parole esplosero dalla mia bocca come un colpo di cannone. "È una bellissima infermiera professionista di successo che si preoccupa delle altre persone più di quanto le importi di se stessa. Indipendentemente dal fatto che non ha mai avuto nessuno a cui fregasse di lei. Ti ha chiamato, ha chiesto il tuo aiuto. Come può un padre ignorare una figlia che sa benissimo che sta soffrendo in un'atmosfera violenta?"

"Ho mandato il mantenimento dei figli. Sarebbe dovuto bastare. Sua madre era una puttana che non era mai sobria, quindi presumo che ogni centesimo dei miei soldi andasse all'alcol. Ma l'ho mandato fino al giorno in cui Layla ha compiuto diciotto anni. Ho fatto il mio dovere ordinato dal tribunale. Tutto quello che volevo era non vedere mai più nessuna delle due."

"Layla era una brava ragazza" disse Aiden furiosamente.

"Aveva i geni alcolici. Sapevo che sarebbe finita proprio come sua madre."

Seth parlò, la mascella tesa. "Era maltrattata, stronzo."

Caine alzò gli occhi al cielo. "E cosa ti aspettavi che facessi? Sua madre era una puttana pazza. Aggrediva anche me. Non era solo Layla a dover affrontare i suoi abusi. Uscire da quella situazione e da qualsiasi cosa ad essa associata è stata la cosa migliore che potessi fare per me stesso."

"Eri un fottuto adulto" ringhiai. "Layla era una ragazzina indifesa. *Tua* figlia."

"A quel tempo era un'adolescente" affermò. "Poteva difendersi, ma faceva tutto ciò che sua madre le chiedeva di fare. Layla era una causa persa. Le era stato già fatto il lavaggio del cervello."

Digrignai i denti. "Era terrorizzata, non sottoposta al lavaggio del cervello. Avresti dovuto portarla fuori da tutta quella situazione."

"Avevo i miei problemi da affrontare" rispose Caine, il suo tono pieno di ostilità e autocommiserazione. "Avevo il mantenimento dei figli da pagare. Non potevo uscirne. Come avrei potuto ricominciare da capo con quel pagamento che mi schiacciava sempre?"

"Non c'era bisogno di ricominciare da capo. Dovevi prenderti cura della figlia che avevi abbandonato a una alcolizzata violenta" gli dissi con veemenza. "Cristo! Non hai mai provato qualcosa per lei?"

"Mai" rispose Caine freddamente. "Non l'ho mai voluta. Non volevo avere niente a che fare con lei. Ero pronto a lasciare la madre di Layla quando è rimasta incinta. A causa di Layla, sono rimasto bloccato in quel matrimonio molto più a lungo di quanto avrei voluto. Non so nemmeno se è mia. Sua madre mi tradiva fin dall'inizio."

Tirai fuori il telefono dalla tasca posteriore e mostrai una foto recente che avevo scattato a Layla. La tenni proprio davanti a lui. "Quelli sono occhi identici ai tuoi."

L'uomo avrebbe finalmente visto tutto il danno che aveva fatto a sua figlia? Onestamente, non avrebbe dovuto importare se Layla condividesse il DNA con lui o meno, era stato l'unico padre che aveva avuto.

Caine guardò per un breve momento, poi distolse lo sguardo. "Forse è mia, ma assomiglia molto a sua madre."

Quindi era così?

Nessun rimorso?

Nessun rimpianto?

Non si sarebbe preso a calci in culo per non essersi mai reso conto che Layla era sua figlia biologica?

Niente?

Non riusciva ancora a vedere Layla come una persona separata, che era totalmente innocente davanti ai crimini di sua madre?

Brent Caine era un bastardo piagnucoloso ed egocentrico che avrebbe dovuto essere castrato e non avrebbe mai dovuto avere un altro figlio.

Il solo immaginare Layla come una bambina innocente, bloccata tra una violenta madre alcolizzata, e questo mostro che voleva negare che fosse mai nata era abbastanza per farmi perdere completamente il controllo della rabbia accecante che ero riuscito a tenere a freno... fino ad ora.

"L'hai delusa" accusai. "Ogni singola persona nella sua vita l'ha delusa. Non so come, ma è comunque riuscita a diventare la donna più straordinaria che abbia mai conosciuto. Penso che sapessi dannatamente bene che era tua figlia, ma volevi trovare un motivo per odiarla da quando è nata. Che cazzo c'è che non va in te? Sei un padre nel momento in cui il bambino viene concepito e ti comporti come il padre di quel bambino fino alla morte. Layla non ha chiesto di nascere, e di sicuro non ha chiesto che uno stronzo come te fosse suo padre, ma eri tutto ciò che aveva. Avresti potuto salvarla da quelle percosse e dagli orribili abusi verbali che ha dovuto subire giorno dopo giorno. Non me ne frega un cazzo del tipo di sentimenti che provavi per sua madre. Layla era solo una ragazzina, bastardo, e all'epoca eri il suo unico possibile protettore."

"Non volevo proteggerla" ribatté lui. "Era come una corda intorno al mio collo che mi teneva con—"

Scattai e andai alla gola del bastardo. Non potevo ascoltare un'altra parola senza fargli a pezzi il culo.

Avevo appena fatto un balzo verso Caine quando qualcosa mi colpì da dietro. *Duramente.*

"Non farlo, fratellino" mi disse con voce stridula Seth mentre mi avvolgeva con le braccia da dietro, immobilizzandomi con un gigantesco e potente abbraccio da orso. "Avevi ragione. Non ne vale la pena. Il tizio è un sociopatico. È fottutamente contorto e non sa amare nessuno. Layla sta meglio senza di lui. Non rischiare la licenza medica per cui hai lavorato così duramente per sbarazzarti di una testa di cazzo come lui."

Aspiravo aria dentro e fuori i miei polmoni, cercando di vedere attraverso la foschia rossa della furia che offuscava la mia vista.

"L'ha ferita, Seth" sputai tra un respiro e l'altro.

"Lo so. E so esattamente come ti senti. Ci sono passato. Ma l'uomo che ha ferito Riley era già morto. Siate felici insieme. Non puoi cambiare il passato, Owen, ma *puoi* creare un futuro fantastico insieme a lei."

Rimasi bloccato nella presa di Seth, mentre guardavo Aiden avvicinarsi a Caine, tirare indietro il suo braccio e sbattergli il pugno in faccia.

Quando l'uomo più grande cadde sul sedere, Aiden disse con calma: "Questo è per ogni padre là fuori che sacrificherebbe qualsiasi cosa per il proprio figlio, mentre tu non hai alzato nemmeno un dito per aiutare una figlia che era in pericolo reale. Ti garantisco che ognuno di quei papà vorrebbe farti del male."

"Credo che tu mi abbia rotto il naso" si lamentò Caine dalla sua posizione sul pavimento. "Ti farò causa per questo."

Aiden sollevò un sopracciglio: "Provaci, stronzo. Non uscirai molto bene dal tribunale."

Mentre il mio respiro si calmava, fissai Aiden, sbalordito.

Si voltò a guardarmi. "Che cosa c'è? Non ho ripetuto nessun giuramento di Ippocrate, e sono un dannato padre." Mi afferrò per la parte superiore del braccio e Seth prese l'altro lato, entrambe le loro prese strette, probabilmente nel caso avessi deciso di riprovare.

Quando mi riportarono in macchina, non ero sicuro se fossi contento che mi avessero trattenuto, o incazzato perché l'avevano fatto.

Aiden tirò fuori le mie chiavi dalla tasca e si sistemò al posto di guida, mentre Seth mi spingeva sul sedile posteriore. Mentre scivolava accanto a me, Seth commentò: "Ci ringrazierai per questo un giorno, anche se sei incazzato in questo momento. A volte si litiga tra fratelli, ma non c'è modo che non proveremo comunque a proteggerci a vicenda."

Il mio corpo era ancora pieno di rabbia, ma sapevo che entrambi stavano solo cercando di coprirmi il culo.

Avrei solo voluto che non fossero stati efficienti come lo erano stati nel trattenermi.

"Fatemi solo un favore" chiesi. "Non dite a Layla di tutto questo. Sa già che suo padre è uno stronzo. Non voglio davvero dover confermare quel dolore per lei dovendo spiegarle cosa è successo oggi."

"Non è mai successo" confermò Aiden prontamente.

"Cosa non è mai successo? Io non so nulla." Seth fece eco alla finta ignoranza di Aiden.

Incrociai le braccia sul petto. "Bene. Continuate così."

Non era Layla ad aver avuto bisogno di risposte, ero io, e l'ultima cosa che volevo era aprire una ferita che per lei si era già chiusa.

I miei fratelli avrebbero mantenuto la parola data.

Se lo avessi rivelato avrei causato solo un indicibile dolore a una persona innocente, e le loro labbra erano chiuse con la cerniera.

Anche se in quel momento non ero pronto a dirglielo, nessun ragazzo avrebbe potuto davvero chiedere fratelli migliori dei miei.

CAPITOLO 22

Layla

"Penso che forse dovremmo andare in un centro commerciale diverso per i vestiti" dissi a Skye e Riley mentre pranzavamo in un piccolo bar vicino all'ingresso del costoso centro commerciale, dove avevo portato Owen per il nostro primo appuntamento con il caffè.

Avevo legato con entrambe queste donne, e finalmente mi ero sentita a mio agio nel condividere la mia storia su quello che mi era successo quando ero piccola e sulla mia grave depressione da adolescente.

Non avevano mostrato altro che empatia e comprensione e, a loro volta, avevano condiviso con me il loro orribile background.

Sia Riley che Skye avevano subito più traumi nella loro vita di me, ma erano entrambe donne incredibili e un'ispirazione per me.

Skye scosse la testa. "Non succederà. Hanno dei bei vestiti qui. Gli altri posti non sono così buoni."

"Non trovate che sia un po' caro?" chiesi, rendendomi conto un po' troppo tardi che stavo parlando con donne che erano mogli di miliardari.

Skye sorrise mentre masticava un enorme boccone del suo sandwich e ingoiava. "Non ti preoccupare, ragazza. Owen mi ha dato la sua nuova carta nera lucida, e so come usarla. Sì, sono cari, ma tu andrai a Parigi. Owen vuole che tu abbia tutto ciò di cui hai bisogno senza spendere un centesimo. Ha detto che quello era l'accordo."

Alzai gli occhi al cielo. "Non ha menzionato i vestiti e mi sento abbastanza in colpa per il fatto che abbia pagato per tutto. Ho un buon lavoro."

"Un buon lavoro è una cosa" rispose Riley. "Avere miliardi di dollari è un'altra. Potremmo strisciare quella bella carta nera più e più volte per settimane, tutto il giorno, e non significherebbe comunque nulla per lui, Layla. Arrenditi e lascia che lui faccia le cose per te. Rende felici gli uomini Sinclair quando possono dare cose alle persone a cui tengono."

Skye alzò la mano. "No. Lo capisco perfettamente. Anch'io mi sentivo davvero in colpa. Maya e io non avevamo molti soldi quando ci siamo trasferite a Citrus Beach ed avevamo un budget limitato. Non è così facile abituarsi a essere coinvolte con un miliardario che può comprare qualcosa che potresti solo sognare con una sola telefonata veloce. Ma ti dico, da donna a donna, abituati. Ferirai i sentimenti di Owen se non lo fai. Ha i soldi e non capirà mai perché non li userai, quindi risparmiati il mal di testa e fai scorrere quella dannata carta."

La mia mano andò alla mia bellissima collana con la balenottera azzurra, proprio come faceva più volte al giorno perché non volevo assolutamente perderla. "Ho accettato un gioiello davvero costoso. Non potevo restituirlo. Era troppo sentimentale."

Riley annuì. "Va bene, te lo concedo. Owen ha un dannato buon gusto in fatto di gioielli. Io no, e nessuno che conosco ha un pezzo originale di Mia Hamilton. Il poveretto deve aver fatto i salti mortali per averlo."

Le rivolsi uno sguardo ammonitore. "Sai anche tu che era molto costoso."

"Oh, diavolo, sì» disse Skye allegramente. "Probabilmente ha riportato Owen indietro di circa—"

Riley strinse una mano sulla bocca di Skye. "Non andiamo lì. Sai, shock e tutto il resto" disse con voce ammonitrice. "Abbiamo avuto il tempo di abituarci, Skye."

Skye abbassò la mano di Riley. "Scusa" disse imbarazzata. "Credo di essermi abituata ad avere soldi. Ma ti capisco. Non è stato davvero facile."

Feci una faccia sciocca. "È strano avere un ragazzo che si offre di comprarmi i vestiti."

"Ragazza, non stava offrendo" ribatté Skye con una risata. "Era molto insistente. Fattene una ragione. Ti troveremo delle cose meravigliose per Parigi. E hanno della bella lingerie in quel negozietto esclusivo vicino alla fine del centro commerciale. Elegante, ma non trash."

Scrollai le spalle. "Di solito non mi preoccupo troppo di questo. Non ho mai avuto un ragazzo sexy in vita mia."

Riley inarcò le sopracciglia. "Beh, adesso ne hai uno, e anche lui è carico. Vale un paio di mutandine nuove, non credi?"

Risi. "Vale molto di più. Odio dirlo, ma non ho idea di come sedurre un ragazzo."

"Oh, mio Dio" disse Riley con un falso allarme nella sua voce. "Vuoi dire che non hai ancora ceduto al fascino del maschio alfa Sinclair?"

Skye si batté sul petto. "Tu la mia donna, io il tuo uomo. Vieni nel mio letto o ti ci porto io. È questo il *fascino* che intendi?" chiese seccamente a Riley.

Riley sorrise. "A volte quella cosa della presa in carico è piuttosto adorabile. E sai che non sono sempre così. Seth può essere... incredibilmente romantico quando vuole."

"Anche Aiden" disse Skye con un sorriso sul viso.

"Va bene, signore. Niente svenimento a tavola, per favore. Sto mangiando" le presi in giro prima di mandare giù l'ultimo sorso di zuppa.

Skye bevve un sorso della sua bibita prima di dire: "Okay, il punto è questo... non esiste davvero un modo per sedurre un maschio Sinclair. Sono praticamente pronti a partire dal momento in cui ti vedono, indipendentemente dal fatto che tu stia passando una brutta giornata o meno."

Sbuffai. "Non è davvero d'aiuto, Skye. Non sono sicura del perché, ma Owen sembra... riluttante a fare la sua mossa. Penso che abbia paura di muoversi troppo velocemente dopo che gli ho parlato di tutte le cose che mi sono successe quando ero più giovane. Ma si sta muovendo troppo lentamente secondo me."

Il viso di Riley era premuroso mentre diceva: "Allora immagino che dovrai sedurlo tu. Sii audace, Layla. Quel ragazzo è pazzo di te. Non mi sorprende che si preoccupi di tutto. È più tranquillo del resto della sua famiglia e dannatamente dolce. Ma credetemi sulla parola, è sempre un maschio Sinclair possessivo, protettivo e ossessivo. Penso che sia solo un po' meno aggressivo al riguardo."

"Owen è sempre stato così" dissi alle donne con un sospiro. "Ha sempre avuto un'anima gentile, clemente e un cuore tenero. Credo che questo sia uno dei motivi per cui voleva fare il medico. Vuole davvero fare la differenza nel mondo attraverso la scienza. Forse è un po' diverso perché era il più giovane e non doveva crescere velocemente come i suoi fratelli maggiori, ma sono presenti anche tutti i tratti maschili dei Sinclair. Può essere davvero testardo quando vuole qualcosa, ed è così che è riuscito a superare la scuola di medicina e la sua specializzazione."

"Beh, era decisamente testardo sul fatto che io usassi la sua carta per ogni singola cosa che il tuo cuore desiderasse" scherzò Skye.

"È davvero straordinario" dissi con un intenso desiderio che attraversava la mia voce.

"Ehi, ehi" replicò mentre schioccava le dita davanti al mio viso. "Chi sta facendo la svenevole adesso, Layla?"

Mi distolsi dai pensieri su Owen e risi. "Quale altro uomo sopporterebbe che Brutus bombardasse la sua casa solo perché Owen sa che amo quel cane?"

"Non credo che gli dispiaccia" disse Skye gentilmente. "Porta Brutus ovunque, con grande gioia di mia figlia. Adora quando suo zio Owen e Brutus vengono a casa nostra. Inizialmente potrebbe averlo preso per te, ma sospetto che anche lui sia piuttosto attaccato a Brutus. Credo che abbiano... legato."

"Continua a chiamare il mio povero Brutus il cane più brutto della città" ricordai loro.

"Ma lo fa con affetto" replicò Riley. "E quel cane lo segue ovunque vada."

Sapevo che avevano ragione. Owen era un fanatico di Brutus ora, e viziava il bulldog inglese senza vergogna. Brutus era stato sottoposto a test allergologici e rilasciava molto meno gas ora che assumeva un buon probiotico e seguiva una dieta più sana. "Mi piace che si sia innamorato del cane più brutto della città" dissi con un enorme sorriso stampato in faccia.

"Brutus non è brutto" insistette Skye. "Ha personalità, e le sue cicatrici ne sono la prova."

Annuii. Ero decisamente d'accordo.

Skye posò il cucchiaio accanto al piatto vuoto. "Quindi sei pronta per andare a trovare i vestiti perfetti per Parigi?"

"Ne ho davvero bisogno?" chiesi. "Parigi potrebbe essere una città del fashion design, ma da quello che ho letto, la maggior parte delle volte è piuttosto informale. E abbiamo in programma molti tour a piedi."

"C'è l'abito casual, e poi c'è l'abito casual sexy" considerò Skye. "Quante paia di jeans hai a casa che ti fanno sembrare fantastico il sedere?"

Riflettei sulla sua domanda. "Non lo so. Non mi guardo il culo allo specchio."

"Va bene" concesse Skye con indulgenza. "Lo prendo nel senso che hai zero paia di jeans che rendono il sedere sexy. Abbiamo già discusso dell'incredibile negozio di lingerie. È ottobre. Quindi penso che tu debba vestire a strati se avete intenzione di andare a piedi. E cosa hai come giacche?"

Le lanciai un'espressione dubbiosa. "Ho un impermeabile. È la California del sud, Skye. Non sono una di quelle persone che si congelano quando fa quindici gradi. Mi piace il clima invernale qui."

"Hai anche bisogno di un cappotto leggero" affermò. "Scarpe da passeggio, e probabilmente anche stivali."

Sospirai. "Sono una donna che vive con un paio di camici per la maggior parte del tempo. Non mi piacciono molto i vestiti. Mi piace avere un aspetto decente, ma non mi preoccupo di tutte quelle cose."

Non avevo mai pensato che fosse necessario spendere una fortuna in vestiti. Specialmente avendo come obiettivo quello di mettere da parte i soldi per pagare un acconto per l'acquisto di una casa mia.

Riley incrociò le braccia davanti a lei. "Non penso che nessuna di noi sia una seguace della moda" commentò. "Ma a volte è davvero bello avere qualcosa di diverso dal cotone sulla pelle e guardare l'uomo che ami mentre i suoi occhi si spalancano perché indossi qualcosa di nuovo e sexy, perché credimi, lui *guarderà* il tuo culo. Owen, Aiden e Seth sono piuttosto speciali perché credo che pensino che siamo belle, non importa cosa indossiamo. Ma a volte è bello sapere che sembro sexy. Mi fa *sentire* provocante."

Volevo sentirmi così? Per la maggior parte della mia carriera, tutto ciò che avevo desiderato era essere presa sul serio, quindi in realtà avevo minimizzato tutto ciò che mi avrebbe fatta sembrare una bionda stupida.

La mia carriera era ormai consolidata, e stavo iniziando un capitolo completamente nuovo nella mia relazione con Owen. Quindi sì, forse sentirsi sexy una volta ogni tanto non sarebbe stata una brutta cosa.

Avevo due donne come amiche ora che probabilmente potevano guidarmi nella giusta direzione.

"Niente di super elegante" le avvertii. "Non è il mio stile."

Skye annuì. "Non è nemmeno il mio stile, quindi lo capisco. Scopriremo il tuo stile man mano che procediamo."

"Allora ci sono. Facciamolo prima che cambi idea."

Riley e Skye balzarono in piedi come se le loro sedie fossero in fiamme, e sapevo che la nostra avventura stava per iniziare.

CAPITOLO 23

Owen

Brutus emise una specie di leggero guaito, qualcosa tra un sospiro e un gemito mentre gli strofinavo la pancia.

"Mi sento allo stesso modo, amico" dissi, commiserando il cane perché Layla sarebbe dovuta essere già a casa mia ormai, ed ero ancora solo con il cane più brutto della città.

Alzai un sopracciglio. "Sai che non dovresti stare sul divano, vero? Voglio dire, so di averti trascinato qui, ma dovresti davvero stare sul tuo letto o sul pavimento. Layla ha detto che potresti forare i mobili in pelle con i tuoi artigli." Brutus si mise a sedere e mi lanciò la più sgradevole occhiata di traverso che ero convinto solo un bulldog potesse dare.

"Non guardarmi così" lo avvertii. "Sei stato nutrito, accarezzato e ti ho portato fuori. Cos'altro vuoi?"

Brutus guardò con desiderio verso la porta d'ingresso.

"Sì, voglio la stessa cosa, amico. Ma vale la pena aspettare, fidati di me."

Era sabato, ma avevo deciso di andare in clinica per concludere alcune cose con i miei pazienti prima che chiudesse per l'ampliamento.

Layla era andata a fare shopping e a pranzo con Skye e Riley. Jade mi aveva chiamato prima e aveva accennato a qualcosa sull'incontro con tutte le altre donne alle terme, quando lei ed Eli fossero tornati a casa da San Diego.

Eppure, ormai erano quasi le otto. Cosa poteva fare con le ragazze per così tanto tempo?

Suonò il campanello e io trascinai Brutus dal divano al pavimento, poi praticamente scattai verso la porta d'ingresso.

Forse le mie azioni erano un po' troppo ansiose, ma non me ne fregava niente. Non vedevo Layla da quando avevamo lasciato il lavoro il giorno prima, e sembrava che fosse passato troppo tempo.

"Era ora—" Interruppi bruscamente il mio commento scherzoso mentre lei mi sorrideva come se fosse altrettanto felice di vedermi.

Fanculo! Quel meraviglioso sorriso sarebbe stato la mia morte un giorno.

"Ti sei tagliata i capelli" dissi, sbalordito, mentre varcava la porta con il paio di stivali a spillo di pelle neri più sexy che avessi mai visto.

"Sì. Ho finito per andare al centro benessere con tua sorella e le cognate. Alla fine li ho tagliati e ho fatto i colpi di sole. Ti piacciono?" chiese mentre mostrava il suo culo sexy a Brutus per dargli un po' di attenzione.

Il mio uccello si tese contro i bottoni dei miei jeans, implorando di essere liberato. Quando si chinò per accarezzare Brutus, dovetti soffocare un gemito. La donna poteva riempire un paio di jeans con le sue curve meravigliose come nessuna donna che avessi mai visto prima. Ma non ero sicuro di averla mai vista indossare un paio di jeans proprio come stava facendo stasera.

Il denim si allungava amorevolmente sul suo sedere, sulle cosce e sulle gambe snelle, abbracciandole il corpo fino a quando non scompariva in quegli stivali stupendi che indossava.

Mi schiarii la gola e alla fine risposi alla sua domanda. "Sei assolutamente bellissima."

Lo stile le donava. Le arrivavano ancora sulle spalle, ma glieli avevano accorciati un po' per renderli più lisci, e i colpi di sole erano sottili, ma facevano sembrare i suoi bellissimi occhi azzurri più ricchi e più profondi.

Si raddrizzò di nuovo e si voltò verso di me. "Allora, com'è andata la nostra giornata?» chiese.

La guardai da capo a piedi, fermandomi a quello che sembrava un maglione rosso d'angora. O almeno... mezzo maglione. L'indumento non aveva le spalle ed era la prima volta che vedevo quella pelle cremosa dal giorno in cui aveva indossato quel prendisole. Oggi mostrava solo un po' più di pelle di prima. Il maglione era corto, ma finiva proprio sulla cintura dei suoi jeans, quindi flirtava mostrando la pelle, ma non la scopriva del tutto.

È possibile indossare un reggiseno con quel tipo di top? O non *lo indossa?*

"Bene" dissi con voce roca. "Sono andato in clinica stamattina, e poi io e Brutus abbiamo avuto un po' di tempo tra ragazzi. Stavo iniziando a sentire la tua mancanza, però."

Non riuscivo a staccare gli occhi da quel maledetto maglione.

Si mosse in avanti e mi mise le braccia intorno al collo. "Anche tu mi sei mancato."

Cristo! Mi stava davvero parlando con la sua voce del tipo *fottimi* o stavo avendo delle felici allucinazioni?

Mi baciò dolcemente e poi si tirò indietro. "Stai bene, Owen? Sei così taciturno stasera."

Affondai la faccia nel suo collo e feci un respiro profondo. "Cos'è questo profumo straordinario?"

La donna aveva sempre avuto il suo aroma unico, un debole profumo floreale che aveva sempre mandato in tilt il mio testosterone.

Ma ora, tutto ciò che volevo fare era darle un morso.

Profumava di...

"Biscotti allo zucchero" disse con una risatina. "Credo di aver scoperto che non mi piacevano i profumi pesanti, ma mi piace molto questa lozione per il corpo. È troppo?"

"Diavolo, no. Ma mi fa venire voglia di divorarti in un paio di morsi."

Si appollaiò sul bracciolo del divano. "Mi sono divertita molto oggi" disse malinconicamente. "Grazie per avermi comprato cose nuove. Mi sento davvero bene. Tua cognata mi ha aiutata a trovare il mio stile personale senza spazientirsi."

"Cos'altro hai preso?" chiesi, ancora cercando di capire quanto fosse bella.

Non erano solo i vestiti, era Layla. Sembrava così vivace e felice da essere ipnotizzante.

Se questo era il suo stile personale, lo adoravo, cazzo.

"Vuoi sapere se sei in bancarotta" disse sfacciata.

"Se ti rende felice, non me ne frega un cazzo se prendi ogni centesimo che possiedo" replicai onestamente.

Sbuffò mentre frugava nella tasca del suo sedere abbracciato dai jeans. Mi passò la carta. "Non ho fatto troppi danni. Anche se ho fatto una spesa significativa al negozio di lingerie. Ti piacerebbe vedere anche quella?"

Dannazione! Quella *era* sicuramente la sua voce del tipo *fottimi*, e non potevo più trattenermi.

Avevo deciso di aspettare fino al nostro arrivo a Parigi per dare a Layla più tempo per mettersi a suo agio.

Meritava di avere una storia d'amore, e cosa c'era di più romantico di Parigi, giusto?

"Sai dannatamente bene che voglio vederla" ringhiai. "Ma se fai una sola mossa per mostrarmela, ti inchioderò al muro e il mio cazzo sarà dentro di te così velocemente che non lo vedrai nemmeno arrivare."

Si alzò e si tolse gli stivali mentre mi lanciava uno sguardo affamato. "È così?"

Annuii bruscamente, ma non sembrava minimamente intimidita.

Non riuscivo a parlare mentre prendeva l'orlo del maglione e si tirava l'indumento sopra la testa dicendo: "Forse mi piacerebbe. In effetti, penso che probabilmente lo adorerei."

Indossava un reggiseno, ma era un indumento senza spalline, setoso, che le copriva a malapena i capezzoli. C'era un nodo sul davanti e i suoi seni sembravano pronti a traboccare dal tessuto.

Forse il rosa cipria non era il colore più sexy del mondo, ma su Layla era la cosa più sensuale che avessi mai visto.

I miei occhi si abbassarono sul punto in cui le sue dita stavano lavorando per abbassare la cerniera dei suoi jeans.

Fanculo! Non farlo! Non. Farlo.

Ma nel giro di pochi secondi, si era tolta i jeans, rivelando un paio di mutandine che si abbinavano a quel reggiseno invisibile. Le mutandine delicate erano di pizzo, di seta, e il piccolo fiocco in cima era così... tipico di Layla.

"Uhm... questa è la parte in cui hai davvero bisogno di aiutarmi, Owen" disse con un mormorio basso. "Le mie capacità di seduzione praticamente finiscono qui."

I nostri occhi si incontrarono e potei vedere un piccolo lampo di incertezza nel suo sguardo.

Mi sta aspettando perché non sa cosa fare adesso.

Gesù Cristo!

Avevo finito di aspettare, avevo finito di cercare di convincermi che potevo aspettare fino a Parigi.

Non potevo.

Mi mossi finché non fui proprio di fronte a lei. "Ti avevo avvertita, vero?"

Lei annuì. "Sì. Ti piace l'intimo nuovo?"

La feci oscillare tra le mie braccia. Per quanto volessi fotterla contro il muro, la volevo di più nel mio letto. "Sai che mi hai reso abbastanza duro da tagliare il granito" accusai.

Il suo sorriso felice era come un pugno nello stomaco.

"Non lo sapevo, ma non ho intenzione di dire che mi dispiace."

"Non è necessario» le dissi con tono roco mentre mi avviavo su per le scale. "Il tuo destino è stato segnato nel momento in cui ti sei tolta quel maglione e hai iniziato a parlarmi con quella voce del tipo *fottimi* che mi fa impazzire."

"Quindi niente sesso sul muro?" chiese.

"Non questa volta" risposi mentre raggiungevamo la cima delle scale.

Volevo che si sentisse a suo agio, perché ci sarebbe voluto un po' prima che l'avessi lasciata andare.

CAPITOLO 24

Layla

Ero completamente sollevata dal fatto che Owen avesse finalmente rinunciato all'idea di aspettare ancora per portarmi a letto.

Tuttavia, ero un po' nervosa.

Il mio unico tentativo di entrare nel mondo del piacere sensuale era stato una delle peggiori esperienze della mia vita e, in realtà, non mi aveva insegnato niente di niente.

Entrammo nella camera di Owen, uno spazio che non avevo mai visto prima perché non avevo mai avuto un motivo per salire al piano di sopra.

Era buio, ma potevo sentire il fruscio delle lenzuola mentre tirava indietro la trapunta e poi mi buttava sul letto.

Sbattei le palpebre un paio di volte dopo che Owen ebbe acceso la lampada da comodino, e all'improvviso potei vedere di nuovo.

La mia bocca si seccò, quando notai che si stava sbottonando la camicia.

"Ti rendi conto che dovrai guidarmi attraverso l'intero... processo e mostrarmi quello che vuoi" dissi, la mia voce morbida e bassa. "Non so davvero come eccitarti."

I suoi occhi mi fisarono. "Tesoro, non avrai bisogno di nessuno che ti guidi. Quella scena di seduzione al piano di sotto era la cosa più sexy che abbia mai visto. E non è necessario alzare un dito per accendermi. Il mio uccello si indurisce solo a guardarti respirare, cazzo."

Il mio cuore sussultò quando finì con i bottoni e la sua camicia si aprì. Mentre la toglieva, il mio corpo tremava alla vista del suo petto muscoloso e splendidamente scolpito e degli addominali ben definiti che all'improvviso volevo tracciare con la lingua.

Gesù! L'uomo era sexy ovunque.

Mi leccai le labbra secche, e poi allungai la mano verso i bottoni dei suoi jeans.

Owen Sinclair era diventato improvvisamente un dio del sesso e io stavo assaporando ogni momento di questo nuovo lato di lui.

I suoi occhi erano infusi di calore mentre il suo sguardo concentrato rimaneva direttamente su di... me.

"Volevo aspettare, per assicurarmi che cambiare completamente la nostra relazione non ti avrebbe incasinato la testa. Ma credo di aver incasinato me stesso più di quanto abbia fatto con te" disse mentre apriva la patta. "Te l'avevo detto che questo avrebbe cambiato tutto. Non si torna indietro. Hai capito, vero? Nel momento in cui metterò le mani su quel tuo meraviglioso corpo, sarai mia, Layla, ma forse non importa nemmeno. Sei mia dal momento in cui ti ho rivista. Quello strip tease al piano di sotto è stata solo l'ultima goccia."

Il mio respiro si fece più pesante mentre i suoi jeans si slacciavano completamente e la sua mastodontica erezione si sforzava di liberarsi completamente dalla reclusione.

Il calore umido scorreva tra le mie cosce e non vedevo l'ora di toccarlo. Le sue parole di possesso non mi turbavano per niente, perché sapevo che anche lui era mio. Ogni magnifico centimetro di quella forma ipnotizzante e mascolina mi apparteneva.

Ogni grammo dell'attenzione di Owen era concentrato su di me, e per ora ci appartenevamo, e tremavo per il bisogno di rivendicare ciò che era mio.

Era l'uomo più sexy del mondo, e quando si sfilò i jeans e i boxer neri senza un momento di esitazione, tutto il desiderio che avevo trattenuto inondò il mio corpo di calore intenso.

"Ho-ho davvero bisogno di toccarti" balbettai. "Per favore."

Il suo membro era duro e orgoglioso contro il basso addome, e anche se conoscevo bene l'anatomia maschile, non avevo mai visto niente *del genere.*

La mia unica breve esperienza sessuale non mi aveva permesso di toccare o di vedere la forma maschile del mio partner. Eravamo perlopiù vestiti e non c'erano stati i preliminari. Affatto.

Scese sopra di me, completamente nudo, e sibilai alla sensazione dei nostri corpi incollati l'uno contro l'altro, pelle a pelle.

Avvolsi le mie braccia intorno a lui, accarezzando ogni centimetro che potevo raggiungere. Era tutto pelle calda su muscoli duri e intransigenti, e assaporai ogni tocco.

"Non ora, bellissima" disse con voce roca e cruda. "La mia priorità è vedere la tua nuova lingerie da vicino."

Mi baciò e l'abbraccio fu languido, completo e caldamente erotico.

La nostra urgenza era lì, ma Owen sembrava determinato a fare in modo che io sapessi che mi stava reclamando.

Stavo ansimando quando alzò la testa e fece scorrere le sue labbra e la sua lingua lungo il mio collo, finché non riuscì ad accarezzare i miei seni.

"Sembri una fottuta dea" gracchiò contro la parte esposta della mia scollatura. "Innocente e sexy da morire allo stesso tempo."

"Te l'avevo detto che non sono innocente" dissi sussultando, mentre lui sapeva esattamente come togliermi la biancheria intima, e gettò da parte il bel reggiseno.

"Lo sei" ribatté. "Ma sto facendo fatica a ricordarlo."

Allargai le mie mani tra i suoi capelli mentre la sua bocca si abbassava su uno dei miei capezzoli duri e appuntiti. "Owen" dissi in un gemito tormentato che non riuscivo a controllare, mentre lui mordicchiava e accarezzava entrambi i seni, muovendosi avanti e indietro finché non mi sentii come se stessi perdendo la testa. "Per favore."

La mia testa si dimenava senza pensare mentre il mio cervello voleva che si fermasse prima che impazzissi, ma tenne la sua testa contro di me per avere di più.

Owen si mosse lentamente lungo il mio corpo, marchiando ogni centimetro di pelle nuda che riuscisse a trovare con quella sua bocca e lingua malvagie, e io gemetti per la loro perdita sui capezzoli.

Fino a quando non aprì le mie gambe e leccò proprio oltre la sottile barriera di seta fine tra lui e la mia figa nuda.

"Oh, Dio" gemetti. "Non andare oltre, Owen. Non riesco a sopportarlo."

Il tessuto della lingerie era così sottile e delicato che mi offriva poca protezione contro la sua bocca calda e predatrice.

E poi, la fragile barriera scomparve. Un forte scatto della sua potente mano e del suo braccio mi strappò completamente il tessuto. "Te ne comprerò altre, a centinaia in tutti i colori disponibili" disse con una voce roca e brontolona traboccante di lussuria.

Non ebbi la possibilità di rispondere prima che affondasse la testa tra le mie cosce.

E poi, fui persa.

Non stava più stuzzicando; era letalmente serio ed eroticamente aggressivo mentre la sua bocca, lingua e labbra lavoravano insieme per farmi impazzire.

Nessun uomo aveva mai avuto la testa tra le mie cosce, e la sensazione di Owen che accarezzava avidamente il calore liquido era sbalorditiva.

Il piacere era così intenso che era quasi doloroso.

Gli strinsi i capelli a pugno, tenendomi stretta alla massa di ciocche folte, non sapendo se volevo tirarlo via o premere forte la sua testa contro di me.

"Owen" gemetti mentre sollevavo i fianchi. "È-troppo-ma-che-bella-sensazione."

Stavo balbettando senza pensare, inondata di un piacere sessuale che non avevo mai provato prima.

Non avevo idea di come gestire l'enorme climax che mi stava attraversando.

"Owen" urlai, il suono che rimbalzava sulle pareti della stanza silenziosa. "Oh-mio-Dio-non-sono-sicura-che-sopravvivrò."

Non si fermò nemmeno. Raddoppiò i suoi sforzi per farmi completamente sciogliere.

Ansimavo e gemevo, inarcandomi mentre perdevo ogni paura che avevo per il mio enorme climax che sopraffaceva il mio corpo in spasmi. "Owen! Oh Dio. Owen!"

Mi lasciai andare, permettendo al piacere sensuale e al mio rilascio di consumarmi completamente, sapendo che Owen era qui per prendermi se fossi caduta.

Non avevo mai conosciuto il senso di libertà che mi attanagliava in quei momenti. Mi sentivo come se stessi volando, fluttuando completamente libera senza un altro pensiero nella testa tranne le sensazioni e l'uomo che le creava.

Scesi lentamente dal mio stato di intenso piacere, stordita dal potente evento, mentre Owen tirava fuori la beatitudine post-orgasmica assaporando il calore liquido del mio climax prima di vagare lungo il mio corpo.

"Le petit mort" sussurrai mentre continuavo ad ansimare, cercando di riprendere fiato. "È proprio così."

I francesi descrivevano gli orgasmi, e il breve tempo successivo, come le petit mort o nella traduzione inglese "la piccola morte" e ora sapevo esattamente il perché.

Ero stata completamente strappata dalla coscienza normale per un momento, ma l'esperienza non era stata spaventosa.

Era stata pura felicità.

"Finché non mi lasci davvero del tutto, penso che mi stia bene" disse Owen con voce roca proprio prima di baciarmi. Assaggiai me stessa sulle sue labbra ed era l'afrodisiaco più dolce che avessi mai conosciuto. Quando finalmente alzò la testa, mi inchiodò con uno sguardo feroce e dagli occhi color smeraldo che fece fare al mio cuore una capriola completa dentro il mio petto.

Gli sorrisi mentre gli accarezzavo i capelli con una mano. Ovviamente conosceva l'espressione francese, il che non mi sorprese affatto.

Owen sembrava arruffato e a malapena controllato, come un guerriero conquistatore che stava appena iniziando il combattimento. La sua espressione era fervida, aspra, ma allo stesso tempo contemplativa.

Ti amo. Ti amo tanto.

Le parole mi si bloccarono nella gola, chiedendomi di lasciarle uscire, ma ingoiai quelle emozioni.

Non avevo intenzione di rovinare questo momento, tutta questa esperienza, balbettando qualcosa che Owen non voleva sentire.

Ma Dio, potevo *sentirle* così acutamente che riuscivo a malapena a trattenere quelle parole confinate.

"Ho bisogno di toccarti" chiesi.

Scosse la testa bruscamente, e sentii lo strappo dell'involucro di un preservativo che veniva aperto.

Grazie a Dio!

Avevo iniziato con il controllo delle nascite, ma non ero completamente protetta.

Owen lo srotolò su di sé come un pazzo, ma esitò leggermente mentre si avvicinava, ed era pronto a darci qualcosa che aspettavamo da anni.

"Che cosa c'è?" Sospirai lentamente, accarezzandogli la schiena con le mani finché non si posarono sui suoi glutei tesi. Gli strinsi il sedere perfettamente formato per incoraggiarlo.

"Non voglio che questa sia l'ultima volta per te" borbottò, la voce tesa.

Sentii una presa come una morsa attorno al mio cuore quando percepii una nota di vulnerabilità nel suo tono.

Ha ancora paura per me. In realtà, è preoccupato che sarò delusa.

Avvolsi strettamente le gambe intorno a lui e sollevai i fianchi. "Non accadrà" gli assicurai. "Ma se non mi fotti in questo momento, ti giuro che non ti parlerò mai più. Non posso più aspettare, Owen" lo supplicai.

Sentii una risata strozzata uscire dalle sue labbra proprio prima che i suoi fianchi si sollevassero e si seppellisse fino in fondo dentro di me.

"Accidenti!" imprecò ad alta voce. "Sei così stretta."

Strinsi le gambe intorno a lui perché sapevo che questo lo stava facendo impazzire.

Ero mezzo pazza per la sensazione di Owen che mi distendeva quasi fino al punto del dolore. Era un uomo grosso, ma volevo ogni centimetro di lui. "Fottimi" lo supplicai accanto al suo orecchio. "Fottimi forte come so che vuoi. Anch'io ne ho bisogno in questo modo."

Volevo ogni briciolo della feroce possessività di Owen.

Come se le mie parole lo avessero scosso, si tirò indietro e si tuffò di nuovo con una potente spinta.

"Sì" sibilai. "Proprio così. Dimostrami che sono tua" lo implorai.

"Sarai *sempre* mia, cazzo, Layla. Mia. Tutta mia" gracchiò duramente mentre mi metteva una mano sotto il sedere, costringendomi ad affrontare ogni singolo colpo duro e caldo.

Spostai le mani sulla sua schiena e le mie unghie gli strinsero la parte superiore della schiena così forte che probabilmente avrebbero lasciato dei segni. "Significa che anche tu sei mio, Owen. Tutto mio" gemetti, per metà fuori di testa mentre mi martellava inesorabilmente.

"Cazzo, sì, sono tuo. Lo sono sempre stato" disse con un lungo gemito di soddisfazione.

Quando colsi la tecnica per affrontare ogni sua potente spinta verso il basso sollevando i fianchi, Owen tolse la mano dal mio sedere e la infilò nei miei capelli per scuotere la testa all'indietro, esponendo il mio collo alla sua bocca affamata.

Leccò e mordicchiò la tenera pelle, portando un guaito alle mie labbra, un suono animalesco che faceva eco agli istinti forti e completamente carnali che avevano preso il sopravvento su tutto il mio corpo e la mia mente.

La mia schiena si inarcò per un piacere insensato, cercando di fondermi con Owen il più possibile.

"Più duro" chiesi.

Avevo aspettato troppo a lungo per sentire quest'uomo impazzire completamente, e che mi prendesse finché non mi sentissi completamente consumata.

La libertà che avevo provato quando la sua bocca mi aveva devastato la figa non era nulla in confronto a come mi sentivo con lui che mi scopava come se fosse impazzito.

Era selvaggio e dominato dalla lussuria.

Tutte quelle emozioni riempirono i miei sensi fino a quando non ero sicura se fossi stata io o lui a generare gli istinti selvaggi, ma non importava davvero.

Eravamo aggrovigliati, e in preda a questo pazzo e frenetico tumulto.

"Owen" gemetti con angoscia e pura beatitudine. "Ho bisogno di te."

Spostò leggermente il suo corpo massiccio, fino a quando ogni colpo volatile del suo fallo sfiorò il mio clitoride. "Vieni per me, piccola. Lasciati andare."

La tensione dentro di me era alta, e si avvolgeva in uno stato sempre più inflessibile.

Mi riempì.

Il suo membro mi stuzzicava a ogni sfioramento contro il sensibile e duro fascio di nervi tra le mie cosce.

Potevo sentire il respiro caldo di Owen atterrare con forti soffi contro il mio orecchio.

"Vieni, Layla! Vieni duramente per me. Devo vederlo" chiese con un tono prepotente che mi fece esplodere.

C'era qualcosa nel lato maschio alfa di Owen che mi rendeva disponibile e completamente eccitata.

La morbidezza di quella spirale dentro di me improvvisamente si allentò e andai in frantumi.

Iniziai a venire. *Duramente.*

E fu ancora più potente quando, poco prima di chiudere gli occhi per la forza del mio climax, potei vedere che Owen mi stava guardando in faccia. Stava assaporando avidamente ogni secondo del mio climax.

Potevo sentire la carezza del suo sguardo anche dopo aver chiuso i miei occhi completamente.

"Owen" gridai con voce strozzata mentre i miei muscoli interni si serravano forte e stretti attorno al suo uccello con il suo ritmo che diventava quasi frenetico. "Ho-bisogno-di-questo-così-tanto-ho-bisogno-di-te-così-tanto-che-non-lo-sopporto."

Le parole uscivano dalla mia bocca completamente incontrollate. Balbettai, e non avevano assolutamente senso per nessuno tranne che per me.

Quando raggiunsi l'apice, semplicemente urlai il suo nome. "Owen!"

"Layla. Fanculo!" La sua voce vibrava di un'emozione che non riconoscevo.

Aprii gli occhi mentre lui chiudeva i suoi. Si seppellì profondamente dentro di me mentre i miei muscoli contratti lo stringevano fino al suo stesso caldo rilascio.

Osservai Owen mentre scivolavo lentamente giù, assaporando l'estasi tormentata sul suo bel viso.

Rotolò al mio fianco, ma tirò a sé il mio corpo soddisfatto come se non potesse sopportare di separarsene per molto tempo.

Nessuno di noi parlò per diversi minuti perché eravamo impegnati a riprendere fiato.

"Non sarà l'ultima volta" mormorai una volta che il mio cuore smise di galoppare, e fui in grado di fare un respiro profondo.

"Grazie al cielo per questo" brontolò mentre mi avvolgeva il braccio attorno alla vita con un grugnito di soddisfazione. "Soprattutto perché ho intenzione di essere l'unico ragazzo che ti toccherà di nuovo."

Mi rintanai nel suo calore e gli sorrisi contro il petto.

Il suo commento mi scaldò il cuore, perché provavo esattamente la stessa sensazione.

CAPITOLO 25

Owen

"Cosa diavolo hai fatto?" disse Layla, ridendomi all'orecchio mentre rispondeva alla mia telefonata.

Stavamo scappando da una giornata piovosa nel sud della California per Parigi, ma non me ne fregava niente di come fosse il tempo qui.

Stavo andando a casa di Layla e tutto ciò che mi interessava era finalmente portarla a Parigi.

"Non ho idea di cosa tu stia parlando" riuscii a rispondere con voce perplessa.

Sapevo esattamente di cosa stava parlando, ma non ero ancora pronto a proclamare la mia colpa.

Riuscivo a sentire la risata di Layla fino alle ossa.

Non era arrabbiata.

Solo sorpresa.

E avrei sicuramente trovato qualcosa per scioccarla ogni singolo giorno se questo avesse continuato a divertirla ed emozionarla.

Dannazione! Meritava di essere completamente viziata.

"Ho ricevuto un'altra consegna questa mattina" mi informò, sapendo molto bene chi l'aveva inviata.

Negli ultimi giorni le avevo inviato una quantità di cose che pensavo le sarebbero piaciute per il nostro viaggio a Parigi. "Era solo una consegna" le ricordai.

"Perché sono solo le nove del mattino" rispose, con una risata che risuonava ancora nella sua voce. "Owen, devi smetterla."

"Perché?" sfidai.

"Perché mi hai mandato una quantità ridicola di cose. Il mio appartamento non è così grande. Anche se avevi già promesso tutte le mutandine che mi sono state consegnate stamattina." La sua voce diventò più bassa e più morbida durante quell'ultima frase.

Santo cielo! Era la sua voce del tipo *fottimi.* Ancora.

Forse non intendeva che quel timbro roco e invitante fosse una voce di *quel* tipo, ma non importava.

Quando il *mio uccello* aveva sentito qualcosa di simile all'inflessione roca che usava in camera da letto, *tutto* ciò che aveva detto era stato immediatamente interpretato come "sei un tale stallone, Owen, per favore togliti i vestiti e prendimi *subito.*"

Layla riprese a parlare poiché non avevo risposto. "Nessuna donna ha bisogno di più di trecento paia di mutandine."

"Tu sì" la informai. "Spero che tu abbia preparato slip extra. Probabilmente tornerai solo con la metà, dato che il tuo ragazzo è un po' duro con la tua biancheria intima."

Sentii il suo respiro fermarsi prima che dicesse: "Certo che poi rallenterai."

Oh, no, di certo *non* sarebbe successo.

Avevamo fatto sesso in diverse occasioni e lei ne aveva perse un paio ogni volta. Quando arrivavo a quelle mutandine setose e traslucide, non avevo il desiderio o la pazienza di stare molto attento.

Non sarebbe cambiato molto presto.

"Non ci conterei, tesoro" l'avvertii.

Layla sembrava apprezzare le nostre attività sessuali tanto quanto me, quindi non sarebbe stata assolutamente d'aiuto nello sforzo di salvare le mutandine.

Non che mi importasse di questo. Il mio obiettivo era renderla felice, anche se questo significava comprarle un milione di paia.

In questi giorni mi stavo sentendo molto più a mio agio nel mio status di miliardario. Non che avrei mai dimenticato quei giorni da studente povero in cui non sapevo da dove sarebbe arrivato il mio prossimo pasto a volte, ma ricordarlo mi avrebbe mantenuto umile.

Comunque, non avevo problemi a spendere i miei soldi e, con l'aiuto della mia famiglia esperta e orientata agli affari, stavo imparando a gestire la maggior parte dei miei investimenti da solo.

Eli e Jade si erano resi disponibili per aiutarmi a modificare la clinica in una fondazione senza scopo di lucro, quindi la trasformazione stava andando avanti molto più agevolmente di quanto pensassi.

"Non riesco a credere che salirò davvero su un jet e andrò a Parigi" disse Layla gioiosamente.

Ridacchiai, il mio cuore molto più leggero solo perché sapevo che era sinceramente felice. "Non è che non lo sapessi da un po', tesoro."

Sospirò. "Ma ora sta succedendo. E la vedrò con te."

Mi faceva male il petto per le sue parole. Non avevo dubbi che tenesse a me, ma quando diceva stronzate del genere, potevo quasi immaginare che io significassi per lei tanto quanto lei per me.

Diavolo, ero sempre stato molto più avanti di lei nell'area dell'affetto ossessivo. Volevo metterle un enorme diamante al dito, spingerla all'altare e farla finita in modo che la follia dentro di me di chiamarla mia diminuisse un po'. Anche se non ero del tutto sicuro che sarebbe stato d'aiuto.

"Anch'io non vedo l'ora, Layla" le dissi onestamente. "La parte migliore è stare con te."

Emise un respiro. "Quindi significa che rallenterai nel comprarmi cose, in modo che il mio appartamento non si riempia. Amo tutto quello che mi hai dato, ma dovrò dormire fuori se non la smetti."

"Ho una casa estremamente grande con un'abbondanza di spazio inutilizzato" accennai.

Non mi rendevo conto che stavo trattenendo il respiro mentre aspettavo la sua risposta. Forse mi stavo muovendo troppo velocemente, ma dannazione, la volevo nel mio letto ogni singola notte.

Volevo che le mie lenzuola continuassero a odorare di biscotti di zucchero.

Volevo il suo spazzolino da denti nello stesso bagno del mio.

Volevo aprire il cassetto del mio comò solo per scoprire che lo aveva riempito con un milione di paia delle sue mutandine sexy.

Al diavolo lo spazio personale, volevo che Layla invadesse il mio.

Volevo che tornasse a casa con me ogni notte dopo una dura giornata di lavoro, così che potessimo parlarne e rilassarci durante la cena.

Volevo portare fuori Brutus insieme, quando potevo davvero far alzare e muovere il mio ragazzone.

Volevo addormentarmi con il suo respiro caldo sul mio collo e svegliarmi ogni mattina con il suo bel viso che mi sorrideva mentre salutavamo un altro giorno insieme.

Okay, sì, volevo tutto.

Ma era tutto troppo presto per quello.

Ero più che pronto per un impegno a vita.

Ma non pensavo che Layla mi avesse ancora raggiunto.

Forse dopo Parigi...

"Beh, il mio appartamento è piuttosto piccolo" replicò, senza abboccare.

L'aria uscì sibilante dai miei polmoni.

Okay, al diavolo la possibilità di convincerla a trasferirsi da me. *Per adesso.*

"Ti compro quelle cose perché ogni volta che passo in un negozio, o anche solo online, vedo cose che mi ricordano te" le dissi.

"Sì" rispose dolcemente. "Credo che sia per questo che amo davvero *tutto* ciò che hai inviato. Perché so che pensi a me anche quando non ci sono. Potremmo almeno contrattare sul cibo e sui dolci? Penso di aver guadagnato tre chili in pochi giorni, e tutto è andato direttamente al mio didietro."

"Non mi sentirai lamentarmi se il tuo culo è un po' più sodo" dissi con voce roca.

"Oh, Dio, sei impossibile, Owen Sinclair." L'affetto nel suo tono tolse ogni asprezza dalle sue parole.

"Ci siamo persi un sacco di vacanze, compleanni e occasioni speciali insieme, Layla. Cerca di capire. Ho più soldi di quanti potrei mai spenderne e tutta la mia famiglia si trova nella stessa situazione. Per chi diavolo pensi che vorrei spenderli?"

"Ho davvero apprezzato l'orologio" rispose dolcemente. "E tutti gli splendidi orecchini e vestiti. Penso che tu abbia consultato Skye e Riley su quelli."

"No." La informai, leggermente offeso dal fatto che avesse pensato che Skye e Riley la conoscessero meglio di me.

"Sul serio?" chiese, sembrando ancora dubbiosa.

Credeva davvero che non avrei potuto scegliere i suoi regali da solo? "Sembra che ti piacciano davvero le cose più sexy di quelle che indossavi, ma niente di troppo apertamente rivelatore. Ti piace sentirti a tuo agio in quello che indossi, e non sei pazza di nulla di soffice, arruffato, peloso o comunque sgargiante. Preferisci i jeans o i pantaloni casual a un vestito, ma ti piacciono un po' eleganti e, ogni tanto, ti piace qualcosa di eccentrico se sei di quell'umore. Nel complesso, l'obiettivo è l'eleganza, ma un'eleganza *rilassata* è più il tuo stile. Ti piacciono gli orecchini colorati, pazzi, più grandi sono meglio è, ma *solo* con gli orecchini, perché preferiresti argento, oro bianco o platino per qualsiasi altro tipo di gioielleria perché è qualcosa che non perderai o getterai via. Hai praticamente deciso che i profumi sono troppo forti, quindi prediligi una lozione per il corpo e una lavanda profumata. Oh, e hai sviluppato una predilezione per gli stivali di pelle neri, anche se i tacchi sono opzionali, a seconda di quanto camminerai quel giorno. Immagino che dovrò vedere in che direzione andrai dopo che la stagione degli stivali sarà finita. Come sto andando finora?"

"Sono... stordita" mormorò.

"Sono attento" risposi. "Soprattutto quando si tratta di te. Quale ragazzo vuole inviare a una donna qualcosa che *non* le piacerà? E di sicuro non voglio chiedere a qualcun altro cosa regalare alla mia ragazza. Se devo farlo, allora non sto prestando attenzione."

Sospirò. "Probabilmente sei il ragazzo più premuroso che conosco, quindi suppongo che non dovrei essere sorpresa. Ma dobbiamo ancora parlare della tua ehm... generosità."

"Sono solo pochi regali, Layla" le dissi. "Mi dà più piacere darteli di quanto probabilmente ne ricavi ricevendoli, quindi dammi una mano su questo. Non farmi rinunciare a fare qualcosa che ho appena scoperto che mi piace davvero."

"Cosa dovrei fare con te?" chiese con quello che sembrava un misto di esasperazione e adorazione.

Amarmi?

Sembrava l'idea migliore a cui potessi pensare in quel momento, ma non avevo intenzione di dirlo ad alta voce.

"Andrai a Parigi con me" dissi mentre entravo nel vialetto del suo appartamento. "Sono qui. Salgo un attimo."

"Se entri, finiremo in ritardo per il nostro volo. Sai che lo faremo" disse con fermezza.

Sorrisi mentre chiudevo a chiave la mia macchina e correvo verso le scale per non inzupparmi di pioggia. "Tesoro, prenderemo un jet privato. Ci *aspetteranno*, non dobbiamo affrettarci."

La sentii fare un respiro affannoso. "Bene. Allora sbrigati. Forse non arriveremo troppo tardi."

Fanculo! Amavo questa donna.

Feci le scale due alla volta invece di aspettare l'ascensore.

Non me ne fregava niente di quanto fossimo in ritardo, ma sapevo che non potevo aspettare un secondo per metterle le mani addosso.

CAPITOLO 26

Layla

"Non ho idea di come qualcosa di così piccolo possa contenere così tanta magia" dissi a Owen diversi giorni dopo il nostro arrivo a Parigi, mentre fissavo il dipinto della Gioconda di Leonardo da Vinci appeso al muro nel museo del Louvre.

Inclinai la testa per avere un'altra angolazione, ma sembrava comunque altrettanto surreale, in qualunque modo la vedessi.

Non potevamo avvicinarci molto all'opera d'arte. L'area del muro era recintata, ma ero abbastanza vicina da rimanere sbalordita dal capolavoro.

Sì, *sapevo* che era piccolo, solo settantasette centimetri per cinquantatré, che *non* era molto grande se si consideravano dipinti inestimabili, ma le dimensioni non sembravano sminuire l'opera. La rendeva solo più... unica.

Sembrava addirittura pazzesco che stessi effettivamente fissando la Gioconda di persona. Al Museo del Louvre, per l'amor di Dio. Il museo di fama mondiale sarebbe stato estremamente in cima alla mia lista dei desideri più avanti nella vita. Sinceramente, volevo venire qui sin da quando ero piccola. Non mi aspettavo di vedere davvero questi capolavori prima dei trent'anni.

In verità, tutti i miei giorni a Parigi erano stati miracolosi.

Owen e io avevamo trascorso i primi giorni camminando verso il maggior numero possibile di monumenti famosi e divorando croissant al cioccolato, pasticcini francesi, crêpes e delizioso caffè lungo la strada.

In qualche modo, aveva trovato una casa elegante, indipendente e completamente arredata per il nostro soggiorno vicino al Campo di Marte nel settimo arrondissement, *con* una vista libera sulla Torre Eiffel. Quindi anche la nostra sistemazione era straordinaria.

La Ville Lumière mi aveva incantata dal primo giorno in cui ero arrivata e me ne stavo innamorando ogni giorno di più.

"È piuttosto sorprendente" disse Owen dietro di me. "Pensavo di rimanere deluso date le ridotte dimensioni del dipinto, invece conserva comunque un enorme potere."

Aveva preso posizione dietro di me per cercare di proteggermi dall'essere calpestata da una folla entusiasta.

La nostra visita non era stata proprio l'esperienza serena che mi aspettavo, almeno non quando visitavamo le enormi attrazioni turistiche. In effetti, i turisti diventavano decisamente invadenti per scattare le loro foto e passare alla successiva opera d'arte o punto di riferimento storico.

Un'enorme quantità di persone veniva da tutto il mondo per vedere Parigi. C'era così tanto spazio per i trenta o quaranta milioni di visitatori che venivano a vedere questa meravigliosa città ogni anno.

Quando fummo pronti, Owen si fece strada tra la folla, tenendomi per mano e aprendomi un percorso da attraversare.

Stavo ridendo quando uscimmo dalla grande calca di persone che chiedevano a gran voce di vedere il dipinto.

Mi sorrise. "Quale opera d'arte famosa vuoi che ti mostri dopo?"

Ricambiai il sorriso. Si comportava come il mio bulldozer personale e, per qualche ragione, sembrava divertirsi ad aiutarmi ad avvicinarmi a ogni opera che volevo vedere.

Dio, quell'uomo sembrava felice come mi sentivo io adesso. "C'è qualcos'altro che *tu* vuoi vedere?" domandai.

Avevamo camminato molto oggi. Dal momento che non ci sarebbe stato modo di vedere l'intero museo in un giorno, o anche in una settimana di visite continue, avevamo deciso la nostra lista di cose da vedere prima ancora di uscire di casa presto quella mattina.

Avevamo visto Venere di Milo, Vittoria alata, Schiavo morente, Zattera di Medusa e tante altre opere che avevamo ritenuto *assolutamente necessarie*, e la nostra lista era stata così lunga che non c'era rimasto molto tempo a disposizione. Sapevo che il museo avrebbe chiuso presto. "Se ti va, non mi dispiacerebbe vedere altre opere di da Vinci" suggerii.

"Sono proprio dietro di te" disse amabilmente mentre mi stringeva gentilmente la mano. "O forse dovrei essere proprio di fronte a te per riuscire a superare la folla."

"Non ho fretta" lo rassicurai mentre iniziavamo la traversata. "Ho visto tutte le cose sulla mia lista dei desideri e abbiamo ancora il Musee d'Orsay nel corso della settimana."

Non vedevo l'ora di vedere il Musee d'Orsay. Erano conosciuti per la loro vasta sezione di lavoro impressionista, che era il mio preferito, e ospitavano molti dipinti di Monet.

"Non vedi l'ora di andare in quel museo" scherzò Owen.

Gli detti un colpetto sulla spalla scherzosamente. "Non vedo l'ora di vedere tutto e sono grata per tutto ciò che ho già avuto la possibilità di visitare. L'Arco di Trionfo, il Pantheon, la Torre Eiffel, anche se posso davvero vedere quel punto di riferimento dalla casa. Avrei voluto visitare Notre Dame, ma da quello che ho sentito, potrebbe non essere aperta per altri cinque anni."

"Notre Dame potrebbe essere stata risparmiata da alcune delle fiamme dell'incendio, ma è instabile" disse Owen cupamente. "Torneremo un giorno, Layla. La vedremo la prossima volta."

Il mio cuore sobbalzò alla consapevolezza che Owen si aspettava che saremmo stati insieme per molto tempo. Non avevamo discusso molto del futuro. Ci divertivamo semplicemente a stare insieme come una coppia. E davvero, probabilmente era troppo presto per pianificare un futuro insieme, ma non potevo negare che il mio cuore non pensava che fosse troppo presto.

"Non sono delusa" gli dissi. "Come potrei esserlo quando tutto il resto è stato così meraviglioso e abbiamo ancora così tanto da fare?"

Mi tirò da una parte dalla folla e mi avvolse tra le braccia. "Vuoi sapere di cosa non vedo l'ora soprattutto?"

La sua voce era roca e bassa, e il suo sguardo mi disse esattamente cosa stava pensando.

Forse noi due avremmo dovuto essere completamente sazi ormai. Stavamo insieme da giorni 24 ore su 24, 7 giorni su 7, e avevamo trascorso gran parte di quelle ore a cercare altri modi per soddisfare la nostra insaziabile fame per il corpo dell'altro.

Non ne avevo mai abbastanza del corpo bollente e sexy di Owen, o delle cose che poteva farmi con un solo tocco.

Invece di placare il mio folle bisogno, ogni volta che mi toccava, diventavo più dipendente e desideravo la carezza successiva, il bacio sensuale successivo, il climax da capogiro successivo.

Continuava a diventare sempre più intenso mentre Owen e io ci avvicinavamo sempre di più, e imparavamo esattamente come farci impazzire a vicenda.

Gli misi le braccia al collo. "Non lo so. Ma sono sicura che me lo dirai."

Mise la bocca accanto al mio orecchio. "Non vedo l'ora di riportarti a casa, toglierti i vestiti e scoprire di che colore indossi le mutandine oggi."

Ridacchiai mentre lo guardavo negli occhi, il mio cuore che accelerava in attesa.

Era assolutamente implacabile nello scoprire il colore delle mutandine che indossavo visto che mi aveva dato circa un miliardo di colori.

Mi rifiutavo scherzosamente di fargliele vedere ogni mattina, quindi mi prendeva in giro per tutto il giorno.

"Perché?" gli chiesi. "Ogni volta che vedi un nuovo colore mi dici che è il *tuo* preferito. Cosa succede quando esaurirò i nuovi colori?"

"Allora immagino che dovrai trovare un altro stile sexy così potrò ottenere alcune sfumature diverse" suggerì.

"Oppure, potremmo semplicemente ricominciare da capo con quelle che ho" scherzai.

Appoggiò la fronte alla mia. "Non mi dispiacerebbe rivedere tutti quei colori, solo per assicurarmi che siano tutti i miei preferiti" concordò prontamente.

"Sei un tale pervertito" accusai.

"E ne ami ogni minuto" ribatté maliziosamente.

"Oh Dio. Sì" confessai con un gemito sommesso. "Significa che sono depravata quanto te?"

"Probabilmente, ma non mi sentirai lamentare, tesoro" rispose con una voce accesa che non mancava mai di farmi venire voglia di spogliarlo.

"Rosso ciliegia" sbottai.

Tirò indietro la testa e sollevò un sopracciglio. "Che cosa?"

"Le mie mutandine. Sono rosso ciliegia e le adoro" dissi, la mia faccia che assumeva lo stesso colore delle mutande.

Mi piaceva giocare con Owen, ma non ero ancora abbastanza abituata alle nostre frequenti battute sessuali.

Forse questo era un luogo comune per la maggior parte delle coppie, ma ero tristemente indietro rispetto alla mia fascia d'età quando si trattava di tutte le cose sessuali, o di avere qualcuno che mi guardava con il tipo di desiderio crudo che aveva lui.

Era nuovo.

Era eccitante.

Era un po' terrificante.

E oh, Dio, era completamente inebriante.

Owen a volte era completamente travolgente con i suoi dolci complimenti, la sua disponibilità a fare qualsiasi cosa per compiacermi e il suo desiderio alimentato dal testosterone di vedermi venire ancora e ancora.

"Stai arrossendo" disse con tono sorpreso.

"Lo so."

"Non dirmi che sei ancora timida con me, Layla. Dopo tutte le cose che abbiamo fatto."

"Non sono... timida" insistetti, anche se potevo sentire il calore sulle guance. "Semplicemente non sono del tutto abituata a discutere delle mie mutandine con un ragazzo."

"Donna, abbiamo fatto sesso in ogni posizione possibile e stai arrossendo per la biancheria intima?" Sembrava più felice che confuso.

Ogni tanto mi sentivo agitata. Potevo andare in punta di piedi con lui per chiacchiere sporche un momento, e quello dopo, mi chiedevo cosa diavolo stessi dicendo.

"Layla, se qualcosa non va, parla con me" rimbombò, ogni briciolo di umorismo giocoso scomparso all'istante.

Scossi immediatamente la testa. "No, Owen, non c'è niente che non va. Tutto è perfetto. Per favore, ricorda che tutto questo è nuovo per me. Non sono abituata ad avere qualcuno a cui importa di come mi sento e, onestamente, non ho mai avuto un ragazzo serio. Non sono abituata a giocare con qualcuno o a farmi prendere in giro. Lo adoro, ma per me è ancora diverso. È solo che... Oh diavolo, a volte sembra così irreale che tu mi voglia così tanto che mi innervosisco un po'. Ma per l'amor di Dio, non fermarti. Perché per me è anche la sensazione più bella del mondo."

Mi posò l'indice sul mento e alzò il mio viso verso il suo. "È un po' nuovo anche per me" disse, la sua voce roca mentre i suoi occhi incontravano i miei. "Non pensare mai che dia per scontato *tutto* questo, Layla. Per me, solo il fatto che *tu* stia con *me* è come una dannata fantasia che non voglio *mai* veder finire. Non è che io stesso mi sia impegnato in molte chiacchiere sporche, e Dio sa che non ho mai fatto il tipo di sesso strabiliante che abbiamo fatto. Neanch'io ho mai avuto una relazione seria. Non ne ho mai voluta una prima di te."

Perché era così difficile credere che anche Owen, per essere un ragazzo della sua età, fosse inesperto? "Credo che essere un pervertito sia naturale per te" scherzai, cercando di alleggerire la conversazione dato che eravamo soli in mezzo a una folla enorme.

"Credo che sia naturale per la maggior parte dei ragazzi, che possano fare il backup di tutte le loro chiacchiere spazzatura o meno."

Sapeva come farmi sentire a mio agio e non fare un grosso problema di nulla. Aveva riconosciuto la mia stranezza, si era relazionato ad essa, e poi l'aveva spazzata via.

La sua capacità di accettare gli strani inciampi che facevo mentre mi stavo abituando a questa nuova relazione tra noi era una delle cose che amavo di lui.

Probabilmente avremmo sbagliato entrambi mentre stavamo cercando di capire tutto, ma *internamente* eravamo migliori amici.

Avrei sempre avuto le spalle di Owen.

E lui avrebbe sempre avuto le mie.

C'era solo un sacco di adorazione, lussuria, chimica e, per me, anche l'amore romantico era inserito in quel mix.

"Piccola, non hai idea di quanto io voglia vedere quelle mutandine rosso ciliegia, e poi strappartele via dal corpo in questo momento" disse con un tono basso e seducente vicino al mio orecchio.

Gli abbassai la testa e gli diedi un dolce, breve bacio. "Andiamo, Tarzan. Abbiamo dei dipinti da vedere."

O avevo bisogno di una distrazione, o stavo per trascinarlo fuori, chiamare un Uber per riportarci a casa il prima possibile e spogliarlo non appena la porta si fosse chiusa.

"Più tardi" disse con voce ammonitrice mentre mi riportava nel flusso di persone.

Risi mentre avanzavo nella folla con lui.

Non vedevo l'ora.

CAPITOLO 27

Layla

Sprofondai nella vasca da bagno con un enorme sospiro, il mio corpo esausto, ma la mia testa ancora fervente di attività.

È la mia ultima notte a Parigi.

Owen mi aveva portata al ristorante Jules Verne al secondo piano della Torre Eiffel per la nostra ultima cena a Parigi. I panorami erano stati mozzafiato dalle finestre panoramiche e il cibo era stato assolutamente delizioso.

Una volta tornati a casa, Owen aveva avuto bisogno di rispondere ad alcune importanti e-mail sui progressi della clinica, quindi avevo vagato nel bagno principale simile a una spa e alla fine avevo deciso di sfruttare l'enorme vasca che avevo guardato da quando eravamo arrivati.

Onestamente, non avevamo davvero avuto un momento libero fino ad ora.

Mi sentivo come se avessimo attraversato la Francia negli ultimi nove giorni, ed era bello lasciare che l'acqua calda rilassasse i miei muscoli.

Non c'era stato un solo momento a Parigi che non avrei amato per il resto della mia vita.

Owen ed io eravamo stati impegnati ogni singolo giorno, cercando di comprendere tutta la magnifica storia di Parigi, e di notte bruciavamo le lenzuola insieme.

"Non c'è da stupirsi che io sia così stanca" mormorai mentre sprofondavo nel bagno rilassante finché l'acqua non mi toccava il mento.

Probabilmente alcuni dei miei ricordi preferiti di Parigi sarebbero sempre stati solo camminare ed esplorare con Owen. Parigi era una città dove la gente camminava e ne assorbiva l'atmosfera. Erano quei momenti più tranquilli e delicati che probabilmente mi sarebbero mancati di più.

Afferrai la spugna vegetale nuova di zecca che avevo messo sul lato della vasca, versai un po' del sapone delicato che avevo acquistato sulla spugna e iniziai ad accarezzarmi la pelle.

"Sono il primo della fila a offrirsi volontario per lavarti la schiena, o qualsiasi altra parte del corpo, in verità" offrì Owen dall'ingresso dall'altra parte della stanza.

Il mio respiro si fermò quando lo vidi appoggiato allo stipite della porta, ancora vestito con l'abito grigio antracite che aveva indossato a cena.

Sembrava sempre a suo agio nella propria pelle, ma sembrava ugualmente a suo agio in giacca e cravatta.

Con una camicia bianca e una sorprendente cravatta blu scuro e grigia, i miei occhi non l'avevano quasi mai lasciato per tutta la notte.

Avevo indossato un classico tubino nero che avevo portato con me. Avevo anche detto a Owen di ricordarselo, perché probabilmente non mi avrebbe vista con un altro vestito per molto tempo.

Aveva ascoltato.

E lui aveva guardato finché non avevo pensato che il calore nei suoi occhi mi avrebbe incenerita, e io mi ero dimenata sulla sedia. Molto.

"Credo che potresti bagnare tutto quel meraviglioso vestito." Speravo che cogliesse il suggerimento e lo togliesse.

Lo fece. Quasi immediatamente.

"Sembri un po' sola" osservò mentre si sfilava la cravatta dal collo. "È una vasca abbastanza grande."

Era gigantesca, probabilmente abbastanza grande per organizzare una festa in piscina. "Posso sicuramente fare spazio per *te*, bello."

Si era appena tolto il vestito quando il cellulare squillò nella tasca della giacca. Lo guardai mentre lo tirava fuori per guardare l'ID del chiamante.

"Fanculo!" imprecò ad alta voce. "È Seth. Ho dimenticato che voleva parlarmi entro la fine della giornata di un paio di cose riguardo alla ristrutturazione della clinica. Sono le tre passate in California."

"Rispondi" gli dissi, indicando la camera da letto per fargli sapere che stavo andando in quella direzione.

Annuì e rispose alla chiamata di Seth mentre tornava al suo computer in soggiorno.

Sospirai mentre uscivo dalla vasca prima di spazzolarmi i capelli e vagare in camera da letto. Lasciai accesa la lampada da comodino per Owen e scivolai tra le lenzuola più morbide su cui avessi mai dormito.

Ero esausta, ma il mio corpo e la mia mente erano ancora molto svegli.

Mentre giravo la testa, sentii un leggero sentore del profumo di Owen, tirai il suo cuscino verso di me e inspirai. Cercai di non pensare a cosa avremmo fatto io e lui in questo momento se Seth non avesse chiamato.

Era andato tutto a monte.

Avevo passato l'intera serata a dimenarmi sotto lo sguardo lussurioso di Owen, e proprio quando pensavo di trarne soddisfazione, non accadde.

Non che il mio desiderio infinito di divorare il mio ragazzo venisse prima della clinica, ma speravo che Owen venisse a letto prima che iniziassi ad addormentarmi.

Dopo qualche altro minuto in cui avevo respirato il profumo del cuscino di Owen, mi sentii così frustrata sessualmente che feci scorrere dolcemente la mano lungo il mio corpo nudo, aprii le gambe e mi toccai.

Ero perfettamente in grado di soddisfarmi. Forse se lo avessi fatto, avrei dormito.

Non sarebbe stato lo stesso, ma Owen era impegnato, e avevamo trascorso una giornata e una serata davvero lunghe.

Ero già bagnata dopo quella scena di anticipazione nel bagno, quindi lasciai che i miei occhi si chiudessero, immaginando l'aspetto di Owen quella sera.

Rilasciai un gemito tranquillo, e poi un piccolo piagnucolio mentre lasciavo che la mia immaginazione si scatenasse completamente.

"Immagino che non potevi aspettarmi?" sentii chiedere dal baritono di Owen.

I miei occhi si spalancarono e rimasi mortificata quando lo vidi che mi osservava attentamente, il suo fianco appoggiato al comò, a solo un metro e mezzo o due dal letto.

Aprii la bocca, ma non riuscii a dire una sola parola.

"Continua, Layla. Voglio vederti mentre vieni" pretese, la sua voce bassa e imponente.

Ogni ormone nel mio corpo prese vita. Owen ed io avevamo fatto molte esplorazioni sessuali, e lui sapeva che amavo la prepotenza a letto.

Forse non mi piaceva nella vita di tutti i giorni, ma quando iniziava a impartire ordini in camera da letto, ero più che d'accordo.

"Guardami" disse con voce roca. "Sei imbarazzata?"

Annuii quando incontrai il suo sguardo affamato.

"Non esserlo" insistette. "Sei così bella. Ti scoperò, ma prima ti guarderò venire."

Il calore inondò tutto il mio corpo e le mie dita tornarono al lavoro.

Guardandolo in piedi lì come un dio sexy, i suoi occhi su di me, il mio corpo si strinse.

Sentii che questo gioco rendeva anche lui incredibilmente eccitato.

Siccome non sopportavo di vederlo e non toccarlo, chiusi gli occhi.

"Non chiudere gli occhi. Guardami" ordinò. "Mi vuoi, Layla?"

"Sì." Rilasciai l'unica parola con un gemito, e incontrai di nuovo i suoi occhi.

La mia mano si mosse più velocemente mentre iniziava a spogliarsi, i suoi occhi che non mi lasciavano mai.

"Fottimi, Owen. Per favore" supplicai.

Il mio corpo stava per implodere.

"Non ancora" disse quando fu completamente nudo, i suoi vestiti ammucchiati ai piedi.

Quel suo corpo meravigliosamente mascolino e caldo mi faceva desiderare il suo tocco così tanto che riuscivo a malapena a respirare, e avevo così tanto bisogno di lui che non potevo sopportarlo.

"Immaginami con la testa tra quelle tue splendide gambe e vieni" ordinò mentre accarezzava una mano su e giù per il suo membro meravigliosamente duro.

Lo immaginai. Tra quella fantasia e la vista di Owen che si toccava, avrei raggiunto l'orgasmo in pochi secondi.

"Va bene, piccola, ora lascia fare a me" chiese bruscamente.

"Owen!" urlai a squarciagola mentre il mio corpo andava in frantumi.

Prima che il mio orgasmo finisse, Owen era dentro di me, il suo corpo enorme sopra il mio.

"Fanculo!" sibilò. "Preservativo."

"Ora sono protetta" gli dissi senza fiato.

Owen e io avevamo già avuto la discussione sulla nuova coppia che fa sesso, e non c'era motivo... "Non fermarti" aggiunsi.

"Non ho mai fatto sesso senza preservativo, e mi sento così bene con te che non durerò a lungo" replicò con un gemito mentre iniziava a muoversi. "Non so che cazzo farei senza di te adesso, Layla" disse mentre si seppelliva dentro di me ancora e ancora.

"Non dovrai mai scoprirlo" gemetti, aggrappandomi a lui come se fosse un'ancora di salvezza in un mare molto agitato mentre chiudevo gli occhi.

Owen era così eccitato che potevo dire che era già al limite.

Il suo respiro era irregolare e non era dovuto alla stanchezza.

Quando il mio corpo finalmente raggiunse il suo punto di rottura, il mio orgasmo fu ancora più forte del precedente.

"Oh, Dio, Owen, sto venendo di nuovo" dissi, completamente irragionevole mentre chiudevo gli occhi.

"Lo so" grugnì. "Ed è la cosa più sexy che abbia mai visto."

Volevo aprire gli occhi per poterlo vedere, ma non potevo.

La sua bocca si abbassò sulla mia, e io mi crogiolai nel suo bacio sensuale mentre entrambi tornavamo nel mondo reale.

Atterrò sulla schiena pochi secondi dopo con un grugnito.

Feci quasi le fusa mentre mi infilavo nel suo corpo caldo, gli avvolgevo le braccia intorno e appoggiavo la testa sulla sua spalla.

Intrecciò le nostre gambe e le sue braccia muscolose mi avvolsero, una mano sulla mia schiena e l'altra sul mio sedere.

Era una posizione intima, e il mio cuore e il mio corpo gioivano in quell'abbraccio vigoroso.

Mi mise una mano tra i capelli e la mosse con un movimento tenero, gentile e rilassante.

Era un vero piacere essere tenuta così da lui.

Mi sentivo al sicuro.

Mi sentivo necessaria.

Mi sentivo protetta.

Ma soprattutto, mi sentivo... amata.

CAPITOLO 28

Layla

Un sabato sera, diversi giorni dopo il nostro ritorno negli Stati Uniti, Owen ed io eravamo ospiti a un barbecue a casa di Seth.

La clinica non sarebbe stata ufficialmente riaperta per ancora diverse settimane, ma Owen era sempre nel bel mezzo delle cose, assicurandosi che tutto sarebbe stato completato in tempo.

Mi coinvolgeva come se *fossi* in realtà una socia, piuttosto che una semplice dipendente, e aveva realizzato con entusiasmo tutte le cose che suggerivo.

Aveva persino insistito perché partecipassi ai colloqui per il nuovo personale della clinica. Era irremovibile sul fatto che avesse bisogno del mio contributo poiché avevo lavorato con il nostro piccolo team esistente molto più a lungo di lui. Secondo lui, ero molto più informata su quale tipo di personalità sarebbe stato un buon abbinamento con il nostro attuale team.

Anche se gli avevo detto dozzine di volte che era perfettamente in grado di prendere quelle decisioni per la *sua* clinica da solo, amavo segretamente il fatto che mi trattasse come una preziosa collaboratrice medica. Ero così entusiasta di quanto bene avrebbe fatto la nuova clinica per la comunità, ed ero entusiasta di essere consultata in tutta la pianificazione.

Di giorno ero suo collega.

Ma una volta lasciato il lavoro alle spalle, eravamo amanti che non ne avrebbero mai avuto abbastanza dei corpi l'uno dell'altra.

Da quando eravamo tornati da Parigi, avevo passato le notti con Owen a casa sua. Mi aveva detto che era troppo difficile dirmi addio la sera dopo che avevamo passato ogni momento insieme in Francia.

A poco a poco, molte delle mie cose stavano trovando la strada per la sua bellissima casa sull'acqua, e il mio appartamento sembrava sempre meno la mia vera casa.

"Grazie per tutto il vostro aiuto" disse Owen a Seth e Aiden mentre ci sedevamo tutti intorno a un tavolo all'aperto a casa di Seth dopo cena. "Sono in debito con entrambi voi per aver aiutato con i cambiamenti che sto apportando alla clinica mentre Layla ed io eravamo a Parigi."

Seth scrollò le spalle. "Non ho fatto davvero molto" negò. "Sei diventato dannatamente bravo nella gestione del tempo, e fai schioccare la frusta quando vedi che qualcosa è in ritardo. Tutto quello che ho fatto è stato tenere d'occhio le cose mentre eri via, e meritavi proprio un po' di tempo libero, fratellino."

Aiden aggiunse: "E tutto ciò che ho fatto io è stato tenere il cane più brutto della città a casa mia mentre tu e Layla eravate via, il che ha finito per non essere affatto un lavoro poiché Maya adora il bastardino. Praticamente si è presa cura di Brutus da sola."

Sorrisi. La figlia di Aiden era una ragazzina eccezionale. Maya era saggia e intelligente per i suoi anni, e di buon cuore come sua madre e suo padre.

Owen e io avevamo lasciato Brutus dalla bambina quella sera, dato che era rimasta a casa con una baby sitter. Avevamo iniziato la serata tardi, e molto oltre l'ora di andare a dormire per lei.

Avevo pensato che sarebbe stata molto più felice di tenere il cane e dormire con Brutus che unirsi a un raduno di adulti.

"Qualcos'altro che posso fare per aiutare?" chiese Eli dal suo posto accanto a Jade.

Owen scosse la testa. "Dio, no. Tu e Jade avete fatto abbastanza. Ho tutti gli esperti legali di cui ho bisogno per il resto dei dettagli. Sono in debito anche con voi, ragazzi. Molto."

"Io non ho fatto niente" disse Jaxton Montgomery dal suo posto accanto a me. "Probabilmente perché nessuno me l'ha nemmeno chiesto. Ma farei tutto il possibile per dare una mano. Stai facendo un sacco di cose per aiutare le persone che ne hanno più bisogno in questa contea."

"È tutto a posto" mormorò Owen mentre lanciava a Jax uno sguardo ostile.

Non era la prima espressione scontenta che Jaxton aveva visto da Owen quella sera.

Jax si era presentato da solo al raduno poco prima di cena. Owen aveva indicato il posto vuoto all'altro capo del tavolo, ma Jax aveva solo sorriso e si era lasciato cadere sulla sedia vuota di fronte a me.

Owen aveva borbottato: "Cosa diavolo ci fa qui quel bastardo?"

Avevo risposto. "È il fratello di Riley e lei non lo vede così spesso. Fa parte della famiglia."

"Avrebbe potuto sedersi vicino a lei" aveva borbottato. "E non è la *mia* famiglia."

Avevo esalato un respiro esasperato prima di abbandonare l'argomento.

Non importava quante volte avessi detto a Owen che io e Jax non eravamo minimamente attratti l'uno dall'altra, lui mi dava la stessa risposta. "Mi fido di te, ma *non* mi fido di lui."

Colpii Owen scherzosamente al braccio quando notai che stava ancora fissando Jax.

Distolse lo sguardo dall'uomo che vedeva come una sorta di rivale, ma non sembrava ancora felice mentre riprendeva a parlare con i suoi fratelli, sua sorella e i loro partner.

Presi il bicchiere di vino bianco che Seth mi aveva passato prima e ne bevvi un sorso.

Alla fine, Owen avrebbe dovuto almeno essere civile con Jax. Riley invitava sempre i suoi fratelli a unirsi a noi in tutti i nostri incontri a casa sua, e giustamente. Erano la più stretta e l'unica vera famiglia che avesse. Hudson e Cooper erano spesso troppo occupati per venire, ma Jax sembrava presentarsi sempre più spesso secondo Riley.

Ora che Jax non occupava sempre il suo tempo libero con una donna diversa al suo braccio, Riley scherzava dicendo che aveva più tempo per la famiglia.

"Cosa sta succedendo in quella tua testa intelligente?" chiese Jax a bassa voce.

Mi girai verso di lui mentre mi tiravo fuori dai miei pensieri. "Niente. Stavo solo pensando a Owen." Non avevo intenzione di dire all'uomo che mi aveva beccata mentre mi chiedevo della sua vita e delle sue motivazioni per trascorrere più tempo a Citrus Beach con Riley.

Trangugiò il suo bicchiere di vino prima di chiedere: "Ragazzi, siete davvero una cosa sola ora, giusto?"

Il tono di Jax era basso e pacato mentre Owen continuava ad avere una discussione animata con il resto della sua famiglia sul progetto di ricerca di Jade.

Ovviamente, Jax non rinunciava a stuzzicare Owen di tanto in tanto, ma evidentemente non voleva nemmeno una guerra totale con il cognato di Riley.

Sorrisi a Jax. "Lo siamo sicuramente. Immagino che a volte le cose non vadano come avremmo voluto. Siamo passati da amici a nemici ad amici di nuovo, e poi la nostra relazione ha preso una direzione completamente nuova. Ma non sono certo triste che sia successo. È la persona più incredibile che abbia mai conosciuto."

"Non sembra pronto ad accogliermi come parte della famiglia" disse Jax seccamente. "Ma ammiro tutto ciò che sta facendo per la comunità."

"Alla fine lo farà" gli assicurai, senza ulteriori spiegazioni. Non mi sentivo a mio agio a parlare di Owen con Jax. "E ammiro anch'io quello che sta facendo. Si è spaccato il culo per prendere una laurea in medicina. Ma nel momento in cui ha acquisito sicurezza finanziaria, il suo primo pensiero è stato chi avrebbe potuto aiutare. Vorrei che ogni persona ricca di questo mondo pensasse come lui."

Jax scrollò le spalle. "Alcuni lo fanno e molti no. Ci sono buoni e cattivi in ogni fascia di reddito. Non rinunciare a tutti i ricchi. Stai uscendo con uno di quelli bravi."

"Oh, non credo che siano tutti così" mi affrettai a dirgli. "Tutta la famiglia di Owen è profondamente coinvolta nei propri progetti di beneficenza, e anche tu e i tuoi fratelli. Invece di firmare un assegno, voi ragazzi siete andati a lavorare per fare la differenza nel mondo."

Sorrise. "Sì, e per questo abbiamo quasi perso la nostra eredità. Abbiamo incaricato le persone sbagliate mentre eravamo fuori a salvare il mondo. Siamo stati praticamente costretti a reinserirci nella bolla ultra ricca da cui eravamo scappati. O era così o perdevi la Montgomery Mining."

Riley aveva accennato ai motivi per cui i suoi fratelli avevano lasciato l'esercito, ma non sapevo molto. "Era così male?" chiesi a Jax a bassa voce.

Lui annuì bruscamente. "Davvero pessimo. Hudson, Cooper e io abbiamo dovuto lavorare diciotto ore al giorno per molto tempo solo per rimettere in sesto la Montgomery Mining. Ma ora siamo tornati in forma. Stiamo andando meglio di quanto abbiamo mai fatto. Stavo guardando quei rari diamanti blu che indossi al collo. Molto probabilmente provengono da una delle nostre miniere, dal momento che possediamo tutti i produttori di diamanti blu tranne uno."

La mia mano si avvicinò al mio collo e toccai il bellissimo ciondolo di balena azzurra che raramente toglievo. "È la cosa più preziosa che abbia mai posseduto" confidai. "Non per le gemme rare, ma perché mi ricorda quanto sono fortunata ad avere un ragazzo come Owen."

"Anche lui è abbastanza fortunato" rispose Jax senza intoppi. "Allora, sei davvero felice, Dreamer?"

Il mio intero corpo si bloccò quando Jax mi chiamò con il nickname usato solo da una persona al mondo. "Mi hai chiamata Dreamer" sussurrai, mentre lo fissavo a bocca aperta. "Oh, mio Dio, sei Dark?"

La sua faccia divenne vuota. "Che cosa? Non ho idea di cosa intendi."

Dio, era lui. Avevo quasi abboccato alla sua facciata innocente. Solo che... sapevo come stavano le cose.

"Non vuoi che lo sappia" accusai. "Per favore, togli quello sguardo innocente dalla tua faccia. Non è possibile che quel nome fosse una coincidenza. Non è una specie di soprannome comune. *Sei* Dark e hai sempre saputo che ero Dreamer. Cosa stavi pensando? Perché me lo hai detto in quel modo? Stavi cercando di incasinarmi la testa?"

"No" rispose in un sussurro aspro. "Non possiamo parlarne qui e ora. Ci vediamo sulla spiaggia vicino al molo dei pescatori tra cinque minuti. Posso spiegare."

Ancora sbalordita, guardai mentre Jax si scusava e usciva.

Il mio cervello era ancora sotto shock quando Owen chinò la testa. "Tutto okay? Se n'è andato un po' all'improvviso. E sei piuttosto silenziosa, tesoro."

Mi sforzai di sorridergli. "Sto bene. Sto solo ascoltando. Vuoi un altro drink?"

"No, ma te ne posso prendere uno" si offrì mentre iniziava ad alzarsi.

"No!" dissi con un po' più di forza del necessario. "Lo prenderò io. Ho bisogno di andare in bagno."

Lui annuì e poi rispose a qualcosa che Eli aveva chiesto.

Mi rilassai per un minuto per cercare di convincere il mio cervello vorticoso a pensare in modo logico, ma in realtà non c'era una spiegazione logica per ciò che Jax aveva fatto.

Dark e io non ci parlavamo da diverse settimane.

Non gli avevo mandato un messaggio.

Lui non ne aveva mandati a me.

Era un po' come se fossimo andati avanti con le nostre vite reali, e questo mi andava bene. Ora che potevo parlare con Owen di qualsiasi cosa, non avevo bisogno di un confidente anonimo, e pensavo che anche Dark si fosse stancato di me.

Alla fine, avevo semplicemente deciso di lasciar perdere perché non aveva importanza, e nemmeno la vera identità di Dark. Chiunque fosse stato, e per qualsiasi ragione, Dark mi aveva dato l'incoraggiamento di cui avevo bisogno per essere veramente libera dalle cose orribili che mi erano successe dieci anni prima. Mi aveva aiutata a riprendermi la mia vita e la mia sicurezza quando ero così combattuta nel dire la verità a Owen.

Ero a un bivio, e Dark era stato lì per spingermi nella giusta direzione, e sapevo che sarei sempre stata grata che fosse stato lì quando avevo bisogno di lui.

Non avevo avuto alcun problema a lasciare andare il mio amico anonimo.

Fino. Ad. Ora.

Ora che sapevo esattamente chi era Dark, volevo sapere perché diavolo Jax stava proseguendo con quel gioco.

Non ero un'estranea per lui. Il solo fatto che si fosse riferito a me come Dreamer mi diceva che aveva sempre saputo chi fossi.

Non dovrei incontrarlo. Dovrei semplicemente lasciarlo andare.

Il problema era che, ora che sapevo la verità, volevo delle risposte.

Dovevo sapere perché Jaxton Montgomery *mi* aveva presa di mira.

CAPITOLO 29

Layla

"Jax!" Gridai con rabbia mentre mi trovavo sulla sabbia vicino a uno dei moli dei pescatori locali. "Dove diavolo sei?"

Dato che mi ero appena scusata per alzarmi dal tavolo per prendere un drink e andare al bagno, non avevo molto tempo prima che Owen iniziasse a preoccuparsi.

Avrei voluto dirgli esattamente cosa era successo, ma dato che era una lunga storia, avrei dovuto aspettare che fossimo tornati a casa più tardi quella sera.

Era buio, con abbastanza luce lunare per non inciampare nell'oscurità totale, ma mi stavo ancora maledicendo per non aver afferrato la mia borsa e il mio cellulare.

Finora, non avevo visto una sola forma vicino al molo, e avevo iniziato a chiedermi se questo non fosse un altro dei modi contorti di Jax di pasticciare con il mio cervello.

Apparentemente non si sarebbe presentato, e io non avrei perso tempo in un altro round di giochi stupidi.

Mentre tornavo a casa di Seth, emisi un forte grido di sorpresa quando sentii qualcosa che mi afferrava la parte superiore del braccio.

"Sono qui, Dreamer" disse Jax con calma. "Non c'è bisogno di urlare.»

"Merda!" Imprecai mentre la mia mano si portava al petto come se *ciò* avrebbe rallentato il battito cardiaco. "Mi hai spaventata a morte."

Non l'avevo visto, ma doveva essere stato dietro uno dei tralicci che stabilizzavano la struttura in legno, nascosto nell'ombra.

"Vieni con me. Sediamoci" suggerì.

Mi lasciò il braccio, si voltò e si diresse a grandi passi verso una panchina che si trovava proprio vicino all'ingresso della spiaggia, lontano dal rumore delle onde che colpivano il molo.

Camminava come se si aspettasse che lo seguissi.

E a malincuore, lo feci, perché volevo risposte.

"Perché?" sbottai nel momento in cui ci sedemmo fianco a fianco sul sedile di legno. "Voglio solo sapere perché mi hai presa di mira, o tutto questo è stato una specie di grande scherzo per te? Non capisco. Hai sempre saputo che ero io. Allora, perché io?"

Jax mise il braccio lungo la parte posteriore della panca dicendo: "Non è mai stato uno scherzo, Dreamer. E non stavo cercando di turbarti, né mi dà alcun tipo di piacere malato giocare con persone innocenti. Noah mi ha chiesto di partecipare al beta test, e ho accettato con riluttanza perché volevo aiutarlo. L'unica persona interessante con cui ho parlato eri tu."

Sbuffai. "Sì, è quello che pensavo anch'io di te, fino a stasera. Ho lasciato perdere tutte le altre persone con cui ho iniziato una conversazione su quell'app. Avrei dovuto mollare anche il tuo culo. E come *non* è contorto che tu mi conoscessi, ma io non conoscevo te? E come facevi a sapere il mio nome sull'app per cercarmi, comunque? Dio, all'epoca non mi conoscevi nemmeno, ma conoscevi la famiglia di Owen. Lo sapevi che quando mi stavo lamentando del mio capo, era il cognato di tua sorella?"

Avrebbe dovuto saperlo, ma in quel momento non aveva alcun senso.

"Non lo sapevo" ribatté. "Quando io e te abbiamo iniziato a chattare, non avevo idea di chi fossi. Tutto quello che sapevo era che mi piacevano molte di quelle conversazioni. Sapevo che eri intelligente. E divertente. Uno dei momenti salienti della mia giornata era parlare con te. Non conoscevo la tua identità fino alla notte del ricevimento di Noah e Andie. Il tuo telefono era sull'isola della cucina. Una volta mi hai detto che avevi una strana custodia viola in modo da poter riconoscere il tuo telefono ovunque, ma non mi hai mai detto che in realtà avevi il tuo nome utente su quella custodia. Quando ho scoperto che il telefono su quell'isola riportava la scritta "California Dreamer" sul retro di una custodia piuttosto particolare che Dreamer una volta mi aveva descritto, non ci è voluto molto per capire che la mia amica anonima era uno degli ospiti di quel ricevimento. Non c'è voluto molto, chiedendo in giro, per scoprire a chi appartenesse quel telefono, o chi fossi tu."

Mi girava la testa mentre cercavo di ricordare ogni dettaglio di quella serata.

Probabilmente *avevo* lasciato il telefono sull'isola della cucina di Owen. Lo facevo sempre.

"Se quello che stai dicendo è vero, allora perché non me l'hai detto appena l'hai scoperto?" chiesi. "Ero a quella festa. Abbiamo anche avuto una conversazione abbastanza lunga."

"Avevo intenzione di farlo, ma Owen ti ha portata via prima che ne avessi la possibilità, ed è rimasto di guardia per il resto della notte. Ti ho chiesto di ballare e stavo per dirti che ero Dark."

Aveva detto che c'era qualcosa di cui voleva parlarmi.

Mi stava fissando, ma probabilmente l'avrei guardato anche io, se avessi appena scoperto che qualcuno con cui avevo parlato online era alla mia stessa festa.

"Avresti potuto interrompere la nostra comunicazione una volta saputo chi ero" borbottai.

"Avrei potuto" concordò amabilmente. "Ma ad essere onesto, non volevo farlo. Non del tutto. Volevo prima assicurarmi che tu stessi bene."

Girai la testa di lato e guardai Jax per la prima volta da quando ci eravamo seduti sulla panchina. Eravamo quasi direttamente sotto un lampione, e potevo vedere bene la sua faccia.

Ma...

La sua espressione non mi diceva nulla.

"Non capisco. Perché non dovrei stare bene?" gli chiesi, ancora confusa.

I suoi occhi si incrociarono con i miei e il suo sguardo non vacillò. "Perché poco più di dieci anni fa, ti ho tirata fuori da una vasca da bagno piena di sangue dopo che hai cercato in tutti i modi di morire."

Distolsi lo sguardo da lui.

Lui sapeva. Come diavolo... "Eri lì? Perché?"

"Uno dei miei appuntamenti casuali di una notte, temo" spiegò. "Il suo nome era Charlene, ed è praticamente tutto ciò che sapevo di lei. L'avevo incontrata a Coronado, dove vivevo in quel periodo, ma lei viveva a Citrus Beach. Charlene e la tua coinquilina, Megan, erano amiche, e abbiamo incontrato Megan e il suo appuntamento al bar locale qui. Quando le ragazze volevano andare in un club più grande a San Diego, ero pronto. Diavolo, allora, in genere ero pronto per qualsiasi cosa. Mentre uscivamo dalla città, Megan volle fermarsi a casa per cambiarsi prima che ci dirigessimo a San Diego. Solo che quella notte non arrivammo mai a San Diego."

Il mio cuore batteva forte quando chiesi: "Cos'è successo?"

"Come ho detto, ti ho tirata fuori da quella vasca da bagno, e dato che ero l'unico di noi quattro con un addestramento di primo soccorso, ho fatto del mio meglio per assicurarmi che non realizzassi il tuo desiderio di morte" spiegò in un tono di voce concreto.

Rimasi in silenzio per un minuto, pensando a quello che sapevo di quella notte, che non era poi così tanto. "Il dottore mi ha detto più tardi che un buon samaritano aveva quasi fermato l'emorragia, e aveva fatto pressione con una maglietta per aiutarmi fino a quando non fossi arrivata in ospedale. Sei stato tu? Avevo sempre pensato che fosse stata Megan, ma non era esattamente il tipo da sapere cosa fare in caso di emergenza."

"Ha urlato molto, e molto forte" disse Jax seccamente. "È stato il mio lavoro manuale e anche una delle mie magliette preferite."

Jax era riuscito a tenermi in vita fino all'arrivo in ospedale. Quando arrivai al pronto soccorso avevo già perso una quantità critica di sangue. Senza la sua presenza strettamente casuale quella notte, forse non sarei stata lì a parlargli in questo momento.

Ogni piccola parte della mia rabbia si dissolse quasi istantaneamente. "Dovevo essere un disastro quella notte. Come mi hai riconosciuta dieci anni dopo?"

"Non ho mai dimenticato la tua faccia" rispose in tono turbato. "Gesù! Tutto quello a cui riuscivo a pensare era quanto fossi dannatamente giovane, e poi ho dovuto chiedermi cosa diavolo fosse successo a qualcuno della tua età per fargli desiderare di morire così maledettamente. Non erano ferite superficiali, Dreamer. Hai fatto dei seri danni, e so benissimo che non avevi intenzione di sopravvivere a quel tentativo di suicidio."

Probabilmente avrei dovuto essere mortificata dal fatto che Jax fosse stato lì per assistere al giorno più buio della mia vita, ma non lo ero. Invece, provavo una sorta di legame affettuoso con lui perché *era* stato lì e non mi aveva mai giudicata per quello che avevo fatto. Ovviamente non l'aveva fatto allora e non lo faceva ora. "Ero molto seria. Senza entrare nei dettagli, la mia vita da bambina è stata piuttosto dura. Ero depressa, e il malessere si è esacerbato così rapidamente in un periodo di pochi mesi che non ho nemmeno pensato o voluto chiedere aiuto. Una volta guarita fisicamente, ho ricevuto l'aiuto di cui avevo bisogno e ho iniziato un percorso piuttosto lungo verso la guarigione. Non ho mai più parlato con Megan. Sono andata in una struttura di salute mentale una volta che sono stata dimessa dall'ospedale. Non è mai successo di nuovo, e sono grata ogni giorno di non essere morta, anche se in quel momento lo desideravo disperatamente."

Jax rilasciò un lungo respiro. "Dannatamente felice che ti sia ripresa. In realtà ho pensato molto a te nel corso degli anni e mi sono chiesto cosa ti fosse successo. Sono stato schierato nell'esercito pochi giorni dopo, quindi non sono mai stato in grado di sapere qualcosa in seguito e non ho mai più visto Charlene o Megan."

"Brutto appuntamento?" scherzai malinconicamente.

"Immagino che non fosse entusiasta di passare il resto della notte con un ragazzo senza maglietta e con i pantaloni insanguinati" rispose con lo stesso tono sarcastico.

"Sì, beh, mi dispiace per tutto quello" borbottai.

"Non è il caso" insistette. "Penso che abbia accettato di uscire con me solo perché ero un Montgomery con molti soldi. Te lo posso assicurare; non mi sono perso nulla di significativo."

Gli sorrisi, mentre gli chiedevo. "Quindi, una volta che hai saputo che ero la stessa ragazza che avevi aiutato, perché hai continuato a parlare con me?"

Si strinse nelle spalle. "Mi piacevi, e dopo che ti ho riconosciuta, ti ho anche ammirata. Hai superato tutto questo, in più hai anche successo. Dovresti essere orgogliosa di te stessa, non rimproverarti per gli errori che hai commesso da bambina. Volevo assicurarmi che fossi solida prima di lasciarti andare completamente."

"Non mi avresti mai detto la verità, vero?"

"Non una volta che il ricevimento fosse finito. Davvero, non aveva senso. Quando ti ho parlato quella notte, avrei solo ammesso di essere Dark e di aver visto il tuo telefono. Non avevo intenzione di tirare fuori qualcosa dal lontano passato che avresti preferito lasciare dietro di te. Ma sembravi così tradita stasera che ho pensato che avrei dovuto ammettere tutto. So che sei felice ora, Dreamer, ed è tutto ciò che volevo davvero sapere. Ecco perché non ti scrivevo da un po'. Non hai più bisogno di me. Penso che tu abbia risolto tutto."

Davvero, le azioni di Jax erano state completamente altruistiche. "Allora, cosa hai ricavato da quelle conversazioni?"

Sorrise. "La soddisfazione di sapere che una ragazza che una volta avevo aiutato, e a cui avevo pensato nel corso degli anni, si era trasformata in una donna straordinaria. Mi piaceva parlare con te, Dreamer. Non iniziare a pensare che sono qualcuno che non sono. Sono praticamente uno stronzo per la maggior parte del tempo."

Non gli credevo. Forse quella era l'unica personalità che Jax permetteva alla maggior parte delle persone di vedere, ma ai miei occhi era assolutamente speciale. "Non credo che sia affatto vero" dissi categorica.

"Credici" ribatté in tono piatto. "A parte Riley, la mia relazione con te è la più lunga che abbia mai avuto con una donna."

Sbuffai. "Solo perché vuoi che sia così. E saremo ancora amici, Jax. Semplicemente non dovremo più chattare in modo anonimo. Grazie. Per tutto quello che hai fatto per me. Anni fa, e recentemente, quando avevo bisogno di parlare con qualcuno."

Il mio cuore si gonfiò di gratitudine, e impulsivamente gettai le braccia intorno al collo di Jax per abbracciarlo.

"Piano, Dreamer" disse biascicando. "Non facciamoci prendere dall'emozione."

Mentre pronunciava quelle parole sarcastiche, mi attirò per un abbraccio da orso.

"Credo che l'abbiamo trovata" sentii Seth dire con voce sbalordita proprio dietro di me.

Mi allontanai da Jax e mi voltai.

Mentre Seth sembrava perplesso e Aiden confuso, gli occhi di Owen erano così pieni di angoscia, dolore e delusione schiacciante che quasi mi fecero cadere in ginocchio.

CAPITOLO 30

Owen

"Odio dirlo, perché sai che sarò *sempre* dalla tua parte" disse Seth con cautela dalla sua posizione nella mia poltrona reclinabile del soggiorno. "Ma ho creduto a ogni singola parola della spiegazione di Jax e Layla. Quando ti abbiamo trascinato via, in modo che *non* facessi qualcosa di stupido contro il fratello di Riley, volevamo solo che ti calmassi e tornassi alla ragione. Non mi aspettavo che te ne andassi."

Me ne *ero* andato. Dopo che i miei fratelli maggiori mi avevano trascinato via da quella scena in spiaggia per raffreddarmi e pensare, avevo avuto bisogno di andarmene. Ero incazzato, ma non avevo voluto fare o dire nulla di cui mi sarei pentito in seguito. Soprattutto perché sapevo che Layla non era molto distante da noi. Seth e Aiden mi avevano seguito e si erano sistemati a casa nel mio soggiorno.

Aiden parlò dall'altro lato del divano su cui eravamo seduti. "Anch'io credo che abbiano detto la verità" disse con un certo rammarico. "Lei non aveva la lingua nella sua gola, Owen. Era solo un abbraccio. Sembrava piuttosto innocente. E Jax non aveva una mano sulle sue parti intime. Non puoi credere che Layla possa avere un debole per Jax. Non con il modo in cui ti guarda, Owen. È fottutamente pazza di te."

"Credevo che lo fosse" brontolai.

"Non dirlo, fratellino" disse Aiden, il suo tono minaccioso e pieno di avvertimento. "Una volta ho diffidato di Skye, e questo l'ha distrutta. Sono stato fortunato che avesse un buon cuore e siamo riusciti a superarlo, ma le è costato tanto, Owen. Non rovinare questa relazione perché hai perso la testa quando hai visto un altro ragazzo toccarla. Entrambi hanno spiegato e sai perché sono legati ora. Conosci le motivazioni di Jax. Accettalo. Se fossi in te, sarei grato che Jax avesse salvato la donna che amo e che ora fosse lì per *me*."

"Aveva le braccia intorno al bastardo. Layla era dappertutto su di lui. Non ditemi che non vi sareste incazzati" dissi, irritato con entrambi i miei fratelli in questo momento.

Seth scrollò le spalle. "Riley abbraccia te, Noah e Aiden tutto il tempo. Se non è davvero una minaccia, non importa. Senti, ho capito che vedi Jax come un estraneo, ma io no. È il fratello di Riley, e a parte la sua reputazione di donnaiolo, è un ragazzo perbene, proprio come Hudson e Cooper. Non dubito minimamente che sia capitato nel momento giusto e abbia fatto tutto il possibile per Layla anni fa, o che si stia assicurando che stia bene ora. Tutti e tre i fratelli Montgomery sembrano voler salvare l'intero mondo. Onestamente, non ho mai visto Jax guardare Layla come se volesse inchiodarla. In effetti, la guarda come guarda Riley."

Aiden fece un lungo respiro. "Sono d'accordo con lui. Pensaci, Owen. Credi davvero che Layla *volesse* riversare le sue viscere su qualcosa di veramente brutto che le è successo anni fa? Ma l'ha fatto. A causa tua. Skye mi ha detto prima che ce ne andassimo che lei, Jade e Riley sapevano, ma pensi davvero che volesse rivelare tutto questo a me, Seth ed Eli? E lo ha fatto senza esitazione perché voleva che tu capissi che non c'era assolutamente niente tra lei e Jax."

Dannazione! Sapevo che avevano ragione e, davvero, Layla non avrebbe dovuto spiegarsi a me o a nessun altro.

Avevo visto rosso quando ci eravamo imbattuti in loro due mentre stavamo cercando Layla. Avrei voluto pestare Jax selvaggiamente e le circostanze mi avevano fatto dubitare che Layla *fosse* impegnata nella nostra relazione come lo ero sempre stato io. "Non abbiamo mai veramente parlato di impegno" dissi distrattamente. "O del nostro futuro."

"Non essere un dannato idiota, Owen" disse Seth bruscamente. "Forse non ne avete parlato, ma apri gli occhi. Quella donna ti ama tanto quanto tu ami lei. Non esprime esattamente come si sente, e nemmeno tu, ma è dannatamente chiaro che siete impegnati."

"La amo, accidenti!" dissi grossolanamente. "La amo così tanto che non sono razionale riguardo a lei la maggior parte del tempo. E se lei non mi amasse? E se tutto *non* funzionasse? E se non fosse felice? E se le succedesse qualcosa? Sono un maledetto dottore, e se si rompe anche solo un'unghia, sudo. Ho incubi su cosa le è successo quando ha attraversato quella grave depressione, visioni di lei in una vasca da bagno sanguinante e tutta sola. E se lei non è lì quando mi sveglio da quei sogni, devo convincermi a non chiamarla alle tre del mattino solo per sentire la sua voce. Quasi ogni singola persona nella sua vita che avrebbe dovuto essere lì per lei l'ha delusa. E se in qualche modo la deludessi anche io?" Feci un respiro profondo prima di aggiungere: "Non sono me stesso dal giorno in cui è entrata in clinica, e dentro di me sapevo che mi avrebbe ancora raggiunto, proprio come faceva al liceo. E avevo ragione. Ma niente avrebbe potuto prepararmi al folle amore che provo adesso."

Il soggiorno rimase in silenzio per alcuni minuti dopo la mia filippica, finché Aiden parlò in tono basso e serio. "Neanch'io ho mai dimenticato Skye. Eravamo entrambi giovani quando ci siamo innamorati. Poiché avevo il cuore spezzato, sono riuscito a mettere da parte tutte quelle emozioni per molto tempo, ma erano ancora lì. So che non eri qui quando Seth e io abbiamo passato esattamente quello che stai passando tu ora, ma le cose poi migliorano. Quando ami una donna e quella donna diventa il tuo intero mondo, non c'è giorno in cui non pensi alla sua sicurezza e alla sua felicità. Ma la quasi follia si calma dopo essere stati insieme per un po'. Inizi a credere che non andrà da nessuna parte e hai la prova che è felice ogni singolo giorno della decisione che ha preso di averti per tutta la vita. È l'incertezza iniziale che ti fa impazzire."

Mi passai una mano tra i capelli per pura frustrazione. "Allora che diavolo devo fare?"

"Amala e basta" suggerì Seth. "Sposala. Dai tutto ciò che hai a quella relazione perché sai che sarai fottuto se lei non è felice. Vivi le difficoltà perché sai che una brutta giornata con lei è migliore di qualsiasi giorno senza di lei. All'inizio, continua a ricordare a te stesso che si sente pazza come te a volte, e continuate insieme."

"E per l'amor del cielo" disse Aiden in tono scontento. "Non accusarla mai di tradirti a meno che tu non sappia di avere ragione al cento per cento, perché una volta che lo fai, non potrai più rimangiartelo."

"Non l'ho accusata di questo" ribattei sulla difensiva.

"Non l'hai detto" concordò Seth. "Ma lo stavi pensando, e lei sapeva cosa c'era nella tua testa quando te ne sei andato senza una sola parola per lei. Ascolta il tuo istinto e il tuo cuore, invece della tua mente ossessiva."

Sbattei la testa contro lo schienale del divano. Forse *non* l'avevo detto ad alta voce, ma *avevo* lasciato che le mie insicurezze sulla nostra relazione mi travolgessero.

Mai una volta Layla mi aveva dato motivo di pensare che non fosse fedele alla nostra relazione. Diavolo, passavamo la maggior parte del nostro tempo insieme.

"Voglio che viva con me" confessai. "Voglio sposarla. Voglio tutte quelle cose che avete detto. Ma non sono sicuro che sia pronta."

"È pronta."

"È pronta."

I miei due fratelli fecero la loro affermazione quasi contemporaneamente.

Avrei dovuto mettere tutte le mie carte in tavola con Layla, che fosse pronta o meno. Se non l'avessi fatto, avrei finito per perderla a causa di qualcosa di stupido, come saltare alle conclusioni solo perché stava abbracciando un altro ragazzo che non aveva il mio DNA.

"*Logicamente*" dissi. "So bene che non è interessata a Jax. Me l'ha già detto. E forse mi ha infastidito il fatto che non mi aveva mai detto che stava parlando con qualcuno su Not-Just-A-Hookup, ma ha il diritto di avere i suoi amici. Di sicuro non ha bisogno del mio permesso. Forse quello che mi infastidisce davvero è che Jax era lì per lei quando io non c'ero. Ma *logicamente*" sottolineai di nuovo quella parola come se magicamente mi avrebbe fatto ragionare con un cervello razionale. "Il mio essere lì per lei non era nemmeno possibile. Non ci parlavamo nemmeno a causa di quell'intero malinteso sulla borsa di studio."

L'espressione Aiden era turbata quando iniziò a parlare. "Owen, puoi continuare con i 'e se' fino alla morte, ma a un certo punto devi lasciarti tutta quella merda alle spalle. Ci sono passato. Sono impazzito per gli anni che ho perso con Maya e Skye. Non lasciare che il tuo passato definisca il tuo futuro."

"Puoi essere lì per lei *ora*, Owen, se vuoi davvero esserci" fece notare Seth. "Non puoi cambiare il passato, quindi trova un modo per lasciarlo andare e pianificare il tuo futuro. *Logicamente*, è molto più costruttivo."

"Grazie. Penso che sia esattamente quello che devo fare" dissi ai miei fratelli con gratitudine.

Stavano entrambi cercando di usare le proprie esperienze per salvare il loro fratellino dal dolore, e finalmente l'avevo capito. Molto chiaramente.

Suonò il campanello e, quando non mi mossi, Aiden si alzò per rispondere.

"Ho bisogno di parlare con Owen" sentii Layla dire in tono tagliente dopo che Aiden aveva aperto la porta.

Entrò a grandi passi come una donna in missione, si avvicinò al divano, incrociò le braccia davanti a sé e mi fissò con un'espressione determinata, e forse un po' arrabbiata, sul viso.

"Quindi non posso *mostrarti* il mio sedere, ma va benissimo se vedo il tuo?" chiese con voce senza fronzoli mentre alzava un sopracciglio. "Beh, indovina un po', Owen Sinclair. Mi hai tenuta quando ho cercato di andarmene da te, e terrò te fino a quando non sarà superato tutto questo. Mi accamperò fuori da questa casa finché non capirai completamente che non vedo nessun altro uomo tranne te."

Aiden si schiarì la voce. "Penso che Seth e io ce ne andremo ora. Ti chiamo domani, Owen. Va bene? D'accordo."

Con la coda dell'occhio, vidi i miei due fratelli maggiori andarsene come se i loro culi fossero in fiamme.

Ma proprio di fronte a me, c'era una donna bionda magnificamente audace che mi fissava come se volesse abbracciarmi e prendermi a pugni allo stesso tempo.

Le sorrisi come un idiota e mi alzai in piedi.

CAPITOLO 31

Layla

Non ero del tutto sicura se volevo strappargli i vestiti o dare uno schiaffo a Owen.

Forse un po' di entrambi.

Okay, perlopiù, l'impulso di strappargli i vestiti *era* più forte della mia compulsione a dargli uno schiaffo sulla faccia, ma avrei aspettato finché le cose non fossero state chiarite.

Il fallimento non era un'opzione.

Amavo troppo Owen perché potesse accadere.

Feci un respiro profondo: "Se pensi, per un solo secondo, che abbia provato qualcosa per Jax Montgomery che andasse oltre la gratitudine, allora io e te non siamo sulla stessa lunghezza d'onda e dobbiamo chiarire questo punto. Non me ne andrò, Owen, e non lascerò nemmeno andare via te" lo informai.

Alzai lo sguardo sul suo viso, solo per vederlo sorridere.

Come osa sorridere per questo!

Non c'era una sola cosa divertente nell'eventualità che si allontanasse da me dopo che io e Jax avevamo spiegato tutto *completamente*.

Per l'amor di Dio, avevo trascinato fuori dal mio armadio ogni dannato scheletro e l'avevo fatto sfilare davanti a tutta la sua famiglia perché non avevo più *niente* da nascondere.

Niente era più importante per me di Owen.

"Ti amo, dannazione!" gli dissi con rabbia. "Ti amo così tanto che mi fai diventare completamente pazza. Non mi interessa se non sei pronto per ascoltarlo, o se è troppo presto per dirlo. Dovrai solo affrontarlo, perché non andrà via."

Mi mise una mano delicata sulla spalla. "Layla—"

Lo interruppi. "Il tuo comportamento stasera è stato inaccettabile, Owen. Cos'altro devo fare per convincerti che l'unico uomo che amo, e che amerò mai, sei tu?"

Non sorrideva più.

Gli puntai il dito nel petto. "Sono abbastanza sicura di averti sempre amato, anche anni fa. Forse è per questo che non c'è mai stato un altro ragazzo per me. Forse è per questo che sono ancora viva oggi. Perché avrei *sempre* dovuto stare con te."

Iniziai a sbottonargli la camicia.

"Cosa stai facendo esattamente?" chiese con voce roca.

"Strapparti i vestiti" gli risposi di scatto. "Faremo sesso proprio qui, proprio ora. Mi avvicinerò così tanto a te che non sarai in grado di staccarmi dal tuo splendido corpo" lo avvertii mentre gli tiravo via la camicia e poi iniziavo a togliere i suoi jeans.

Si schiarì la gola. "Non ti spoglierai anche tu?" chiese dolcemente.

"Probabilmente sì" dissi con voce stridula.

In pochi secondi, entrambi ci stavamo strappando i vestiti di dosso come se avessimo solo pochi secondi per fare sesso, e poi non ne avremmo mai più avuto l'opportunità.

Mi sentivo disperata, bisognosa e completamente fuori controllo. "Te lo farò implorare, Owen Sinclair" minacciai mentre cadevo in ginocchio, indossando solo le mutandine che non aveva ancora avuto la possibilità di strapparmi.

Tirai giù i suoi boxer, l'unico capo di abbigliamento rimasto fino a quando non fu completamente nudo, li lasciai intorno alle sue caviglie e inseguii la parte di lui che volevo dentro di me.

"Layla—"

Smise di parlare all'improvviso mentre praticamente ingoiavo il suo uccello.

Avevo già preso Owen in passato, ma mai con così tanta determinazione.

Volevo che mi sentisse.

Volevo che avesse bisogno di me.

Volevo che si rendesse conto che non avrei mai amato nessuno tranne lui.

"Layla. Tesoro" gemette.

Poiché quel tono affamato nella sua voce era *esattamente* quello che volevo sentire, il mio corpo si rilassò leggermente, mi tirai indietro e lo stuzzicai facendo scorrere la lingua lungo la parte inferiore della sua massiccia asta. Mi presi il mio tempo, leccando la punta sensibile prima di risucchiarlo di nuovo nella mia bocca, e stabilii un ritmo veloce che speravo gli avrebbe praticamente fatto esplodere la testa.

"Gesù, Layla! Fanculo!" gridò con voce cruda.

La mia mano era sulla sua coscia e sentii il suo corpo irrigidirsi.

"Layla, accidenti! Fermati!" chiese mentre mi tirava in piedi.

Si tolse i boxer con un calcio e poi mi sollevò finché non dovetti avvolgere le gambe intorno alla sua vita per rimanere in equilibrio.

La mia schiena andò a sbattere contro il muro del soggiorno, ed entrambi stavamo ansimando quando finalmente ci guardammo, e poi... tutto il mondo sembrò fermarsi.

Proprio come succedeva sempre ogni volta che Owen mi guardava.

"Non avevo finito" gli dissi ostinatamente.

"Oh, non abbiamo finito" confermò, il petto ancora ansante. "Ma devo dirti una cosa prima di demolire un altro paio delle tue mutandine."

"Che cosa?" sbottai.

"Anch'io ti amo, maledizione!" gracchiò. "Ti ho sempre amato, lo farò sempre. E non ho le parole per dirti quanto mi dispiace in questo momento."

Cercai i suoi begli occhi, ma non c'era niente lì... tranne l'amore.

Nessuna pretesa.

Nessuna rabbia.

Nessuna sfiducia.

Non riuscivo a vedere nient'altro che i miei sentimenti riflessi.

"Non preoccuparti di trovare le parole in questo momento. Scopami e basta" dissi senza fiato.

Uno strattone e avrei detto addio a un altro bel paio di mutande, ma non ebbi il tempo di piangerle.

Owen mi sollevò per il sedere e si seppellì completamente dentro di me con una potente spinta.

Strinsi le gambe intorno a lui e gemetti mentre la mia testa sbatteva contro il muro dietro di me.

"Oh, Dio, Owen. Ti amo." Era il più grande sollievo che avessi mai conosciuto essere in grado di pronunciare quelle parole ad alta voce.

"Ti amo anch'io, piccola" disse con voce cruda mentre mi stringeva più forte il sedere e accelerava il movimento dei suoi fianchi fino a scoparmi come un uomo posseduto.

Il mio corpo era così pieno di adrenalina che non ci volle molto per raggiungere il punto culminante.

"Non cercare mai più di allontanarti" dissi ferocemente mentre gli tiravo i capelli nel pugno. "Perché ti troverò sempre, Owen. Sempre."

Avevo smesso di essere titubante e di fingere che se le cose non fossero andate bene tra Owen e me, lo avrei accettato.

Non sarebbe accaduto.

Mai.

E proprio come era stato disposto a riportarmi da lui e non andarsene mai via, ero altrettanto testarda e avrei fatto lo stesso con lui.

Se io e Owen ci amavamo, avremmo superato qualsiasi ostacolo lungo il nostro cammino.

"Owen!" Urlai il suo nome mentre il mio orgasmo prendeva il sopravvento sul mio corpo e lo scuoteva fino al midollo.

La sua bocca si abbassò sulla mia, soffocando il suo gemito mentre trovava la sua liberazione.

Ci divorammo a vicenda le bocche mentre i nostri corpi si dondolavano insieme nei residui della nostra passione.

Entrambi eravamo senza fiato quando atterrammo sul divano insieme in una caduta di gambe e braccia aggrovigliate.

Rimasi semplicemente sdraiata lì ansimando, il mio corpo completamente esausto, mentre Owen ci raddrizzava finché non fummo sdraiati fianco a fianco. Mi tirò contro di lui e io appoggiai la testa contro il suo petto, in grado di sentire il suo battito cardiaco mentre cercavo di riprendere fiato.

Mi infilò la mano tra i capelli e mi accarezzò delicatamente il cuoio capelluto.

"Tutta quella cosa prepotente che stavi facendo era piuttosto eccitante" disse con voce roca pochi istanti dopo.

Sbuffai perché era così da Owen cercare di farmi sorridere quando quella era l'ultima cosa che volevo fare.

"Ma" aggiunse. "Completamente inutile dato che stavo per venire a trovarti. Quello che è successo stasera riguardava me, Layla. Non te. Ho ceduto a una reazione istintiva e non sono orgoglioso di me stesso per questo. E hai ragione. Era una stronzata. A volte mi sento così sbilanciato quando si tratta di te, ma questi sono i miei problemi. Le mie insicurezze."

Il mio cuore si sciolse completamente. Mi tirai indietro per guardarlo. "Cosa posso fare per aiutare?" gli chiesi piano.

Mi rivolse un sorriso malizioso. "Amami. E continua ad amarmi. Anche quando sono uno stronzo. Sto imparando a lasciarmi il passato alle spalle, ma potrei fare un casino un'altra volta o due prima di fare le cose per bene."

Misi il palmo della mano sulla sua guancia barbuta. "Owen, sei l'uomo più straordinario che conosca e raramente sei uno stronzo. In realtà, sono abbastanza sicura che questa sia la prima volta che ti sia comportato da vero coglione."

Come se non avessi fatto la mia parte di errori in passato con lui? Potevo perdonargliene anch'io alcuni.

"Volevo dirti quanto ti amo da molto tempo" disse seriamente. "Semplicemente non ero sicuro che fossi pronta ad ascoltarlo. O che tu ricambiassi."

Sorrisi. "Provavo la stessa cosa. Sapevo che tenevi a me—"

"Piccola, non solo tenevo a te" interruppe. "Sono completamente, follemente innamorato di te dalla prima volta che ti ho vista alla clinica. È stato come se quella vecchia cotta del liceo fosse esplosa nel momento in cui ti ho rivista."

"Non credo che la mia sia mai davvero finita" spiegai. "L'ho solo messa in pausa per molto tempo." Emisi un lungo sospiro mentre aggiungevo: "Jax era lì per me quando avevo bisogno di un amico, e ora so che era lì nella notte peggiore della mia vita. Mi ha aiutata, mi ha incoraggiata, ma non c'è nient'altro, Owen. Le conversazioni che abbiamo avuto sono ancora nell'app. Puoi leggerle tutte."

Scosse la testa. "Non ho bisogno di leggerle. Nel mio cuore, sapevo la verità, ma sono così follemente innamorato di te che sembrava solo una minaccia. Un giorno, sono sicuro che lo ringrazierò per quello che ha fatto. Ma non chiedermi di farlo adesso."

Risi perché sembrava così scontento. Forse non avrebbe fatto pace con Jax l'indomani, ma avevo la sensazione che un giorno sarebbero stati amici. "Solo non ucciderlo. Ciò causerebbe *sicuramente* un'enorme spaccatura nella famiglia Sinclair."

"Ti amo, Layla" disse con voce roca. "Certo, ero pazzo di te al liceo, ma il modo in cui ti amo ora non è un'infatuazione." Si fermò prima di dire: "Sposami, Layla. Liberami dalla mia tristezza e promettimi un per sempre."

Il mio cuore si fermò, e poi ripartì a un ritmo frenetico.

"Va bene" brontolò. "Credo di aver sbagliato tutto. So che doveva essere una domanda, non una richiesta, e dovrei avere l'anello in mano in questo momento, ma volevo davvero darti qualcosa che fosse unico nel suo genere—"

Interruppi il suo flusso di parole con la mia bocca. Non potevo parlare, ma gli diedi un bacio che gli disse quale sarebbe stata la mia risposta.

"Sì" dissi mentre finalmente liberavo le sue labbra. "Non ho bisogno di un anello in questo momento, Owen, e farò finta che fosse una domanda. Voglio stare con te per il resto della mia vita. Non voglio nemmeno immaginare un futuro senza di te."

Mi rivolse quello che sembrava un sorriso molto sollevato. "*Non* avrai un futuro senza di me. Nel momento in cui hai detto che mi amavi, eri praticamente condannata."

Sospirai quando mi diede un dolce, tenero bacio di promessa.

Mi promise risate.

Mi promise amore.

Mi promise passione.

Mi promise rispetto.

Mi promise che non avrebbe mai voluto nessun'altra.

Owen aveva promesso *tutto* in un solo bacio.

Mentre alzava lentamente la testa, mormorai: "Ti amo, Owen Sinclair. Portami a letto e ti mostrerò quanto."

"Cavolo, Layla. Per favore. Non la voce del tipo *fottimi*. Mi uccide" brontolò mentre saltava in piedi e mi sollevava delicatamente dal divano.

Mentre mi cullava dolcemente tra le sue braccia, gli diedi una pacca sul braccio. "Quella non è la mia voce del tipo *fottimi*" lo informai. Con un tono più gentile, mormorai: "Quella è la mia voce del tipo *amami*."

I nostri sguardi si incrociarono mentre mi portava su per le scale. I suoi occhi si addolcirono quando rispose: "Non avrai mai bisogno di quella voce, perché non ci sarà mai un momento durante un giorno nel nostro futuro in cui *non* ti amerò, Layla."

Il mio cuore tremava quando mi adagiò dolcemente sul letto. "E se usassi quella voce per sbaglio?"

Mentre si distendeva accanto a me e mi attirava a sé, rispose: "Allora dovrei presumere che tu abbia bisogno di rassicurazione. In tal caso, dovrei portarti via da qualche parte e *amarti* finché non fossi completamente convinta."

Dio, come potevo *non* amare quest'uomo con ogni battito del mio cuore quando diceva cose del genere?

Caddi nei suoi infuocati occhi color smeraldo mentre gli avvolgevo le braccia intorno al collo. "Non ho davvero bisogno di rassicurazioni, ma mi piacerebbe davvero che tu mi *amassi* in questo momento."

E proprio così... Owen obbedì con grande entusiasmo.

Tutta. La. Notte.

EPILOGO

Layla

"Owen, ripetimi esattamente perché siamo qui quando invece potremmo essere a casa. A quest'ora avresti già distrutto un paio delle mie mutandine perfettamente carine" scherzai.

Sbattei le palpebre mentre accendeva la lanterna che aveva portato con sé da casa e mi indicava una delle altalene nello stesso parco in cui spesso scappavamo quando eravamo adolescenti.

Si girò e sfoggiò il suo sorriso devastante su di me mentre il mio culo cadeva sul sedile.

Misi in movimento l'altalena, godendomi l'oscillazione tranquilla mentre Owen si sedeva accanto a me e spingeva con il piede per far muovere il sedile.

Allungò la mano e io la presi, sospirando mentre intrecciava le nostre dita.

Improvvisamente, non importava davvero perché fossimo qui, o perché Owen fosse stato così insistente per venire in questo posto stasera, dopo aver trascorso una giornata davvero lunga alla clinica.

Il parco era tranquillo.

Era una bella notte.

E avevo Owen proprio accanto a me.

Tutto era a posto nel mio mondo per quanto mi riguardava.

Fu Owen che finalmente ruppe il silenzio. "Non sono più stato qui da quell'ultima notte in cui venimmo qui insieme nell'ultimo anno. So che entrambi abbiamo deciso di lasciarci il passato alle spalle, ma a volte è bello tornare indietro e vedere come ci si sente a fare le cose per bene."

Il mio cuore sussultò quando capii cosa stava cercando di fare.

Sta cercando una sorta di chiusura.

Per la maggior parte, Owen e io ci *eravamo* lasciati il passato alle spalle.

Dalla notte in cui mi aveva chiesto di sposarlo, entrambi avevamo guardato avanti, senza più voltarci indietro, e Owen aveva imparato a smettere di chiedere "e se".

Invece, mi aveva viziata nel qui e ora, e io avevo fatto lo stesso.

Alla fine l'avevo portato parzialmente a bordo nella mia missione di salvataggio delle mutandine, il che significava che ne distruggeva solo uno o due paia alla settimana. Okay, forse *non* era così d'accordo, ma avevo scoperto un modo per ridurre i suoi consumi: a volte semplicemente non indossavo le mutandine.

Quindi ora, invece di chiedermi di che colore indossassi le mutandine ogni giorno, il suo obiettivo principale era capire se le stessi indossando o se fosse un giorno di pronti all'azione.

Feci un respiro profondo. "Alcune cose non sono cambiate, però" gli dissi.

"E quali sarebbero, bellissima?" chiese roco.

"Pensavo fossi il ragazzo più sexy del mondo allora, e lo penso ancora. Tutto quello che volevo era che mi baciassi, e lo voglio ancora adesso" gli dissi con una voce molto più sfrenata di quella che avevo mai usato da adolescente.

Si chinò verso di me, e le nostre labbra si incontrarono, le nostre altalene ancora in movimento.

Dopo avermi rilasciata lentamente, Owen disse seriamente. "Ti ho chiesto di venire qui per una ragione."

Gli rivolsi uno sguardo interrogativo. "Pensavo fossimo solo nostalgici."

Scosse la testa, fermò la sua altalena e fece fermare la mia. "Non ho fatto davvero un buon lavoro quando ti ho chiesto di sposarmi otto mesi fa, quindi ci proverò di nuovo."

Il mio cuore accelerò all'impazzata quando Owen tirò fuori una scatolina dalla tasca dei jeans e si piegò su un ginocchio.

Oh, Dio, rifarà davvero tutto da capo.

Si schiarì la gola. "Avrei dovuto avere l'anello l'ultima volta e avrei dovuto fare la domanda, Layla, ma non l'ho fatto. Quindi ora lo farò. Layla Caine, mi renderai il ragazzo più felice del mondo e questa volta dirai di sì a una vera proposta?"

Emisi un sussulto udibile quando aprì la scatolina e vidi l'anello.

Era realizzato con gli stessi splendidi diamanti blu del mio ciondolo, ed era anch'esso un Originale di Mia Hamilton.

"Sì. Oh, Dio, Owen. Sapevi che era una risposta sicura" mormorai mentre gli infilavo una mano tra i capelli e iniziavo a spargere baci su tutto il suo bel viso.

Alla fine sorrise. "Forse sì, ma volevo farlo comunque. Ho sbagliato la prima volta e, dato che non ti lascerò mai andare, è l'unica proposta che riceverai." Mi porse il portagioielli e mi fece scivolare lo splendido anello al dito. "Mia ha disegnato l'anello, ma devo ammettere che Jax mi ha aiutato a ottenere i diamanti blu questa volta."

Studiai l'anello che sapevo avrei indossato per sempre ed emisi un sospiro felice. Come al solito, era perfetto, proprio come ogni regalo che avessi mai ricevuto da Owen.

Mi buttai tra le sue braccia mentre si alzava. "Sapevo che alla fine saresti diventato amico di Jax" dissi mentre gli avvolgevo le braccia intorno al collo. "L'anello è assolutamente bellissimo. Lo adoro."

"Sono felice che ti piaccia. E non posso dire che io e Jax siamo davvero amici, ma è tollerabile. Non posso odiare il ragazzo. Era lì quando io non potevo esserci, e non sono nemmeno più incazzato per *questo*, perché *ora* sei mia, ed è davvero tutto ciò che conta" borbottò mentre mi baciava la fronte.

Il mio cuore danzava mentre lui mi dava un bacio più lungo e molto più soddisfacente.

C'erano stati *molti* cambiamenti negli ultimi otto mesi.

Skye era incinta di sei mesi, quindi lei e Aiden avrebbero accolto il loro secondo figlio nel mondo tra soli tre mesi, e Riley e Seth stavano iniziando a considerare seriamente una famiglia.

Nonostante le preoccupazioni di Andie, sembrava che avere un figlio sarebbe stata un'opzione se lei e Noah avessero deciso che era quello che volevano un giorno. In questo momento, non ero sicura che nessuno dei due fosse pronto a prendere quell'impegno poiché stavano pianificando il loro prossimo viaggio nel mondo subito dopo che io e Owen ci fossimo sposati a febbraio.

Eli e Jade avrebbero resistito ancora per un po' perché Jade aveva tanto da fare con la sua ricerca.

Anche Brooke e Liam speravano in un test di gravidanza positivo nel prossimo futuro.

Mentre Owen alzava la testa, dissi sognante: "Ti rendi conto che presto accoglierai un sacco di nuovi nipoti in famiglia. Penso che tutti siano pronti per iniziare la prossima generazione di Sinclair."

Quando ci guardammo, mi sciolsi vedendo lo sguardo serio nei suoi occhi. "Non abbiamo davvero discusso molto di bambini. Entrambi abbiamo detto che li vorremmo un giorno" disse con voce roca.

Risi. "Penso che dovremmo lasciare che tutti gli altri vadano per primi. Abbiamo tempo. Inoltre, sembra che tra cinque anni ci saranno un sacco di bambini ovunque alle riunioni di famiglia."

"È egoistico che mi piacerebbe tenerti tutta per me per un po'?" chiese.

Scossi la testa. "La penso allo stesso modo."

Dopo così tanti anni a scuola per entrambi, eravamo concentrati sulla carriera, ma sapevo che ci sarebbe stato un giorno in futuro in cui saremmo stati pronti.

"Ti amo, Layla, e in questo momento sei tutto ciò di cui ho bisogno" dichiarò mentre mi strofinava il naso sull'orecchio.

Il mio corpo rispose all'istante. "Penso che dovremmo andare a casa" suggerii, nervosa perché ero più che pronta a denudarlo.

Mi mise una mano sul sedere e tirò i miei fianchi in avanti, finché potei sentire esattamente quanto mi voleva.

"Owen" dissi senza fiato mentre mi teneva lì.

"Ti voglio, Layla" disse con voce roca. "Proprio adesso."

E oh, Dio, lo volevo anch'io.

"Sesso al parco?" chiesi, sapendo che sarei stata pronta a tutto se solo avessi potuto avere Owen dentro di me.

"Non credo, piccola" rispose con rammarico. "Non sarebbe bello se qualcuno ci vedesse. Inoltre, sono abbastanza sicuro che entrambi siamo diventati troppo grandi per questo posto."

"Andiamo a casa" esortai.

Aveva ragione. Questo non era più il nostro posto.

Questo posto era il nostro passato, e capivo perché Owen aveva voluto fare una proposta qui.

Questo era davvero il punto in cui avevamo iniziato.

E ora, avremmo chiuso il cerchio vivendo un momento molto felice qui da adulti.

Ma entrambi eravamo pronti a dire addio al passato e ad andare avanti senza voltarci indietro.

Owen raccolse la lanterna, la spense e me la porse.

Gridai di sorpresa mentre mi prendeva in braccio e mi cullava contro il suo corpo. "Sei pazzo. Siamo troppo lontani dalla macchina."

C'era abbastanza luce da poter raggiungere il suo veicolo senza la lanterna, quindi la tenni semplicemente mentre annullava la distanza tra noi e il parcheggio.

"Credo di essere pazzo dal primo giorno che ti ho visto in clinica. Perché oggi dovrebbe essere diverso?" rispose burbero.

Owen *era* diverso dal primo giorno in cui era venuto a lavorare alla clinica, ed era tutt'altro che pazzo.

Ogni giorno si sentiva più a suo agio con se stesso, il suo posto in questo mondo, il cambiamento delle circostanze e l'essere parte attiva della sua famiglia.

Stava recuperando il passo con il mondo che si era lasciato alle spalle quando aveva iniziato il college, e la sicurezza gli si addiceva molto.

Alzai gli occhi al cielo quando iniziai a vedere l'auto. "Avresti potuto risparmiare un po' di energia per dopo. So camminare."

"Pensavo di risparmiare le *tue* energie per dopo" ribatté rudemente.

Il mio cuore iniziò a palpitare. "Stai pianificando una lunga notte?" squillii.

"È venerdì" mi ricordò con un tono molto malvagio. "Quando mai è una notte breve."

Niente clinica domani.

"Va bene, allora, sbrigati" gli dissi.

Ridacchiò mentre apriva la portiera del passeggero e mi metteva gentilmente sul sedile del veicolo. "Non c'è fretta" disse, la sua voce calda. "Mi sposerai a febbraio. Abbiamo un'eternità adesso, Layla."

Sospirai mentre mi baciava, uno di quei baci teneri ma appassionati che mi facevano arricciare le dita dei piedi.

Mentre si sistemava al posto di guida, dissi casualmente: "È una giornata *senza biancheria intima.*"

Prima che la luce nell'auto si affievolisse, vidi il muscolo della sua mascella contrarsi e i suoi lineamenti indurirsi per l'attesa.

Abbiamo un per sempre, ma perché non iniziare il percorso il più presto possibile.

"Non ho intenzione di andare troppo veloce, ma prenderò tutte le scorciatoie che conosco" disse con una voce roca e accesa che conoscevo molto, molto bene.

Sorrisi mentre accendeva il motore, innestava la marcia e tornava a casa a tempo di record senza correre... troppo.

Nessuno di noi due diede al parco che avevamo appena lasciato un secondo pensiero.

Entrammo di corsa in casa ridendo, facemmo un altro passo nel nostro futuro e lasciammo che il nostro per sempre avesse inizio.

~*Fine*~

Postfazione dell'Autrice:

Anche dopo così tanti progressi nella medicina moderna, c'è ancora così tanto che non sappiamo sulla depressione clinica. Può succedere una volta nella vita, poche volte, e per alcuni può essere una condizione debilitante e cronica che non scompare mai. Quello che sappiamo è che i neurotrasmettitori sono sostanze chimiche del cervello presenti in natura che probabilmente svolgono un ruolo nella depressione maggiore. Squilibri e carenze possono causare problemi nell'area del cervello responsabile della stabilità dell'umore.

Per gli adolescenti, ci sono troppi fattori di rischio per me da elencare qui, ma diciamo solo che Layla avrebbe selezionato molte caselle in quell'elenco.

Forse non sappiamo tutto ciò che c'è da sapere sulla depressione clinica, ma ci sono trattamenti efficaci là fuori. Farmaci, terapia, cambiamenti nello stile di vita e tonnellate di supporto possono aiutare. Se sospetti che tu o qualcuno che ami soffriate di depressione, cercate aiuto. Potete iniziare con il vostro medico o utilizzare una delle molteplici risorse disponibili online per iniziare il vostro viaggio verso una vita migliore.

Ringraziamenti dell'Autrice:

Come ogni altro libro della Montlake che ho scritto, voglio ringraziare il team Montlake e la mia Senior Editor, Maria Gomez, per essere dietro ogni libro sui Sinclair che ho scritto per loro. Essendo un'autrice principalmente auto-pubblicata, non è facile ibridarsi con un editore tradizionale, ma avete tutti reso questo viaggio molto più semplice trattandomi come una partner.

Come sempre, un grande ringraziamento al mio team personale KA e a tutto lo sforzo che tutti voi fate in ogni singola nuova uscita, che si tratti di Montlake o delle auto-pubblicazioni.

Grazie un milione di volte ai miei lettori! Non avrei questa carriera di scrittrice che amo se non fosse per voi. Sebbene Owen sia stato il mio ultimo Sinclair, il mio viaggio con i miliardari maschi alfa sta già continuando con Hudson, Jaxton e Cooper nella mia lunga serie autopubblicata, *L'Ossessione del Miliardario*. Grazie mille per tutto il vostro supporto a ogni libro che scrivo. Non potrei fare quello che faccio senza tutti voi!

Xxxxxxx Jan (J.S. Scott)

Venite a trovarmi su:

http://www.authorjsscott.com
http://www.facebook.com/authorjsscott
https://www.instagram.com/authorj.s.scott

Potete scrivermi all'indirizzo
jsscott_author@hotmail.com

Potete anche twittarmi
@AuthorJSScott

Libri di J. S. Scott

disponibili in italiano

Serie L'Ossessione del Miliardario

L'Ossessione del Miliardario – Simon
Il Cuore del Miliardario – Sam
La Salvezza del Miliardario – Max
Il Gioco del Miliardario – Kade
Il Miliardario Fuori Controllo – Travis
Il Miliardario Smascherato – Jason
Il Miliardario Indomito – Tate
La Miliardaria Libera – Chloe
Il Miliardario Impavido – Zane
Il Miliardario Sconosciuto – Blake
Il Miliardario Svelato – Marcus
Il Miliardario Non Amato – Jett
Il Miliardario Indiscusso – Carter
Il Miliardario Inarrivabile – Mason
Il Miliardario Sotto Copertura – Hudson
Il Miliardario Inaspettato – Jax
Il Miliardario Inosservato – Cooper

I Sinclair

Un Miliardario Fuori dal Comune (I Sinclair Vol. 1)
Un Miliardario Inavvicinabile (I Sinclair Vol. 2)
Il Tocco del Miliardario (I Sinclair Vol. 3)
La Voce del Miliardario (I Sinclair Vol. 4)

I Miliardari per Caso

Irretito (I Miliardari per Caso – Libro 1)
Invischiato (I Miliardari per Caso – Libro 2)
Innamorato (I Miliardari per Caso – Libro 3)
Incantato (I Miliardari per Caso – Libro 4)
Infatuato (I Miliardari per Caso - Libro 5)

www.ingramcontent.com/pod-product-compliance
Lightning Source LLC
Chambersburg PA
CBHW021149160726
47994CB00001B/131